U0897755

# 李公朴之歌

杨金达 陈荣 著

李公朴研究会 编

群言出版社
QUNYAN PRESS

**图书在版编目（CIP）数据**

李公朴之歌 / 杨金达，陈荣著；李公朴研究会编
.-- 北京：群言出版社，2020.10
ISBN 978-7-5193-0567-3

Ⅰ. ①李… Ⅱ. ①杨… ②陈… ③李… Ⅲ. ①传记小说—中国—当代 Ⅳ. ①I247.5

中国版本图书馆 CIP 数据核字（2019）第 297483 号

---

**责任编辑：** 李　群
**封面设计：** 李士勇

**出版发行：** 群言出版社
**地　　址：** 北京市东城区东厂胡同北巷 1 号（100006）
**网　　址：** www.qypublish.com（官网书城）
**电子信箱：** qunyancbs@126.com
**联系电话：** 010-65267783　65263836
**经　　销：** 全国新华书店

**印　　刷：** 北京鑫瑞兴印刷有限公司
**版　　次：** 2020 年 10 月第 1 版　2020 年 10 月第 1 次印刷
**开　　本：** 880mm × 1230mm　1/32
**印　　张：** 10.5
**字　　数：** 215 千字
**书　　号：** ISBN 978-7-5193-0567-3
**定　　价：** 39.80 元

# 《李公朴之歌》编委会

# 序一

当收到杨金达老师寄来的他和陈荣老师合写的《李公朴之歌》时，我震撼了。这本书为李公朴研究增添了一种不可多得的传记类专著，也为传诵李公朴英名，传承李公朴精神提供了一部适合青少年进行思想教育的读物。

我和杨老师是同事，都是中学语文教师。二十世纪八十年代，我们曾经在一起研讨过语文教学改革的问题。后来虽然接触少了，但杨老师严谨的治学态度和认真做事的品格一直深深地印在我的脑海里。没想到的是，我们退休以后又走到了一起，在李公朴研究会聚首了。杨老师还是那样沉静、谦和，话不多，但总是很有分量。

在李公朴研究会召开的年度表彰暨工作例会上，我见到了杨老师。他对我说，写了一本书，想请我写个序。我马上说，这是好事啊，我应该效劳。不久，我就收到了杨老师寄来的书稿。拆开大大的快递信封，取出厚厚的书稿，首先映入眼帘的是附在书稿上的一页信纸。杨老师写道：

“请您给《李公朴之歌》作序，并请提出进一步加工的意见。写此书的目的，是进一步广泛宣传公朴精神，让青少年了解公朴事迹。写作中公朴的生平事迹没有违背，不过是增加了大量生活细节，希望公朴的形象更鲜明，让公朴在书中活起来。”

读完杨老师的信，我急切地翻阅着书稿，不时小声地读着吸引着我的段落，最后又从结尾回到目录仔细地看，就像多年前拿到新教材一样，想尽快地了解这本书的体系、概貌和大致内容。

通览全书，作者从李公朴愤然离开国民党“人才培训班”落笔，一直写到其在昆明殉难。这样的剪裁不落俗套，突出了李公朴爱国、救国的一生和为民主而斗争的精神。正像本书的书名一样，作者抓住了李公朴人生如歌的特点，满怀激情的，给我们，特别是给青少年，写出了一首深情高亢的爱国之歌，一首激越奋进的革命之歌，一首追求民主及服务人民的奉献之歌！

细读章节，一个活生生的李公朴呈现在我们面前。公朴堪称职业革命家，一生为民主，一切为人民。他为人真诚豪放，好结交，乐助人，虽然家中并不宽裕，却仍然人来客往，热情招待，边吃边谈，俨然一个亲如兄弟的民主之家。但经济开销之难也只有自己想办法解决了。这些情况在书中也有生动的描写。

如书中写道：每次朋友来家，李公朴和张曼筠都热情招待，留吃留宿，有时床铺不够，睡地铺的一定是李公朴夫妇，他们把自己的大床让给朋友们。李公朴留作家用的钱，有一半都用在朋友身上了。

作为李公朴研究会的一员，我们为这部作品的问世感到高兴。《李公朴之歌》是两位老师的心血之作，也是李公朴研究会的宝贵成果，我们要向两位老师表示衷心的感谢！我们还要把这本书作为教材，更好地用来为宣传公朴事迹，弘扬公朴精神服务，深化社会主义核心价值观教育的精神力量，为推进新时代中国特色社会主义精神文明建设做贡献！

赵忠和

2019 年 8 月 5 日

---

赵忠和，曾任常州市人大副主任、常州市民盟主委

# 序二

在我父亲李公朴先生诞辰118周年之际，武进李公朴研究会的特邀研究员杨金达、陈荣先生的《李公朴之歌》即将付梓，邀请我作序，我很高兴。

父亲是一个坚定的爱国者，为了祖国的繁荣富强，为了广大民众过上和平民主的幸福生活，他创办流通图书馆，创办补习学校；“九一八”以后，投身抗日战争，和沈钧儒他们组织救国会，宣传抗日民族统一战线，冒着敌人的炮火到前线考察，到敌后抗日根据地搞抗战教育；抗战胜利后，他在重庆和昆明街头高喊“反内战、反独裁、争取和平民主”的口号，带领群众游行示威，抗议独裁统治。父亲从来不计较个人得失，也不顾及自己的安危。他多次拒绝国民党高官厚禄的利诱，两次坐牢，三次被国民党特务追杀，但他不改初衷，坚定不移地追随中国共产党，与共产党风雨同舟，肝胆相照；最后惨遭国民党特务的杀害，父亲留在世上最后的一句话是

“完全为了民主”。父亲身上呈现出来的炽热的爱国主义情怀,强烈的社会责任感和向往光明,追求真理,为民主的献身精神是值得我们永远学习的。

父亲牺牲于新中国诞生的前夕,已经离开了七十三年。七十多年来中国共产党和广大人民没有忘记父亲,中央在父亲生日或忌日等重要的纪念日,多次召开座谈会,发文章,缅怀父亲。2009 年,父亲被全国人民选为“一百位为新中国成立作出突出贡献的英雄模范人物”,号召全国人民学习李公朴。常州武进家乡人民,修复李公朴故居,修建李公朴展览馆,还在 2001 年成立了李公朴研究会,深入开展李公朴精神的研究和推介。我几次应邀回故乡武进,参加李公朴研究会的研讨活动,亲临家乡人民学习公朴精神的现场,我很感欣慰。如果父亲地下有知,看到家乡翻天覆地的变化,看到家乡父老如此看重他的思想学说,一定会开怀哈哈大笑的。

我坚信随着《李公朴之歌》的出版,后人缅怀、学习李公朴也将绵绵不绝,父亲也一定会欣慰的。

张国男

2019 年 7 月 10 日

---

张国男,李公朴女儿

# 目 录

# 第一章　在火车上

轰隆隆，轰隆隆……火车在宁沪铁路线上奔跑。

1932年腊月，年关将近。火车上旅客不多，三三两两，有的在喝茶，嗑瓜子；有的无精打采地歪在座位上，百无聊赖地看着车窗外；也有的与邻座有一句没一句地说着无关痛痒的废话。整个车厢沉闷、慵懒，似乎整个世界将沉沉地睡去。

李公朴坐在靠窗的位置上，左手放在桌上，右手撑着下巴，一动不动地注视着车窗外，似乎在观赏飞驰而过的树木、河流、田野、村庄。其实他什么也没看，他头脑里不断翻腾着过去的生活片段；有时什么都不想，他只是愣愣地看着窗外。他心里烦躁，郁闷。

1928年，李公朴因基督教青年会的推荐，考取了美国俄勒冈州雷德大学政治系。同年8月25日，他告别了新婚妻子张曼筠，只身乘远洋轮赴美。这是一次难得的学习机会，李公朴抓紧一切时间刻苦攻读。除学好教材外，他还读了不少中外政治、法律、哲学、历史、文学等方面的书籍。李公朴还每天利用课余时间勤工俭学，每小时挣四毛钱。学校虽然给他最高额的奖学金，但远远不够。他擦地板、扫地、筑路、修剪葡萄、洗碗、端菜……有什么活就干什么活。暑假他还曾到阿拉斯加州最大的一家鱼制品加工厂做工,一天十二个小时站在机器旁,做装鱼的洋铁皮罐头。李公朴是有心人,他利用劳动的机会,深入美国社会各阶层,去交流,观察,调查,了解,接触各色各样的人,把书本上学到的知识和社会实践结合起来。李公朴把这些感受写成文稿,寄给上海《生活周刊》的主编邹韬奋先生。出国前,李公朴曾接受邹韬奋的邀请,兼任《生活周刊》的驻美记者。两年中李公朴陆陆续续在《生活周刊》发表了三十多篇海外通讯。这些通讯向闭塞的中国传播了不少先进的理念和民主自由的气息,在国内引起了相当大的反响。

李公朴的留学生活很艰辛,然而却过得充实愉快。他经常参加学校组织的演讲会、当地学生组织的国际时事讨论会、中国留学生组织的专题研究会等社团活动。他觉得有话要说时,就上台侃侃而谈。节假日他常常被外国朋友拉去参加联欢晚会。有时他用汉语激情高歌"打倒列强除军阀",有时用洞箫吹奏我国传统的《梅花三弄》《春江花月夜》等曲调,抒发对祖国、对亲人的怀念之情。悠扬悦耳的乐曲把外国朋友迷住了。他们齐声发出"再来一曲"的欢呼声,常常会把活动推向高潮。现在回想那时的情景,还历历在目,李公朴还会不由自主地露出微笑来。

1930 年,李公朴以优异的成绩完成了学业,他又用给厨工洗菜、端菜的办法,免费乘上货轮,从波特兰经过巴拿马运河绕道到纽约,又从纽约横跨大西洋,来到向往已久的英国、法国考察。在日内瓦,李公朴还应邀参加了"各国人民促进国际和平团体联合大会”。这次大会给李公朴留下了深刻、难忘的印象，各国代表都在为国际和平而努力，自己国内，军阀混战的局面依然没有改变，我们该如何唤起民众，用选票来代替混战，谋得和平呢？李公朴一筹莫展。为此，李公朴很苦恼。

欧洲之行，虽然是一次走马观花式的考察，然而却给了李松朴很大的触动，与西方社会比较，他更加看清了国内的黑暗混乱。在法国巴黎的旅馆里，李公朴竟然遇到了胡愈之先生。在南京时，李公朴和胡愈之有过几次交往。胡先生是为躲避当时的白色恐怖来巴黎的。蒋介石疯狂地镇压革命，屠杀革命群众，公开喊出的口号仍是“宁愿错杀一千，也不放过一个共产党员”。国民党特务横行，手段十分卑劣，见谁不顺心，就给他按顶“红帽子”。这些情况李公朴曾亲身经历过。那是在 1927 年北伐战争期间，当时李公朴在国民革命军东路军总指挥部政治部负责宣传工作，4 月 12 日，蒋介石发动政变，把抢口对准革命群众和共产党人。李公朴很不理解，“联俄、联共、扶助农工”不是孙中山先生既定的国策吗？中山先生的尸骨未寒，蒋介石怎么能反其道而行之呢？就因为他替被关押的共产党员说了几句公道话，就被他的上司认为有亲共的嫌疑，密令李公朴的警卫张金良，把一包共产党的传单塞到李公朴的床底下，企图陷害。幸亏张金良为人正直，不肯害人，冒着生命危险向李公朴和盘托出，劝李公朴赶快离开，免遭毒手。李公朴带着张金良，换成便装连夜逃离了军营，从小道步行至苏州，然后乘小船回到常州老家。李公朴现在回想起来依然愤懑难平，心里隐隐作痛。蒋介石已经牢牢掌握了政权，却仍然不改这样下三烂的恶毒手段，国人真正生活在水深火热之中。

在回国的大轮船上，面对一望无际白茫茫的大海，李公朴反复思索回国以后如何施展自己的抱负。他心中的抱负是什么？他有时很明确，信心很足，有时又不甚了然。但有一点他很明白，中国不能像现在这个样子，充满着仇恨、杀戮、饥饿、贫困，没有自由、没有民主、没有尊严。中国也应和西方国家一样强大、繁荣，大家有饭吃，有衣穿，不受人欺侮。自己学成回国了，如何把学到的知识贡献给社会？李公朴依然心中无绪，他不知道脚下的路该怎么走。

1930 年 11 月 3 日，李公朴乘大轮船经过印度洋，从上海登岸直接回到南京家里。全家人团聚自然是其乐融融，笑语声声。妻子张曼筠是老画家张筱楼的二女儿，毕业于金陵女子大学。1927 年 3 月，李公朴随着北伐东路军回到上海，一次代表东路军政治部接受群众慰问时，认识了张曼筠。两人志趣相投，常在一起讨论国家大事，彼此渐渐产生了爱慕之心，一年后结为伉俪。晚饭后，张曼筠泼墨画了一幅红梅含苞待放的画，庆祝李公朴学成归来。张曼筠请李公朴题词，李公朴拿起毛笔思索一下，便从唐朝大诗人李白《行路难》中摘了两句，题在右上角的空白处：

“停杯投箸不能食，拔剑四顾心茫然。欲渡黄河冰塞川，将登太行雪满山。”

张曼筠从李公朴回家来的言谈中完全理解他此时的心情，她看了题词，笑着说：“公朴，你太心急了。”说着，接过李公朴手中的笔，在李公朴题词后又加了两句：

“长风破浪会有时，直挂云帆济沧海。”

张曼筠说："这两句，还是补上的好。你说呢？"

李公朴感谢妻子的理解、宽慰。他说："对，还是曼筠说得对，续上这两句就完整了，还是曼筠懂我的心思。"

李公朴在家休息了三天，拜访了几位在南京的老朋友，第四天就去基督教青年会报到。他学成归来，青年会十分器重，安排他先到励志社工作。励志社与青年会的关系很密切，是受到蒋介石夫人宋美龄和国民党中央党部支持的非政府机构。李公朴在励志社当了一名干事。1931 年暑假，励志社推荐李公朴参加国民党中央举办的一个人才培训班，接受为期半年的培训。培训班一共四十个学员，都是从大学的毕业生中挑选出来的，也有一部分是留学归国人员，据说这个培训班是培训国民党中高层干部和部分外交官员的。

南京是国民党政府的首都，是国民党政治、经济、文化的中心。李公朴生活在南京，官场贪婪、奢侈、腐败的事情，天天在身边发生，弄得李公朴的心情一天比一天坏。好友高士其的遭遇，更使李公朴义愤难平。

高士其是李公朴留学时的莫逆之交。高士其 1925 年毕业于清华留美预备学校，当年怀揣"化学救国"的理想考入美国威斯康星大学化学系学习，由于成绩优异，1926 年夏转入芝加哥大学化学系四年级就读，第二年就毕业了，获得学士学位。正当他雄心勃勃准备进一步深造的时候，他年仅二十三岁的姐姐死于霍乱，高士其十分悲伤。悲伤之余，他决定放弃化学专业，转入芝加哥大学医学研究院，专攻细菌学，准备学成回国挽救如姐姐那样的病人。结果在一次脑炎病毒的实验中，高士其不幸感染甲型脑炎。这种病当时非常凶险,死亡率极高。高士其一面顽强地与病魔做斗争,一面坚持学习。1930 年夏天,高士其学成,比李公朴早三个月回国。他到中央医院检验科任主任。高士其看到医院检验设备十分陈旧简陋,影响化验的精确度,直接影响医疗效果,一再要求医院添置设备,医院总是敷衍推卸,一直拖着不办。后来高士其发现医院克扣病人的伙食费,暗中提高药价,对有钱有势的达官贵人百般讨好奉承,对穷苦百姓一再刁难。高士其看不惯医院的腐败作风,愤然辞职,拖着几大箱书离开了医院。高士其是福州人,到南京工作时间不长,在南京举目无亲,没有落脚处,他便把行李直接拉到李公朴家。他对李公朴说:“我无家可归了,只得打搅你们了。”高士其把事情的来龙去脉告诉李公朴,李公朴气得拍着桌子说:“太卑鄙了,真正是斯文扫地!”他拍着高士其的肩膀说:“你做得对！对这般无耻之徒就应该这么办!”李公朴安慰高士其说:“这里就是你的家。我们全家欢迎你。你哪里也别去,就住在这里。我家虽然不大,几箱子书不至于放不下吧?”

李公朴十分敬重高士其的人品,为了不让高士其寂寞,李公朴特地为高士其找了一份家庭教师的工作,辅导学生数学和英语,让高士其也有一点收入。李公朴还把自己的好朋友陶行知介绍给高士其认识,鼓励他参加社会活动。高士其的遭遇,让李公朴更加看清了国民党官场的腐败。

列车在前进,李公朴的回忆在沉闷的车轮声中继续。

人才培训班开学不久,中国爆发了震惊中外的“九一八”事变。日本侵略军公然挑起事端,向中国军队开枪开炮。蒋介石推行“攘外必先安内”的政策，不准东北军队开枪抵抗，东北即将沦丧在日寇的铁蹄之下。严重的民族危机，激发了各阶层广大民众的爱国热情，9 月 22 日，中共中央发表了《关于日本帝国主义强占满州事变的决议》，号召全国人民行动起来，投身抗日运动。9 月 24 日，上海大中小学生举行抗日罢课，三万五千多名码头工人积极响应，支持学生，举行抗日大罢工。9 月 26 日，上海人民又举行声势浩大的抗日示威游行，各大城市也相继举行了要求抗日的示威活动。9 月 28 日，上海学生代表团乘火车赶往南京请愿，要求国民党政府出兵抗日，遭到国民党政府的严厉拒绝，上海学生代表团便和南京声援示威的学生一起，捣毁了国民党外交部。在培训班的课堂上，教官不顾全国人民高涨的抗日热潮，向学员灌输“先安内后攘外”的思想，遭到大多数学员的抵制。李公朴按捺不住内心的义愤，挺身而出，历数种种事实驳得教官张口结舌，狼狈逃窜。教官离开教室时回过头来，凶狠地说：“李公朴，你等着。”

果真没一会儿，校长派人来把李公朴叫到了校长办公室。校长对李公朴一向比较看重，他知道李公朴参加过北伐，留过洋，工作能力强，演讲水平也高，是培养高层干部的理想苗子。他没有想到李公朴竟敢如此挑衅国策。他规劝李公朴说：“年轻人，我们任何时候讲话都要多想想后果，不能凭一时的冲动，快意，不顾一切地乱说一通。你知道在课堂上妄议国策是什么性质的错误吗？你不考虑自己的前途，我还为你惋惜呢！去向教官认个错，今后切切实实改正，用生命来维护党国的利益，维护领袖的声誉！”

李公朴冷笑着说:“日寇大举进攻我国,东三省即将沦亡,全国人民都起来要求抗日,连中小学生也在教室里坐不住了。国将不国,还有什么个人前途可言?请问校长先生,覆巢之下,难道有完卵吗?”

校长气得连鼻子都歪了,他万万没有想到李公朴这么不识抬举。他拍着桌子说:“李公朴,你冥顽不化,气焰嚣张,太不自量力。如果你不立即转变态度,我就开除你。你考虑清楚了,你被清除出去了,这辈子就别想做党国的官了,说不定还要给你戴顶‘红帽子’。给你三分钟时间考虑。”

李公朴沉着镇定地看着校长,说:“不用三分钟,我早考虑好了。这种不分是非,颠倒黑白的官不做也罢。”李公朴说完,回转身,迈着坚实的步伐离开了校长室。李公朴回到宿舍,整理了一下行李,毫不犹豫地向大门口走去。

那天李公朴回到家,妻子张曼筠一点也没有责怪他,说:“早该这样了。当官本来就不适合你。见到上司要低头哈腰,溜须拍马,见到下级要压榨欺骗,见着不合理的事,装着没看见,受了委屈要闷气吞声。这些你会吗?你能做这样的官吗?”

高士其不知从哪里弄来一瓶法国原装的红葡萄酒,对李公朴说:“别再想这些气恼的事了,我们喝两盅,一来解闷,二来祝贺老兄的新生,从此可以不再受那些官僚的闲气了,像我这样,想做啥就做啥,多自在。”

能够得到家人和老朋友的理解,李公朴也很开心,便举起酒杯和高士其对饮起来。

李公朴从培训班出来后一天也没有休息,他联络王志莘、陈

彬龢、毕云程、潘序伦、邹韬奋等发起支援东北义勇军的捐款。他们在邹韬奋主编的《生活周刊》上刊文,向全国呼吁:

“暴日侵我东北,为亡我国家、灭我民族之开始。军政当局坐视国土沦亡,毫无抵抗,而东北民众组织之义勇军血战抗日,义声远震。唯以经济支绌,恐难持久。现有极可亲信之东北同志来沪求援,我国人能将款项接济,东北作战义军即可继续奋斗,使暴日疲于奔命,不能安居东北,实为救我国族之急策。”

在他们的呼吁下,公务员、教师、医生、商人、店员、学生,乃至卖菜的小贩和挑担的脚夫,都踊跃捐款。李公朴多次出席为东北义勇军募捐的群众大会,在会上即席讲话,讲述义勇军浴血奋战的事迹,激昂慷慨地呼吁各界人士出物出钱,支援英勇抗击日寇的义勇军。自 1931 年 11 月 20 日至次年 2 月 18 日,他们收到捐款十二万元之多,全部转交东北抗日义勇军。

1932 年 1 月 28 日,全国人民正沉浸在新年欢乐的气氛中,天空飘浮着鞭炮炸响后的烟雾。停在淞沪口的日本军舰突然轰击上海的驻军,向上海发起攻击。驻扎在上海的十九路军不顾蒋介石“攘外必先安内”的政策,奋起反击。上海市民自觉行动起来,声援十九路军。消息传到南京,李公朴义愤填膺,对高士其说:“我们的领袖把东三省丢了,还要把上海奉送给日寇。上海丢了,日寇就可以长驱直入,南京就不保了。他把消灭共产党看作比保家卫国还重要,精锐之师全部压到井冈山地区,简直就是本末倒置。”

高士其赞同李公朴的看法,蒋介石为了屠杀共产党,置国家、民族利益而不顾。为了支援英勇抗敌的十九路军,李公朴天天出门联络爱国人士进行募捐,经常出席各种募捐大会,发表演讲。几天下来,人明显消瘦了,喉咙也沙哑了。张曼筠劝他在家休息休息,不要白天黑夜连轴转。李公朴说:"现在是民族生死存亡的关键时刻,哪里有时间休息?等忙过这阵子再说吧。"

就在这时,李公朴接到邹韬奋的来信,要他立即赶往上海,说有要事相商。上海,李公朴早就想去了,他要到淞沪前线去看望十九路军,向英雄们表达他的敬佩之情。第二天一早,李公朴告别了妻子,乘上列车,赶往上海。

火车经过常州站,李公朴抬头朝常州东南方看去,那里是一簇簇萧索的村庄,横卧在昏暗的天底下。大概就在这些村庄的背后有一个小村叫东村,那是他们李家的祖居地。李公朴出生在淮安的小县城里,父亲李学增在淮安一家大户人家做管事,便把家安在了淮安,爷爷他们一直生活在东村。李公朴小时候每年春节前都跟着父母亲回到老家,陪着爷爷奶奶过年。童年的欢乐情景现在都还清清楚楚记得。在镇江润州中学读初一的暑期,那年李公朴十九岁,三哥依照父亲临终遗言,硬逼着李公朴回到东村老家,由家族长辈包办,跟湾里村的王全英结婚。后来,他们生了两个女儿。润州中学初中毕业后,李公朴先后到武昌、上海读书,后来又投身北伐,一直在外奔波,便与王全英结束了这段没有感情的尴尬婚姻。这两个可爱的女儿,李公朴还经常想起。那次从上海逃回常州,在老家住了几天,和两个女儿玩得很开心。现在想起来,耳边似乎还传来女儿的打闹声和格格格银铃般的笑声。李公朴想等稍微空一点,一定回常州带两个女儿去南京住一段时间。

坐在李公朴对面的是一个小青年,穿着一件藏青色的竹布长衫,一直在专心读一本乌黑破旧的书,李公朴知道那是《七侠五义》。小青年的文化水平似乎不高,读书比较吃力,一字一句地辨认。他手边还有一本小开本的《学生字典》,遇到不认识的字,便翻《学生字典》。小青年是丹阳上的车。李公朴和他交谈起来,得知小青年叫许小川,是丹阳乡下人,今年十六岁。年前由亲戚介绍,许小川到上海大陆商场一爿五金商店学生意。他对李公朴说:“家里穷没有钱供我读书,只在十岁那年进私塾读了年把书,师傅嫌我文化低学不了生意,让我在店里打杂。店里所有的杂事都由我干。我想多识点字,读点书,能早点学上生意。”

李公朴从他身上似乎看到了过去的自己。李公朴也是学生意出身。李公朴十岁进私塾,跟老先生念了两年多书。由于家境贫寒,读书就难以为继了。十三岁那年秋天,他跟着年迈的父母来到镇江,跟三哥李公愚一起生活。不久父母双亡,李公朴由三哥保荐,进了镇江合兴盛京广洋货店学生意。这哪里是学生意,简直就是当奴仆,店里从内到外的杂事都由他干,连师傅的夜壶、师娘的马桶都要倒;而且还要眼尖手快,师傅拿烟杆想抽烟,他要赶快准备好纸眉子,把火吹旺;师傅要喝水,他要赶快把师傅的专用茶杯续上开水,端给师傅。不把师傅、师娘服侍好,师傅不是骂娘就是用戒尺打手心。在五四运动期间,李公朴积极参加运动,抵制日货,触怒了老板,被老板赶出店门。三哥完全理解李公朴,他知道李公朴一心想读书,便节衣缩食,全力支持李公朴进润州中学读书。几年的学徒生活,李公朴是刻骨铭心的。李公朴很同情许小川，对许小川说："我也当过学徒。你挤时间读书提高自己的文化，做得很对。《七侠五义》，可以看看，但不是最合适的，你不妨读读每天的报纸，既可以认识字，还可以了解国内外大事，也可以看看五金类的工具书，了解这方面的知识。"

许小川说："哪里有报纸？我们老板从来不订报，也不看报，店里什么书都没有。老板只要你做事，不要你看什么书。穷人到城里来学生意，吃顿饱饭不知道多难唉。"小伙子满脸都是凄苦的神情。

李公朴知道，在上海像许小川这样的学徒数量很多，他们从小失去了进学校读书的机会，好不容易进城学生意，但文化水平不高，很难学出头。只有其中一小部分人通过努力升为朝奉，即店员，绝大部分只能干干杂差，薪水低，生活苦。这是一个严重的社会问题。放眼看去，一个个社会问题，堆积如山，国民党政府集全国的财力军力，忙于剿共，无暇顾及民生。自己留学回来也快两年了，一心想回报社会，为民族兴旺、国家富强出一点力，但现在他仍一事无成，李公朴内心的焦虑，可想而知。

火车拖着长长的汽笛声，慢慢地进站停了下来。上海到了。李公朴和许小川下车，各自奔向自己的目的地。

# 第二章　慰问十九路军

李公朴叫了一辆黄包车，直奔邹韬奋家。

赶到邹韬奋家，已经是黄昏时分了。李公朴按了门铃，出来开门的是邹韬奋先生。邹韬奋热情地拉着李公朴的手，说：“就等你了。你到了，人就齐了。大家都在客厅等你。”李公朴随着邹韬奋走进客厅，七八个人围着桌子坐着。见李公朴来了，大家纷纷站起来和李公朴打招呼。这些人李公朴多数认识，都是上海文化界很有影响力的人。大家坐下后，邹韬奋说：“鄙人略备薄酒，大家边吃边谈，围绕筹办《生活日报》谈谈各自的想法，算是筹备会的预备会吧。饭后我们再正式召开筹备会。”李公朴第一个发言。他说：“办报是好事，我赞成。现在新闻界太沉闷了，日本侵略者已占领东北，现在又攻打上海，抗日舆论太少了，东北联军抗日的报道也很少看到，连眼前十九路军英勇杀敌的新闻报上也不多见。报上连篇累牍的是‘攘外必先安内’，你们说气人不气人？”

坐在李公朴对面，穿着有一点土气的青年人说：“要把《生活日报》办成老百姓自己的报纸，要围绕民生来办报。中国还没有一份真心为老百姓说话的报纸。”

这位青年李公朴觉得眼生，正要向邻座打听，邹韬奋站起来向大家隆重介绍这位青年：他叫杜重远，东北人，前几天才从东北来。他留学日本，读的是机械制造，写文章也是高手。前几年回国，一心想科学救国，无奈蒋介石不赏识，便回到家乡办起一爿机器制造厂。后来被张学良请去做了他的秘书。“九一八”事变，蒋介石下令不抵抗，少帅竟然坚决执行，东北大好河山沦丧，他一气之下便离开少帅府来到上海。

李公朴第一个走上前去，举着酒杯说：“老弟，为我们合作办报干杯！”

杜重远举起酒杯，说：“李先生的文章我早两年就拜读了，我俩虽初次见面，但已神交多年了。”

一会儿，邹韬奋拉着李公朴的手，对戈公振说：“这位小老乡，你见过面没有？”戈公振笑着说：“套用刚才杜先生的话说，‘我俩初次见面，但已神交多年’，是吧，李先生？”戈公振的名字李公朴是熟悉的，他们都是支援东北义勇军募捐的发起人，但一直没有机会见面。李公朴知道戈公振先生是我国新闻学专家，他做过多家报纸的主编，是苏北东台人。李公朴说：“戈先生是新闻学专家，我们办《生活日报》，由戈先生把关，就不愁办不好了。”

晚饭后，大家围绕桌子重新坐下，正式举行《生活日报》的第一次筹备会议，慎重研究了《生活日报》办报的宗旨、方向和经费的筹集等问题。办报的宗旨最重要，经过大家再三商榷，确定办报方向为“注重为大多数民众谋福利，不以赢利为最后目的”“永远具有为民族为民众的福利而奋斗的独立的精神和自由的意志”。至于经费筹集，采用股份制，用公开招股来募集。讨论的最后一项是明确各同仁的职责，邹韬奋根据各人的具体情况先说了一个意见：经理部主任请杜重远先生担任，李公朴先生任副主任；总稽核请毕云程先生负责；编辑部主任请戈公振先生担任，陈彬龢先生任副主任；撰述部主任请吴颂皋先生担任。

邹韬奋说：“我的主要精力仍放在《生活周刊》上，就不在报社兼职了。报社一摊子事情就拜托诸位，尤其是杜重远和李公朴两位先生。李公朴先生善交际，交游也广，直爽乐观，从来没有畏怯或灰心的时候。他待人热情坦诚，请他襄助，尤其是外交方面，是异常适宜的。”

大家对邹韬奋的安排没有异议，便鼓掌通过。第一次筹备会圆满成功。

李公朴和邹韬奋送走了大家，便商量着把招股广告写好。已经深夜一点多了，邹韬奋把夫人赶到书房去睡，他和李公朴睡在房间里的大床上。哪里睡得着？两人都有许多话闷在肚里要向对方诉说，他们从办报的前途说起，说到当前的局势，说到家里的琐事，真正是肝胆相照，无所不谈。一直到黎明，才进入梦乡。

第二天早晨，邹韬奋和李公朴起身，来到客厅。邹夫人已把早饭烧好了。李公朴见到邹夫人，不好意思地作揖，说：“嫂夫人，昨晚让你睡书房了，太不礼貌了。谢谢！”

邹夫人说：“李先生不必客气。没事，我习惯了，好朋友来了，韬奋喜欢彻夜长谈，我经常睡书房。”

邹韬奋也说：“老弟，你就别客套了。昨晚不是你提议要与我抵足而眠彻夜长谈的嘛。”说着三人哈哈大笑起来。

吃早饭时,李公朴请邹韬奋抽空在附近租两套住房,一套自己住,一套给高士其住。他想抽时间回南京把家属和高士其都接来上海,他决定就在上海发展。李公朴把高士其的为人和境况向邹韬奋和盘托出。高士其接受陶行知的建议,参与了陶行知“儿童科学丛书”的写作,陶行知长期住在上海,高士其来上海也便于和陶行知联系。邹韬奋满口答应,他说租房让《生活周刊》庶务科去办。邹韬奋很同情高士其的遭遇,他说:“高先生来了,请他为《生活周刊》写点科普文章,我们正缺这方面的稿子。如他愿意,也可以请他加盟《生活周刊》编辑部,一面看稿子,一面写稿子,收入稳定,就没有后顾之忧了。”

李公朴说:“能这样,当然是好。我代高士其先生谢谢老兄。”

早饭后,按照计划李公朴去《申报》馆广告部,办好《生活日报》招股广告后,就直奔淞沪战役的前线了。李公朴先去战地医院看望受伤的战士。医院里气氛紧张、肃穆,医护人员脚步匆匆,忙进忙出。淞沪战争还在继续,日本侵略者时不时打几炮,时不时派小股部队进攻一下,虽然一次次的进攻都被打败,日本侵略者捞不到一点好处,但他们仍不死心。因此伤兵不断送来。李公朴走进病房,握着一位一只脚被炸掉的年轻战士的手,说:“谢谢你,没有你们英勇奋战,上海早已沦亡了。上海全城的老百姓都感谢你。你们是上海老百姓的保护神。”

那位战士含着眼泪说:“我们当兵的流血流汗是应该的,这是我们的责任。我们的蔡军长常对我们说,国家养兵千日,用兵一时嘛。”

一位被日寇炮弹炸伤一只眼睛的连长，沉痛地对李公朴说：“我们吃点苦，流点血，没什么。只是别让我们的血白流。听说上头不想让我们打，只准日寇向我们打炮打枪，不许我们回击。我们打了胜仗，还要和日寇议和，答应他们的屈辱条件。唉！”躺在旁边的一位伤员，一只手被锯掉了。他是团部的作战参谋。他说：“这仗打得窝囊，给养供应不上，要炮弹没炮弹，要钱没钱，要人没人。要不是上海老百姓支援，我们早坚持不下去了。你看医院的医生，有的是上海各大医院自愿跑来的，有的是上海医学院的学生，许多护士也是学校里的女学生。我们不少战士想不通，日寇攻打我们东北，上头不让抵抗；日寇攻打我们上海，上头还是不让我们还击，千方百计捆住我们的手脚……”李公朴听着伤员的诉说，心如刀割一样疼痛。自从日寇“九一八”挑起战争以来，他对国民党政府一再鼓吹的“攘外必先安内”的政策一直存有异议，但在李公朴心里还是不愿相信蒋介石会真的不抵抗日本鬼子。面对可爱的战士，听着伤员的诉说，李公朴能说什么呢？

李公朴从医院出来，直接去了十九路军的军部，他想从军部弄清蒋介石对十九路军抗敌的态度。在军部的接待室里，李公朴看到了不少上海各阶层、上海各民众团体赠送给十九路军的旌旗、感谢信、慰问信，几乎挂满了四周的墙壁。接待室的长条桌上，小山似的堆放着上海市民捐赠的物品，有整箱整箱的药品，有成捆成捆的布匹和军鞋……

十九路军政治处的一位主任接待了李公朴。这位主任很健谈，对李公朴也有一定的了解，他读过不少李公朴发的通讯。政治部主任向李公朴介绍了很多官兵奋勇抗敌的感人事迹：一位叫张兴国的炮手，是福建人，日寇一颗炮弹在他身边爆炸，身上七处受伤，血流不止，简单包扎一下，他又投入战斗，不肯下战场。最后在营长严令下，才恋恋不舍地被担架队抬了下去。主任说："我们部队打过不少硬仗，我也参加过不少次战斗，还是第一次发现我们部队的战斗力如此之强大，我们的战士一个个都是好样的，没有一个怂包，连军医、护士、炊事员也不例外。战地医院一个护士班，在战争最激烈的时候连续三天三夜抢救伤员，没有合一下眼。我们蔡军长提出'十九路军与上海共存亡'的口号，确实表达了我们全军的心愿。中国人谁愿意当亡国奴？亡国奴的滋味是不好受的。"

听着主任充满自豪的介绍，李公朴的情绪一次次地被感染着。他相信有这样的军队在，有这样的战士在，中国是不会沦亡的，中国抗战的前途是十分光明的。

当李公朴直截了当地问主任中央政府对十九路军英勇抗战的态度时，主任顿时沉默了。

过了一会儿，主任无奈地摊着两只手，说："李先生，这叫我怎么说呢？我们蔡军长在开会时从来不提上峰的态度，只说上海父老的支持。我私下里猜测，我们那位领袖只热衷于'安内'，对'攘外'是不感兴趣的。他把'攘外'寄希望于国联的调停，而日本又不听国联的，调停成了虚幻。不过，对领袖的决策，我们也不好多加妄议。"李公朴明白蒋介石不支持十九路军抵御日寇侵略的传闻是不虚的，这是蒋介石一贯的做法，从"九一八"以来一直如此。十九路军将士抗敌的环境是十分艰苦的。他诚心诚意地对主任说:“你们处境很困难,上海人民心里是透亮的,全国人民心里也是透亮的。上峰不支持你们,上海人民支持你们,全国人民支持你们。全国人民与你们一起共同抗击日寇,这样的力量是无敌的。”

从军部出来,李公朴的心情很沉重。由于蒋介石的不抵抗,东北大片国土已经沦丧,如今蒋介石依然采取不抵抗的政策,十九路军虽奋勇抵抗,取得了伟大胜利,打了几个月,日寇没有前进一步,但是单凭一个军的兵力,没有后援,能支持多久?看来上海前途不妙,迟早要沦丧在日寇的铁蹄下。

李公朴决心以实际行动来支援十九路军。他回了一趟南京,把全家迁来上海,安置好了,便全身心投入到抗日的宣传中去了。他整天在外面开会,搞演讲,宣扬十九路军英勇奋战的事迹,上街进行抗日募捐,为十九路军谋划军用物资。同时,他密切关注时局的发展,他十分担心十九路军的抗战将会步东北军的后尘——前功尽弃。李公朴的担心不是多余的,事实很快得到了证实,蒋介石不顾上海人民的死活,不顾全国人民日益高涨的抗战情绪,于1932年5月5日,与日寇在吴淞口签订了丧权辱国的《上海停战协定》,完全同意了日寇提出的苛刻条件:将十九路军撤离上海,上海周围不准驻军,彻底取缔全国抗日组织和抗日活动。日寇得到了在战场上无法得到的利益。蒋介石白白葬送了十九路军和上海人民浴血奋战五个月取得的战果。消息传来,上海人民流下悲伤的眼泪。李公朴听到这个消息,一阵晕眩,几乎跌倒,喉头一股热血往上直冲,满口血腥味,张嘴便一连吐了三口鲜血。他知道上海完了，上海不久将要沦亡。李公朴回到家，什么话也不想说，不吃不喝，在书房里默默地坐了一夜。他无论如何也想不通，十九路军明明打了胜仗，却还要订立屈辱的城下之盟，天底下竟有如此荒唐的事情！

真正是诸事不宜。他们精心筹划的《生活日报》，国民党上海市党部迟迟批不下来，杜重远和李公朴一连去催了三次，市党部一会说还没有开会研究，不过快了；一会说已经呈报给国民党中央党部了，耐心等着吧，还要几天。快一个月了，还是没有明确回信。股份筹集很顺利，仅仅五天，已有一千人投股，筹集资金十五万元。撰稿组也组织了一批稿件。只要市党部批复一下，《生活日报》一两天内便可出版。今天李公朴和杜重远相约又去市党部。市党部负责人皮笑肉不笑地转告：上锋来函了，不同意办《生活日报》。说着递过来一个信封，展开来是一份不同意办报的公函。李公朴气得几乎头发竖立，他大声责问为什么？负责人说，还用问吗，这不明摆着吗，现在的报纸太多了，还需要办吗？有《中央日报》《时事新报》《大公报》，还有什么《中华新报》《申报》……有谁看？所以国民党中央党部严禁办新报……负责人还想唠叨下去，一抬头，两位年轻人早走了，只得摇摇头作罢。

李公朴是被杜重远拉走的，杜重远对李公朴说："跟这种人理论能起什么作用？改变不了现状。"李公朴说："我是气糊涂了，说说出口恶气。"李公朴很佩服杜重远办事的老练精明。李公朴、杜重远和邹韬奋都无可奈何。《生活日报》就这样被扼杀在了襁褓之中。

# 第三章　创办流通图书馆

李公朴与许小川在火车站一别两个多月过去了。不知什么原因，近来李公朴经常想起许小川，尤其是他说起识字不多，学生意很困难时脸上呈现出来的凄苦神情，经常浮现在李公朴的脑海里，甚至在李公朴的梦中出现。李公朴知道像许小川这样的店员、工人以及失学失业的青少年，在上海很多。他们想读书也无书可读。这部分人如果不帮助他们提高文化素养，不帮助他们学一点谋生本领，在上海这样灯红酒绿的大染缸里，很容易误入歧路。李公朴很想帮助他们，但不知如何下手。李公朴带着这个问题，拜访很多朋友，倾听他们的意见。他先后拜访了陶行知、黄炎培、邹韬奋、戈公振等先生。最后李公朴决定开办一个流通图书馆，免费借阅，让青少年有书可读，读有用的书。大家都赞成李公朴的想法。

受到朋友们的赞同，李公朴更加坚定了创办流通图书馆的决心。但面临的问题很多，书籍在哪里？房屋在哪里？关键是经费，有足够的钱，书可买，房屋可租，事情好办许多。

经黄炎培的介绍，李公朴认识了《申报》总经理史量才。

史量才的为人，李公朴有所了解。《申报》是上海支持十九路军抗击日寇观点最鲜明的报纸，隔三岔五地刊登十九路军英勇事迹的报道，对蒋介石的“攘外必先安内”的政策也不断有批评的文章刊出。李公朴很钦佩史量才的胆识、魄力。

第二天，李公朴和黄炎培如约来到《申报》馆，总经理办公室的门半开着，史量才正在和部下商讨什么事情。只听史量才微微嘶哑的声音说：“我看可以登，一个字都不用修改，而且登在第一版显著的位置上。我不是常说‘国有国格，人有人格，报有报格’吗？三格不存，人将非人，报将不报，国将不国矣。敢于刊登这样观点鲜明的文章，正是体现我们《申报》关心民生的风格。”讲到这里，史量才抬头看到门口有人，便对部下说：“就这样吧，我有客人来了。”说着站起来向门口迎来。李公朴和黄炎培赶紧推门走进去。

史量才笑着握着黄炎培的手，说：“炎培兄，多日不见，来，来，快请坐。”他看了一眼李公朴，觉得很面熟，黄炎培正要介绍，史量才用手势阻止黄炎培：“让我想想，我肯定见过……哦，想起来了，先生是李公朴，一位声音洪亮擅长讲演的演说家，抗日的宣传家。谁要是听了你的演说，非热血沸腾不可，对不对？”

史量才热情地握着李公朴的手，请李公朴在自己对面坐下，说：“你们两位相约而来，令人高兴，套用一句老话，这叫蓬荜生辉！”

史量才中等身材，年已半百，不过看上去还很年轻，精力充沛。穿着一件老式的对襟深蓝短褂。头发略微花白，脸长长的，微白，一看就知道是操劳过度的脸。他亲自给李公朴、黄炎培泡了茉莉花茶,一股淡淡的清香从茶杯中溢出。史量才把门轻轻关上。对李公朴说:“李先生虽初次登门,我可与先生神交多时了。我很佩服李先生雄健的笔力,李先生的大作我拜读过多篇。先生说得中肯,很有力度。”说着便信口背诵了几句:“益以执政者历年以来因陕西省人祸天灾之频仍,老百姓中不饿死者亦泰半赤贫如洗矣。故政费之来源,竟借此毒物(鸦片)为主要之收入,饮鸩止渴,何以异此!不知衮衮诸公亦尝于深夜扪心,一念及此否?”这是李公朴不久前在《生活周刊》上发表的通讯《潼关道上》中的片段。

史量才称赞道:“真正是痛快淋漓,字字见血,入木三分!”

李公朴万万没有想到史量才先生竟能背诵自己的文章,他十分惊讶。李公朴想到自己对这位报业巨子竟关注不多,很惭愧。李公朴说:“史总过奖了,我辈处在这样的时代,这样的社会,有些话是不能不说的。我国老百姓实在太穷了,太苦了。”

说到来意,李公朴详细地向史量才介绍了创办流通图书馆造福青年的想法。李公朴这次是专门来说服史量才资助的,事先做了准备,自然讲得环环紧扣,说得史量才连连点头,满口称赞。

李公朴说完了,史量才看着他们俩,风趣地说:“李先生和炎培兄今天不会是专程来给我宣讲流通图书馆优越性的吧?”

李公朴微笑着说:“史总是明白人,就不用我多说了。”

史量才爽快地说:“那好!请李先生核计一下,要多少资金。这是一件大好事。再说你们俩亲自登门,李先生还是第一次来,这点面子我总要给的吧,我就当一回冤大头吧。”说着,三人哈哈大笑起来。

李公朴说:“史总,紧打紧算,最少要三千元大洋。请史总资助两千元。我们几个朋友设法凑一千元。”说着把一份创办流通图书馆的预算方案交给史量才。史量才仔仔细细看了一遍,沉思一会,抬头对李公朴说:“三千大洋恐怕不够。可否这样,把流通图书馆纳入我们《申报》馆,作为《申报》馆的一部分。由我们《申报》馆聘请李先生主管图书馆,图书馆所有的工作人员也由《申报》馆选派,你们的工资由我馆按月发给。我先拨三千元大洋作为图书馆开馆的启动经费,主要用于购书。以后每年按《申报》馆利润情况拨发。这样我出资就名正言顺了,你们也不用在经济上背包袱了。这样可以吗?”

李公朴没想到史量才先生如此慷慨,如此洒脱,自然是十分高兴的。他说:“这样自然好。谢谢史总大力支持!也替上海几十万青少年谢谢史总!”

“喔,不忙谢,我还有一个条件。”说着,史量才狡黠地看着李公朴。

李公朴笑着说:“只要能办成图书馆,不管什么条件我都答应。”

史量才说:“我和李先生订一个口头协议,请炎培兄作证。请李先生每月写几篇新闻或时评稿子,并且参加《申报》馆一月一次的编务会议,给编辑部当当参谋。这样李先生的薪水就可以按编辑的名义多发几元,免得李先生有后顾之忧。怎么样?”

李公朴说:“好!这样的好事哪里去找?我一定遵守诺言。”说着三人的手紧紧地握在了一起。

后来,李公朴又和史量才总经理具体商量了几次有关流通图书馆开办的细节,经过半个月的筹备,流通图书馆于1932年12月12日举办了揭碑开馆仪式。图书馆设在南京路大陆商场(又名慈淑大楼)三楼四十五号,原先是《申报》馆的广告部。有五百多平方米。开馆仪式隆重而热烈,上海著名的文化人,如金仲华、蔡元培、邹韬奋、伍成康、艾思奇、王云五、陶行知、林语堂等数十人应邀出席。从上海各处赶来的青少年三百多人也参加了开馆仪式。在鞭炮齐鸣声中,史量才总经理和李公朴馆长走上前去,揭下馆牌上的红布,“《申报》流通图书馆”七个刚健有力的隶体字,在太阳光下闪闪发光。这七个字是史量才亲自书写的。李公朴发表了热情洋溢的讲话,他阐述了创办《申报》流通图书馆的宗旨,强调以“改良业余生活,灌输常识,引导失学之成人与青年对读书发生兴趣,增进其技能与服务之效率”为目的。李公朴大声宣布:《申报》流通图书馆是一个向公众开放的免费图书馆。任何人都可以来借书。李公朴的讲话,受到大家热烈的欢迎。

图书馆第一批购进图书二千五百多册,都是青少年必读的书和部分工具书。李公朴强调一切低级趣味的读物和不正当的图书决不购置。图书购回来之后,李公朴便带领三个馆员登记、编码和编写内容提要。第二年的1月10日,图书馆正式对外借书。这一天,李公朴骑着自行车一早就朝图书馆赶来,到图书馆门口六点刚过,离开馆还有一个半钟点。这天天气阴沉,西北风呼呼吹着,气温在零度以下。门口已有二十多个青年在排队等候开门了。他们衣服都较单薄。李公朴赶紧把图书馆门打开,让大家进门等候。李公朴没有想到排在第一个的竟是许小川。李公朴走过去握着许小川的手说:“小川,你怎么这样早?不冷吗?”

许小川说:“我昨天向老板请了假,四点多一点就往这里赶,到这里五点刚敲过。我一定要抢第一个借书,我想用这样的方式表示对你的感谢。”说着,他天真地笑了。

这时,好多人围过来,对李公朴说“谢谢”。李公朴内心也很激动,他没有想到自己刚为大众做一点事,就得到了大家的拥护。

原定的作息时间是上午八点开馆借书,现在七点还没有到,门庭已经聚集了不少借书的人。李公朴知道这些青年大都是向老板请了假来的,不能耽误太多的时间。李公朴和三位管理员商量,决定提前到七点正开馆借书。三位工作人员既要登记,又要去书库寻书,还要回答他们各种各样的提问。李公朴便走进书库帮助他们寻书,整整一天,忙得坐下来喝一口茶的机会都没有,但看到青年捧着自己喜爱的书,带着满足的神情离开,心里有着说不出的畅快。第一天共借出图书四百三十二本,占馆藏书的五分之一。照这样的速度下去,书库的书远远不能满足要求。怎么办?让史量才总经理再拿钱出来买书,显然不妥。第二天一早,李公朴赶到《生活周刊》社,找邹韬奋先生商量,请他帮助捐助五百本图书,李公朴知道《生活周刊》有一个小型图书馆,是供职工借阅的。邹韬奋二话没说,一口答应:“凭史量才一个人的力量,一下子满足上海几百万市民的需要,确实不容易。众人拾柴火焰高,大家凑一点,公益事业大家本应该伸手。我捐一千本,新旧各半,明天派人送过去。怎么样?你老弟的事业,我态度鲜明不?”

李公朴很感动,弯腰向邹韬奋鞠躬致谢:“我代表广大读者谢谢你的支援!”

邹韬奋笑着说:“老弟,又见外了吧?”

李公朴先后去了黄炎培先生的职业学校、陶行知的学校、南洋大学堂、震旦学院、同济大学、复旦公学和他的母校沪江大学等多所学校,仅仅十天就获赠图书三万余册。其中百分之六十是新书。这些书一下子放满了书库所有的书架。李公朴兴奋地向史量才汇报募捐图书的情况,史量才也很高兴。他说:“邹韬奋先生说得很对,公益事业应该大家做,个人的力量毕竟有限。不过,我们的图书馆还得靠我们自己,我已决定每年拨两千元作为添置新书的经费。李先生,图书馆已在社会上产生了广泛的影响,一定要坚持下去,把它办好。拜托你,千万不能半途而废。”

李公朴把整个身子都扑在图书馆。他常常站在读者的角度来思考。不少店员、职员白天要上班,没有时间来借书,他便把借书时间延长到晚上九点。李公朴向图书馆工作人员提出的口号是:“一切方便读者。”李公朴还在图书馆的隔壁开辟了《申报》流通图书馆的阅览室,陈列着上海地区中、英、日文报纸共二十余种,镇江、杭州、烟台等二十三个外省市的报纸、杂志一百七十多种,还有新加坡、南洋商报等海外报刊。供读者阅读,了解省内外、国内外的讯息。

李公朴很重视读者对图书馆的建议,他不定期地召开读者座谈会,也经常深入到读者群中了解情况。一次许小川红着脸对李公朴说:“不少人说鲁迅先生的《呐喊》很好看,应该读读,我看了三遍,除了有许多字不认识外,还有许多地方看不懂,也没有《七侠五义》有趣。”李公朴对这条意见很重视,他发现不少人都有这种情况。这里有两个问题:首先是一部分人不知道自己该选什么样的书来循序渐进地阅读,存在着脱离解决实际的问题,为读书而读书的认识,听别人说什么书好看,就借什么书;其次是文化水平低,书中有不少东西理解不了。怎么帮读者解决这些问题?他向史量才建议在图书馆内成立一个读书指导部,给读者具体指导。

史量才说:“我看可以,人员从《申报》编辑部挑选几位,你看中谁就调过去,也可以让编辑们轮流去图书馆服务,半年一轮换。如人手不够,从社会上聘请几位专职人员。一切请公朴老弟定夺。”过了一会,史量才又补充说:“可以让编辑们轮流去服务,一是节约人员,减少开支;二是让他们针对读者共性的问题写点指导文章,可以直接刊在《申报》上。也可以在《申报》上开辟一个读书指导专栏,稿源充足,一天刊一篇,也可以三天刊一篇。说不定还可以提升《申报》的发行量,收回一点在图书馆的投资。”

李公朴感谢史量才对他的信任,同时也感到史量才考虑问题严密,有着商人的胆识和精明的眼光。在李公朴的运作下,读书指导部很快就成立了,主要人员有《申报》编辑部的三位编辑,加上柳湜(左翼作家联盟会员)、李崇基(即艾思奇,中国社会科学家联盟会员)、夏子美(即夏征农,左翼作家联盟会员)、周巍峙(左翼作家联盟会员)等人。另外还邀请了王云五、章乃器、陶行知、陈望道等上海知名的教授、专家、学者共三十三人组成特约兼职指导。读书指导部一方面负责为读者解释阅读或生活中遇到的各种各样的疑问;另一方面针对不同的读者对象,指导他们怎样有计划地读书,怎样选择书本,怎样阅读。李公朴把读书指导部的工作作为图书馆的核心工作来抓,他经常对柳湜他们说:"读书指导部是读者和图书馆联系的纽带,也是提高读者阅读水平的重要环节,拜托大家一定把它办好。我们图书馆犹如一所社会大学,我们要把图书馆办成学校,让每个读者有所收益。"

《申报》的《读书问答》栏目也已经开辟,每日一期,每期一篇。用通俗易懂的文字回答读者共同关心的问题,解释现实生活中遇到的各种各样的疑难问题,特别是一些有关国家大事和社会生活中普遍存在的问题,引导大家用科学的态度来对待。这些文章很实用,很受读者的欢迎,图书馆的许多读者纷纷订阅《申报》,《申报》的发行量猛增。史量才很高兴。一天下午,史量才驾车到《申报》流通图书馆,来到李公朴的办公室,兴奋地对李公朴说:"公朴老弟,你知道我们报纸的日发量是多少吗?整整十五万份,十五万份那!比去年同期超出六万份,创历史的新高!这都是你老弟的功劳,是你《读书问答》带来的效益。照这样发展下去,要不了半年图书馆的投资可以全部收回。我们《申报》已进入良性循环,你说高兴不高兴?"

李公朴自然也很高兴。他说:"今晚我们去饭店,稍微庆贺一下?"

史量才说:"要得,是要好好庆贺一下,不过不是我俩,而是全体图书馆的同仁。"

那天是周末，晚上不加班，全体图书馆十二位工作人员随着史量才总经理，在图书馆斜对面的一爿饭店吃了一顿晚饭。这是图书馆开办以来第一次聚餐。大家兴致很高，喝了点酒。史总经理还拉开嗓子唱了一段京戏："我本是卧龙岗散淡人，平阴阳如反掌保定乾坤。先帝爷下南阳御驾三请，算就了汉家的业鼎足三分……"

声音高昂激越，富有韵味，大家报以热烈的掌声。李公朴拉了一曲《梅花三弄》，也获得了热烈的掌声。两位领导带了头，在座的一人出一个节目，气氛热烈、喜庆。

一天中饭后，李公朴在办公室里撰写有关创办《申报》图书馆的文章，"嘭——"的一声，办公室的门突然被粗暴地推开，两个五大三粗的青年晃着膀子走了进来。李公朴愠怒地抬起头，见打头的一位一脸笑容，然而笑容中透露着一股狂傲之气，似乎有点相识，后面的那位似乎是保镖一类的人物。打头的那位进门便嚷嚷："你，你就是李公朴，李馆长，李先生？"

李公朴说："我是李公朴，你是——"

"我嘛，敝姓潘，是市党部的，早几年办过杂志，也算是半个文化人，不过与李馆长比起来就差远了。"

李公朴想起来了，他便是上海滩上颇有名气的文化特务。他打着"作家""文化人"的幌子，到处搜集情报，向国民党特务机关告密。李公朴不冷不热地说："找我，有什么公干？"

"没什么大事，奉上司差遣，找你谈谈。"

"找我？谈什么？"李公朴提高了警惕，这种人无孔不入。

"李先生不必在意。据报，有个共党分子隐蔽在贵馆，我们特来查查。”

“潘先生又嗅出什么了？这种事是开不得玩笑的。”李公朴不硬不软地说。

“夏征农不是你的雇员吗？据说他是共党，他破坏党国社会新秩序，制造混乱。把他交出来吧，我们现在就把他带走。”

“夏征农？对不起，我们这里没有夏征农。”李公朴厌恶地说。

夏征农就是读书指导部的夏子美，这是两个月前柳湜告诉他的。夏子美为人正直，作风正派，工作认真负责，水平也高，他刊在《读书问答》栏目中的文章，很实在，很受读者欢迎。夏子美是在图书馆刚开办的时候，和柳湜差不多同时由老朋友周巍峙介绍来的，他们都是青年作家，工作已经近两年了。他也是李公朴可以随意谈心、交流时局看法的几个人中的一个。

“没有？不会吧？”特务乜斜着眼，冷笑着说。

“不信？你不是认识夏征农吗？我们工作人员全在这里，你何不去认认？认准了，把他带走！”李公朴知道夏子美近几天都在家赶写文章，没有来上班，故意这样说。

特务一愣，笑着说：“认，就不用了。我们过来问问，回去也好交差。”其实，他根本就不认识夏征农，得到的情报只是说共产党员夏征农经常在流通图书馆出没，他也拿不准是来借书的呢，还是在图书馆工作的。

“你们最好查查清，以免我们图书馆背上隐匿共党的黑锅。”李公朴说着，从办公桌里拿出一本《申报流通图书馆职工的花名册》，又叫人送来一大册近半年来借书人员的登记册，全交给特务，说：“你仔细找找，在我馆工作人员和借书人的名单中有没有你们要找的夏征农？”

特务接过名册草草翻了一遍，确实没有一个叫夏征农的人，连姓夏的也不过三人，但他们的身份、文化程度都与情报明显不符。特务把名册交还给李公朴，尴尬地说：“对不起，打搅了。我们也只是例行公事，例行公事而已。李先生回头见。”说完站起来，灰溜溜地走了。

特务刚出大门，李公朴便找来柳湜，叫柳湜立即去夏子美家，告诉他刚才发生的情况，要他务必注意安全，近几天不要出门。李公朴叮嘱柳湜说：“你千万小心，不要把尾巴带给夏子美。”

当天晚上，等天完全黑了，李公朴叫了一辆人力车去夏子美家。他给夏子美送去五十块大洋，对夏子美说：“子美，为了以防万一，你最好立即搬家，这五十元就给你搬家用吧。以后就在家里上班，有什么事，我让柳湜跟你联系，千万小心。”

夏子美十分感激李公朴先生的帮助，但考虑到不要因为他的缘故影响图书馆的工作，打算离开图书馆。李公朴说：“我看不必离开，你还没有暴露，只要平时小心一点。主要是图书馆离不开你，广大读者也离不开你。”最后按照李公朴的办法，夏子美搬了新居，不用到流通图书馆上班，读者来信由李公朴隔两天派专人送去，夏子美写好的文稿由专人带给李公朴。夏子美留在图书馆，继续工作了好长时间。

新中国成立后，夏征农回忆起这段经历，十分感激李公朴正直无私的帮助。

# 第四章　创办补习学校

一天临晚,李公朴从《申报》流通图书馆步行回家。在一家五金店门口,他与许小川不期而遇。当时许小川正伏在柜台上,就着微弱的灯光认真地看书。李公朴很远就认出了他,走上前去正要打招呼,许小川一抬头见是李公朴,惊喜地说:"李先生,你来了。你办了一件大好事。"

李公朴说:"你从图书馆借的书,都能看得懂?"

"我已经借了三本书了,大体上能读懂,不懂就写信问,你们给我答复。只是他,"许小川指着站在他身旁上的大个子,说,"他也想读书,我给他借了一本书,可是有一大半字不认识,读不下去。"

大个子说:"小时候家里穷,读不起书。我也想读点书,学点文化,可是无缘了。李先生,要是你办一所教人认字的学校就好了,我一定第一个报名。"

"办一所教人识字的学校",这是一个不错的建议。李公朴看着这位店员渴望读书的眼神,心里忽然动了一下。但李公朴明白,史量才总经理为创办图书馆已投资了许多钱,再办补习学校,要投资多少大洋啊！他实在难以向史量才总经理开口了。整整一个晚上,李公朴躺在床上,翻来覆去地睡不着觉。他想起了自己求学的情形,他八岁进私塾,读了三年多《三字经》《论语》《孟子》等书。十三岁不得不辍学去镇江学做生意。那时他多想读书啊,可是无书可读,老板也不让他读书。后来,因为抵制日货,被老板无情地赶出店门,十八岁才靠着三哥的支持进润州中学读初一。他知道穷人家的孩子读书十分艰难,他完全理解大个子的心情。第二天一早,李公朴召开了图书馆全体工作人员的例会,李公朴听取大家各自工作的汇报和建议。有几位馆员也反映,他们经常接待读者来访,有不少读者小时候没有念多少书,希望图书馆帮助他们补习文化知识。李公朴也说了自己的想法:社会上没有读书或者读书不多的人,很多,随处可见,办一所文化补习学校,帮助他们认字,提高文化知识,自然是一件造福社会的大好事,就是缺少资金。李公朴说:“如果经费落实,补习学校立刻办。”接着大家就围绕如何筹钱的问题进行了讨论。大家七嘴八舌提了不少好的建议。有一位馆员竟然说:“为了补习学校尽早办起来,满足读者的要求,从我们薪水中拿出一部分钱来,从这个月开始我每月拿出五个大洋。”

他的主张得到了大家的赞同,小小会议室里响起一阵掌声。面对大家的热情,李公朴很感动。他当即表示立即筹备文化补习学校,他说:“一切经费由我来负责解决,不用大家凑钱。大家薪水不高,还要养家糊口,在座的也不富裕。”当天下午,李公朴去《申报》馆硬着头皮找史量才商量。史量才总经理听了李公朴的建议,默默地抽了一支烟,才说:“办业余文化补习学校,也是一件大好事，办！经费自然不用大家凑。我们把现有的资源盘活，利用起来，先试办两个班，花不了几个钱，等有了经验，我们再慢慢发展。”

最后李公朴和史量才商量决定：招两个班，共八十人；图书馆阅览室白天供读者阅览，晚上做补习学校的教室；教师也在图书馆的工作人员中挑选，上一节课发两块大洋的补贴。参加补习班的学员稍微交一点费用，充作办公经费。招生广告刚刚贴出，还未满半天，两个班就已经招满了。窗口还有不少人聚集在那里要求报名，门外还有不少人赶来。李公朴两次出来打招呼：“我们这是试办两个班，地方有限，人手也不够，请大家谅解。等我们有了经验，一定扩大规模，尽量满足大家的要求。”

大家还是不肯散，人越聚越多。最后李公朴听取了大家的意见，采取折中的办法，把大家的姓名、地址和单位先登记下来，等到扩班时优先考虑。大家登记了才笑逐颜开地离开。整整一天登记的“编外”名额就四百九十三人。李公朴看到这些热切要求学习的年轻人，心里是高兴的，年轻人要求学习，重视文化，这是好事情。国民素质提高了，国家才有希望。同时李公朴也感到自己肩头的重量，把这么许多青年都收进补习学校读书，不是一件容易的事情，他要做的事情还有很多。

1933 年 3 月 13 日补习学校正式开学，校长史量才临时有事没有出席，执行校长李公朴主持了热烈而简朴的开学仪式。李公朴作了十五分钟的讲演：“同学们，你们知道日本多大吗？他们只有三十八万平方公里，我们中国有九百六十万平方公里，我国是日本的二十五倍。我国有四亿五千万同胞，日本只有七千万人，只抵我们一个零头。日本为什么敢气势汹汹地攻打我们？你们知道是什么原因？”李公朴联系当前的现实给同学们提了一个很实际、很尖锐的问题，引起了大家极大的兴趣。李公朴接着说，“日本近百年来重视教育，重视读书，科学技术发展迅速，所以比较强大。我们为什么读书？我们要通过学习，提高全民族的文化素质。整个民族的文化素质提高了，国家就强大了，就能够战胜一切来犯之敌。我们不仅为自己读书，也是为国家读书。你们说，我们应不应该珍惜这难得的读书机会？”大家齐声说：“应该！”短短的几句话，就把全体学员的学习积极性鼓动起来了。接着教师就开始上课。两个班，一个班是高级班，另一个班是初级班。高级班今天的课是艾思奇上的，讲授的是《生活中的哲学》。初级班以认字为主，是柳湜上的，教材也是柳湜编印的，第一课学的是《抵抗日本侵略兵》。

随着补习学校试办成功，李公朴在思考如何把补习学校扩大，满足求学青年的需求。一个周日，李公朴和夫人张曼筠到邹韬奋家去做客，刚巧高士其和黄炎培夫妇也在。饮茶时李公朴顺便讲起办补习学校供不应求的现状，希望大家帮忙出点主意。邹韬奋赶紧伸出手做了一个停止的手势，说：“打住，打住，我们老朋友难得相聚，你老弟又在考虑你的补习学校了，不行。今天我们好好休息。不过，你说办补习学校主要是缺少教室，也缺师资，你找黄炎培老先生，他一定能助你一臂之力。”

经邹韬奋一说，李公朴看了一眼黄炎培立即明白了。他笑着对黄炎培说：“你看我多糊涂，竟然把眼前这位贵人忘记了，真是不该啊！”

黄炎培说:“你们打什么哑谜,有话直说。我能帮的忙,一定会全力以赴。”

李公朴问黄炎培:“黄老,你们中华职业学校有多余的教室吗?我打算在贵校办一所补习学校的分校,行吗?”

“好是好,可我哪里有教室?”

“白天没有空教室,晚上有吗?”

“啊,我明白了。你们补习学校一般是晚上上课,行,晚上我给你腾五个教室,可以吧。没有师资,我们职业学校的教师也供你挑选,要几位就几位。我的态度好不好?”

“好,好!老朋友这里什么都好说。不过,我丑话说在前头,我们办补习学校的初衷,是为社会青年提供再学习的机会,不以赢利为目的,收费很少,经济困难的还可以免费。所收的费用,除了用于上课教师的一点补贴和必要的办公经费外,就没有多余的了。”

黄炎培笑着说:“公朴老弟热心为社会青年着想,难道老哥我就不能吗?我五个教室免费借给公朴老弟用,用多久就多久,如果要动用实验室也一律免费,动用我校的教师的补贴也由我们学校自己解决。”

邹韬奋说:“好,好。不愧是我们的老大哥,干脆利落。”

李公朴说:“谢谢炎培兄!老师的一点补贴我们一定付,不用老兄出。”

一周以后补习学校分校如期在中华职业学校开学,一共五个班,三百多学生。李公朴陪同史量才总经理,参加了开学典礼。李公朴主持了开学仪式,史量才和黄炎培都讲了话。

整整两个月的时间，李公朴走访了十多所中小学校，和校董、校长们商量，请他们大力支持办《申报》补习学校的分校，采用借用或租用的办法解决教室，教员是学校推荐，由《申报》补习学校发聘书聘用的，先后在沪东、沪西、沪南一共创办了八所分校，共六十三个班级，学生共有四千六百多人，课程有国文、算学、簿记、英文、日文等。

一次全家共进晚餐，李公朴又兴奋地说起补习学校来。张曼筠顺口问了一句“女学员多吗?”这引起了李公朴深思，参加补习的主要对象是店员、职工、学徒、工友，基本上是男的，因此进补习学校读书的是清一色的男青年，没有女生。当时社会重男轻女的现象十分严重，知识女青年不多。张曼筠说:“中国女人最痛苦，绝大多数是文盲，最要紧补习的是她们。”

李公朴同意妻子的看法。

第二天一早，李公朴去史量才办公室，找史量才商量，史量才完会同意李公朴的意见，支持李公朴，着手创办《申报》妇女补习学校。李公朴在《上海市私立申报馆附设〈申报〉妇女补习学校缘起》一文中说:“现在我们更深切地感觉到，目下大多数的妇女，尤其是年长失学的妇女——因为没有适当的学校可进，既不能获得独立谋生的技能，直接去服务社会，也不能取得处理家事上的必需的知识，来改良组成社会的细胞——家庭。”

为了让妇女能进补习学校读书，李公朴最大限度地给予照顾，不受年龄限制，费用也一再降低。李公朴说:“宁愿贴钱，也要让广大妇女来补习学校读书。”经过一段时间的筹备，《申报》妇女补习学校于 1933 年 9 月 1 日正式开办。共招收学生一百零五人，按照学员的文化程度分初级和高级两个年级，高级班分家事和职业两科，每科分两班；初级也分两班，以识字扫盲为主。开的课程有国文、英文、算学三科，还有家事、图画、缝纫、钢琴、中英文打字和银行簿记等专修课程。

李公朴夫人张曼筠教家事、图画和缝纫三科，都是义务上课，分文不取。

李公朴很想去补习学校兼点课，可他实在太忙了。他只能轮流到各个补习学校去巡回，挤时间作几次报告。譬如一次他对妇女补习学校一百多学生说：有人说，打仗是男人的事，我们妇女在抗战中能起什么作用？错了，抗日是我们每个公民的神圣职责，只有我们四万万同胞都起来，人人都为抗战出一分力量，中国才不会灭亡，我们才不会当亡国奴。这里自然少不了女同胞，四万万中有两万万是我们女同胞。去年淞沪战役中，我们上海妇女纷纷组织慰劳队去前线慰问战士，也有不少妇女去救护站帮忙，看护照料伤员，甚至到前线去搬运伤员，受到全国人民的敬佩。

有三位学生联名给李公朴写信，要求把学习英文版的《三民主义》，改成学习中文版的《三民主义》。李公朴就这个问题给学员讲了整整一个小时的报告。他说：原因很简单，因为《三民主义》的原稿，孙中山先生是用英文撰写的。只有读英文的原著，孙中山先生的思想才不会走样。我们如果不读英文版《三民主义》，就无法全面、正确地理解三民主义的精髓。我们会被蒙蔽，会受骗上当，就会跟着高喊“攘外必先安内”，不顾国人的死活。

李公朴对学员作了实事求是的解释，同时揭露国民党一些人篡改“三民主义”的险恶用心，说得学员个个心悦诚服。

在补习学校里，李公朴接受陶行知和黄炎培的建议，在重视文化和职业技术教育的同时，还开展各种活动，还成立了三个歌咏队，一个新生合唱队和一个口琴队。经常到街头演出，进行抗日宣传。学校办得十分活跃，很受学生欢迎。不少学者、专家、教授高度评价补习学校，说《申报》馆创办图书馆后又办了一件大好事。也有不少知名专家、学者、教授纷纷要求到补习学校义务兼课，用实际行动支持补习学校的开办。

# 第五章　创办《读书生活》半月刊

李公朴参加《申报》的编务例会，这是《申报》馆保持多年的传统。会议先听取各部门工作的汇报，找出问题，然后针对突出的问题，研究解决的办法。这次的问题是如何对付国民党市党部图书杂志审查官员的干扰和破坏。自从1931年1月31日国民党政府颁布了《危害民国紧急治罪法》后，紧接着又制订了《出版法》《新闻检查法》等一系列控制舆论的条文，对图书报纸实行严格审查。《申报》是全国最大的民营报纸，发行量很大，蒋介石特令上海市党部严加审查。《申报·自由谈》栏目，经常刊登鲁迅、茅盾、巴金等名家的文章，多次遭到文化特务的干扰，鲁迅先生的文章多次被强行删改。只得开天窗，即把被强行删掉的文字用空格来代替，让读者明白此处被审查者删去多少字，把文化特务的嘴脸暴露在光天化日之下，同时也提醒读者根据上下文的意思，把删节的内容猜读出来。近来文化特务很嚣张，三天两头来《申报》馆指手画脚，俨然成了《申报》馆的恶婆婆。会议开得很热烈，大家出了不少主意。最后史量才总经理要求全体编务人员一定认真工作，避免不必要的麻烦，在一些非原则的问题上，能迁就的就迁就，对一些有关民生的原则问题，不能让步的就寸步不让。他说："我还是这样的话，国有国格，人有人格，报有报格，人没有了人格，猪狗不如，报纸没有了报格，擦屁股都没有人要。这样的报纸不办也罢。我们要跟作家打招呼，文章尽量写得心平气和一些，隐晦一点，要学鲁迅先生，用事实说话，少一点刺激性的词语。有些话不得不说，我们照登，让他们去删，删了我们就开天窗。读者会理解我们的。"

史量才的一席话说到了大家的心坎里，大家报以热烈的掌声。

散会后，史量才把李公朴叫到总经理办公室。史量才和李公朴肩并肩地坐在沙发上低低地交谈。史量才告诉李公朴，他总感到蒋介石可能要对《申报》动手。所以要早做准备，以免措手不及。史量才说："我们报纸有三块内容特务盯得很紧，一是《新闻报道》栏目，二是《自由谈》栏目，三是《读书问答》栏目。我想最近一段时间尽量少报道一些敏感的新闻，《自由谈》里建议作者隐晦一点，多用曲笔，《读书问答》栏目，办得很成熟，很有成效，但常被特务等人嗅出问题来。昨天为了艾思奇文章中的一句话，硬被特务敲去三十元大洋。我建议把《读书问答》栏目从《申报》馆撤出来，另外办份杂志。你看行不？"

李公朴早就想把《读书问答》栏目从《申报》馆拉出来，办成杂志。真正是英雄所见略同。李公朴一口答应："完全可以，我也有这样的想法。"

史量才说："稿源和读者不成问题，经费我已和会计处讲好，你去领三千元开办费。审批较麻烦，我一个朋友在市党部杂志报刊审批处，我已写好一封信，你拿着信找他，估计不会有太大的问题。”说着史量才从抽斗里拿出一封信交给李公朴，说：“公朴老弟，你看还有什么问题？”

李公朴很感激，说：“史总已把事情都考虑好了，如还有什么事情我们自己解决。”

史量才握着李公朴的手，动情地说：“我就把《读书问答》这一块和图方馆、补习学校全都交给你了，交给你我放心。不管发生什么情况，都要撑起来，把这三块办好。我们不能辜负上海人民对我们的期望。”

李公朴郑重承诺，答应了史量才。临分别时，史量才告诉李公朴，他接受一些人的建议去杭州西湖边休养一段时间，避避风头，刚巧近来心脏也不大舒服，需要休息休息。

“什么时候走？”

“就这一两天吧。我把手头工作安排安排就走。”

两人分别，气氛有些沉闷，李公朴近来心情不太好，总担心会出事。史量才也感觉到了，他拍着李公朴的肩头，说：“这是暂时现象，一切都会好起来的，不要为我担心。”

李公朴回到图书馆办公室，立即把柳湜、艾思奇、周巍峙、夏子美等人叫来开了一个紧急会议，李公朴告诉大家，已和史量才总经理商量好，决定把《读书问答》栏目从《申报》馆撤出来办一份半月刊，刊名也和史总商量好，叫《读书生活》。在讨论办刊宗旨时，李公朴说：“我们《读书生活》依然以工人、职员、店员、学徒和辍学的青年为读者群，我们也要把《读书生活》办成一个理论联系实践的学校。通过杂志要求大家把读书与做人、读书与做事、读书与进步结合起来；要懂得如何做人，如何生活，如何读书，将来能够为人类幸福，为社会进步多做一点有用的事。”大家围绕宗旨展开热烈地讨论，又补充了一些意见，使宗旨更加完善、明确。最后是分工：主编是李公朴，编辑是柳湜、夏子美、艾思奇，稿子由三人负责，其他一切杂务皆由李公朴和周巍峙包揽。李公朴第二天到市党部，他拿着史量才总经理的信，找到史量才的朋友，此人是审批处的处长，审批杂志就在他手上。此人喜欢古董书画，按照史量才的吩咐，李公朴递上张大千的一幅山水画，他接过画爱不释手，连连说“好画好画”，就是不谈杂志审批的事。过了一会，李公朴说：“处长，我们创办《读书生活》刊物，怎么样，审批不会有问题吧?”

“噢，审批现在严得很。这样吧，史总是我的老朋友，他托的事我会尽力办的，你放心。我还要和市党部宣传口的主任商量商量，主任同意了，才好办。三天以后来听消息。替我谢谢你们史总。”三天以后，李公朴去了，处长说主任还没有下文，再过三天来看看。

又过了三天，李公朴仍没有拿到批文。

李公朴明白，这个家伙贪婪得很，嫌礼品不足。不追加点有分量的礼品，眼看是批不下来了。可是，一时间哪里去找名人字画和古董呢？李公朴最讨厌请客送礼那一套，怎么办？现在吊桶落在人家的井里，不得不低头。李公朴想到了蔡元培先生，蔡元培人脉广，在国民党里是老资格的名流，请他出面或许会有转机。他赶到蔡老府上，蔡元培先生正好在家，李公朴说明了来意，蔡元培很生气，他说：“国民党党风就是被这些贪婪之徒弄坏的。”蔡元培答应明天去市党部问问。原来市党部宣传口的负责人是他北大的学生。第二天蔡元培直接去他的办公室，那位主任立即起身请蔡老坐，忙着给蔡元培倒茶。主任说：“蔡老有什么事叫学生办，打个电话来说一下，我办好给您送过去，哪能劳您大驾跑一趟呢？”

蔡元培说：“我不来行吗？我支持老朋友李公朴办一份杂志，叫《读书生活》，一连跑了三趟还没有批下来，简直岂有此理？今天推明天，明天说还要研究，没完没了，成何体统！”

主任赶紧差人把那位处长叫来，训斥道，李公朴先生的《读书生活》批了没有？为什么拖这样长的时间？立即把批文送来！

不出三分钟，批件送来了。其实很容易，只需在李公朴的申请书上签上他的名字，盖一枚公章即可。

李公朴拿到批文后便在和平坊一百六十一号租了一套房子，作为杂志社办公地址，接着跑印刷厂，一连跑了几爿印刷厂，要价都较高，而且要预先交百分之四十的款项，没有谈成。后来去一爿印刷厂厂长姓恽，他曾在支持十九路军抗日的募捐会上，听过李公朴的演讲，他十分钦佩李公朴一心为老百姓办实事的精神，恽厂长不仅不收预交款还免费给李公朴印头三期的《读书生活》。

一切准备工作就绪后，李公朴先在《申报》刊登了一个广告，告诉读者《读书问答》栏目从即日起不再刊登在《申报》上。栏目原班人马撤离《申报》馆，另外组成《读书生活》杂志社，出版《读书生活》半月刊，希望广大读者订阅《读书生活》半月刊。在邹韬奋的《生活周刊》、胡愈之的《妇女生活》月刊等杂志上同时刊登了出版《读书生活》半月刊的广告。在大家的共同努力下,《读书生活》半月刊创刊号在 1934 年 11 月 10 日正式面世。李公朴亲自撰写了《创刊辞》。在《创刊辞》中,李公朴强调“学习与生活的辩证统一”“它所担负的使命是,替旁人解释发生苦闷的社会原因,指导解决苦恼的方法”,所以“我们提倡读书,但一定要读我们生活所需要的书”。《读书生活》虽然形式上是杂志,性质上、内容上仍是《申报 · 读书问答》栏目的翻版,而且有所发展。除了辟有《文学讲话》《哲学讲话》《经济讲话》《读书方法》《书报介绍》等专栏外,还开辟了《短论》《科学讲话》《生活记录》《读书问答》等栏目。《读书生活》创刊号一面世,立即受到读者的广泛欢迎和热诚的支持。开机印刷时,李公朴与柳湜商量,决定放胆印四千份,谁知仅三天就售完,每天还有不少人在杂志社门前排队购买,外埠纷纷来信来电订购,连连加印了两次才勉强满足广大读者的需求。这一期共发行八千多份,创刊号能发行八千多份,在当时的上海滩是绝无仅有的。李公朴、柳湜、夏子美、艾思奇拉着印刷厂的恽厂长去酒店喝了一次酒,算是初战告捷的庆祝。李公朴对恽厂长说:“我们算一下,如果有积余,我们把印刷费算给你,不用你免。”

恽厂长坚决不同意:“那不行。我说话算数,说好头三期免费印刷,我决不食言。”

恽厂长的态度,弄得李公朴很不好意思。

《读书生活》半月刊一直很畅销。后来,《读书生活》尽管遭到国民党当局的干扰,甚至封锁,但每期销量都在一万五千份以上,有时高达两万份。《读书生活》和邹韬奋的《生活周刊》、胡愈之的《妇女生活》成了当时上海三大最受读者欢迎的杂志。

李公朴更加忙了，每天晚上很迟才能回家。有一次晚上九点钟到家，张曼筠竟然感到新鲜，她看着李公朴，说："今天太阳从西边出来了，十一点还没到，就到家了，不会是身体不好吧？"

李公朴笑嘻嘻地说："你先生干劲十足，体壮如牛。我提早回家是抓夫人的差来了。"说着告诉张曼筠，第三期《读书生活》杂志上，要刊幅插画，想请张曼筠临时开个夜车，赶一赶。

张曼筠笑着说："今天早回来原来是打我的主意来了。"张曼筠也是急性子，放下手中的活儿，说干就干。就在这时《申报》图书馆工作人员送来了史量才先生的来信。来信询问《读书生活》杂志的创办情况，并告诉李公朴，他想近期返沪回报馆工作。李公朴在心里说："史总和我一样，都是闲不住的人，大概都是牛投胎来的。"

李公朴立即铺开信纸，给史总写了一封回信，很高兴地告诉他《读书生活》杂志办得很成功，创刊号就销了八千份，第二期就超一万份了。要他放心在杭州，多住些日子，把身体养好，不忙回沪。

那天，张曼筠一直忙到十二点以后才交稿，躺到床上，已经是凌晨一点多了。

要想杂志有持久的生命力，光靠现有的作者队伍是远远不够的。李公朴动用一切关系邀请著名的作家、学者、专家为《读书生活》撰稿。如章汉夫、钱亦石、沈志远、胡绳、薛暮桥、张庚、曹伯韩、吴敏（杨放之）、张健甫、凌鹤、立波等一大批进步人士，其中不乏中共地下工作者。一天下午，李公朴拿了一、二期的

《读书生活》到内山书店拜访鲁迅先生。鲁迅中等个子,脸清瘦,微黄,一头浓密的短发,上嘴唇的胡髭乌黑浓密。鲁迅先生微笑着握着李公朴的手,很风趣地说:“李先生是我很想见的人。你办了免费借阅的图书馆,又开办了全上海最大的学校。你是名副其实的孺子牛,吃的是青草,挤出来的全是奶。”

李公朴十分敬佩鲁迅先生的为人。他说:“我很爱读先生的文章,很敬佩先生,我们是学着先生做的。”李公朴说着,送上两本《读书生活》杂志,请鲁迅先生指教。鲁迅说:“你们的《读书生活》创刊号我拜读过了,先生的《创刊辞》写得很好。要说意见嘛,有两条:第一条,要进一步通俗化。你们的对象是识字不多的青年,要让他们看得懂;第二条,要结合青年人普遍关心的实际问题来谈,要让他们喜欢看。”李公朴邀请鲁迅先生赐稿,鲁迅先生一口答应。第三天鲁迅便请人送来了一篇稿子。鲁迅先生不仅自己写,还动员左联的作者支持《读书生活》,经常为《读书生活》写稿。

李公朴很重视鲁迅先生提的意见。回到编辑部立即召开编辑会议,认真做了传达,研究改进的办法。李公朴说:“鲁迅先生的意见戳到了我们的痛处。我们要痛下决心,彻底纠正。首先从我做起,诸位写文章,改文章,也都要注意,要多为我们的读者想一想。我们发表的每一篇文章要让普通群众看得懂,明白其中的道理。”

从此,《读书生活》的文风更加贴近普通群众,所讨论的也是大家最关心的,与切身利益息息相关的问题。这也是《读书生活》销量长盛不衰的原因。

# 第六章　哀悼史量才先生

1934 年 11 月 13 日午后，李公朴坐在编辑部的办公室里，赶写一篇题为《读书实验》的论文。《读书生活》创刊上刊登了李公朴撰写的《求知识的三条路》，反映很好，好朋友戈公振还特地写信来称颂："这是一篇值得一读的好文章。"事后看看，李公朴觉得还有些问题没有说透，想再写一篇进一步阐释。刚写两行字，忽然想到三四天前史量才总经理来信说近期返沪，不知回来没有，有许多事情要与史总商量，便放下笔打算打电话询问一下。就在这时，电话铃声大作，李公朴立即拿起电话，电话是《申报》馆总编辑打来的。总编辑哽咽着告诉李公朴，史总今天上午驾车从杭州回沪的途中遭到枪手伏击遇难，尸体已运回《申报》馆。李公朴顿时头脑一片空白，他无论如何不敢相信这是事实，他一连问了几遍，电话那头传来一片哭声。

经黄炎培老先生介绍李公朴和史量才先生相识以来，两人交往频繁，渐渐成了无话不谈的好朋友。史量才先生 1880 年出生于江苏南京市江宁区湖熟镇杨板桥村，原名史家修。史量才早年曾投身教育，先后在南洋中学、育才学堂、江南制造局办的兵工学堂、务本女校任教，也曾在上海创办女子蚕桑学校，后来才转向新闻，从事报业。1912 年史量才从英国人手里接手濒临破产的《申报》，任总经理。他踏实肯干，注重革新，经过十余年的打拼，《申报》成为国内著名的大报，日销量一直维持在十五万份以上。《申报》开始以“言论自由，无党无偏，为人民喉舌”为宗旨，一直保持中立。自从“九一八”事变以来，面对日本帝国主义的大肆侵略，蒋介石奉行“攘外必先安内”的不抵抗政策，国土沦丧，史量才先生的政治态度发生了激剧的变化。在《申报》上不断发表抨击国民党一党专政和媚日的文章；整版报道东北抗联抗击日寇的感人事迹。1933 年蒋介石纠集五十万大军开始第四次围剿，分三路进攻苏区，《申报》连续发表《剿匪与造匪》《再论剿匪与造匪》《三论剿匪与造匪》三篇犀利的文章，尖锐地揭露国民党反人民的本质。史量才先生还请黎烈文主编《申报》副刊，在《申报》开辟《自由谈》栏目，邀请鲁迅、茅盾、巴金、叶圣陶等名家撰稿，不断抨击国民党政府，仅鲁迅一人在两年内就发表了一百多篇犀利的杂文，篇篇直刺国民党政府反人民的本质。国民党特务秘密杀害邓演达先生后，宋庆龄先生十分愤慨，撰写过一篇题为《国民党不再是一个革命集团》的文章。没有哪家报纸敢刊登，文章到了史量才先生手里，史量才先生立即在《申报》全文登刊，而且放在头版头条的显著位置上。蒋介石看到后大为恼火。“一·二八”淞沪抗战时，史量才先生积极投身抗日救亡运动，捐巨资支持前线的军需供应，他还亲自带领《申报》职工上街游行，他多次出席群众集会，慷慨激昂地发表演说。有一次，史量才先生在几千人的集会上，大声说：“我史量才从小立誓‘生不做亡国奴,死不做亡国鬼’。现在,日寇已向上海开枪开炮,十九路军奋起抵抗。吾人伸头是一刀,缩头也是一刀,如果畏缩退让,仍不能保住生命财产,不如奋勇向前,抗战救国。世界上不战而亡的人叫作亡国奴,虽战而败,屡败而屡战,而不免失败的人,叫作义人。义人之气长留天上世间,谁能亡他?”

他的发言常常被一阵阵掌声打断。

史量才先生和《申报》态度的转变,戳痛了蒋介石,蒋介石本想用召见来软化、拉拢史量才,把《申报》控制在国民政府手中,谁知史量才先生不吃他这一套。于是蒋介石就命令特务头子戴笠对史量才痛下杀手。

那天史量才一家开着防弹车从杭州返回上海,汽车开出杭州不到一个小时,在翁家埠地段遭到六位身着便装的枪手伏击,轮胎打破。驾驶员中弹,仍坚持向前开了一百多米才倒下。史量才先生和儿子史咏赓弃车向不同的方向逃跑,枪手从后面追杀。史咏赓年轻,跑得快,很快消失在树丛中。因为他不是追杀的对象,枪手没有再追赶,而是集中力量围堵史量才先生,史量才先生下了公路,跑向一所茅草房,从茅草房后边出来,躲在一个干水塘里,被后面追过来的枪手发现,一连开了三枪,枪枪命中要害。两名枪手走上前来察看,见史量才先生没有了呼吸,六位枪手才洋洋得意地离开。半小时以后,史咏赓见没有动静,带着十多名村民赶来,史量才先生全身的血几乎流光了。

一代报业巨子就这样被卑鄙地残害在由他捐资修筑的公路旁,想到这里,李公朴的眼泪禁不住流了下来。

李公朴急急忙忙赶到《申报》馆。从大门到《申报》馆大厅一片白茫茫，白花白幔白灯笼，低沉忧伤的悲乐在空中回荡，浓重的悲伤气氛，催人泪下。史量才总经理穿着他喜欢的铁灰色的西服，佩戴着暗红色的领带，戴着浅灰色的礼帽，躺在灵床上，脸色苍白，大概全身的血液都流尽了。史量才表情平静，没有痛苦的痕迹，有一点嘲讽的神情，似乎面对敌人的枪口，在嘲笑国民党当局只剩暗杀的伎俩了。黄炎培、陶行知、邹韬奋、茅盾等老朋友也已闻讯赶来了。李公朴走上前去，注视着史量才先生紧闭的双眼，悲伤地喊着："史总，史总，你怎么了？两个月前，你走的时候还开开心心的，前几天你来信说近期返沪，有许多事情要和我商量，可……你……"说着说着李公朴泪如涌泉，似乎要跌倒，站在旁边的邹韬奋急忙扶着他，低低地劝道："公朴老弟，史先生已经去了，事已至此，我们还有不少事情要做。节哀顺变吧！"

当夜，李公朴主动留下来，和史总的生前好友轮流守灵。李公朴胸前佩戴一束白花默默地坐在灵前。他想起了史总去杭州前和他说的一席话，现在看来，史总对自己面临的危险是有所察觉的，并且作了适当的安排。抢先把《读书问答》从《申报》馆撤离，把《读书问答》与《申报》完全切割，是一项英明的决策，既保护了作者和读者的资源，更重要的是保护了李公朴，以免《申报》有变动，牵连李公朴。此时此刻李公朴感受格外深刻，史总就是这样处处为别人着想的人。史总常常说：我一个人一双手能做多少事情？事情要靠大家做。每一种工作我都托付一个人负责，充分信任他，以后我就不再过问了。史总说到做到，他把图书馆和补习学校一摊子交给李公朴后，就放手让李公朴去做，平时从来不过问。

史量才总经理就是这样一位工作细心，待人坦诚，可以信赖的人。就是这样的好人惨遭杀戮，现在不声不响躺在灵床上了。往事历历在目，怎么叫李公朴不伤心呢？

李公朴、黄炎培、邹韬奋都是史量才治丧委员会成员。治丧委员会开会一致决定第二天《申报》专版悼念史量才总经理，详细披露史量才总经理的遇害过程，强烈要求国民党当局严惩凶手。史量才遇刺始末见报后，震惊全国，知名人士纷纷发来唁电，在表示哀悼的同时，强烈要求当局缉拿凶手，予以严惩。宋庆龄、章太炎、蔡元培、鲁迅、茅盾等知名人士都送来花圈。时任行政院院长的汪精卫和立法院院长的孙科也发来唁电。3 月 16 日《申报》发表了一则消息：国民党蒋总裁严令浙江省主席鲁涤平限期破案，“应严缉凶犯，负责追根为要”。

第二天，李公朴不顾守灵一夜未睡的疲惫，回到家就进书房，提笔写下一篇题为《暗杀》的短评，刊在当天出刊的《读书生活》半月刊上，对史量才被刺事件进行抨击。李公朴在评论中一针见血地指出：“暗杀却是今日的一种政治阴谋……暗杀绝不是表示自己的权力，暗杀的计划者，不论有权无权，他都是属于没落和走入绝境的一种社会阶层，至少也是表示自己的权力的脆弱。”这是史量才遭暗杀后第一篇公开发表的评论。接着李公朴一连写了三篇悼念文章：《在史量才先生追悼大会上的讲话》《从悼念史量才先生说到〈申报〉流通图书馆》《纪念史量才先生》，来抒发自己悲愤的感情，悼念史量才总经理。

李公朴不仅写文章悼念史量才先生，还在流通图书馆和各个补习学校开展大规模的悼念活动，在每个补习学校的大门口悬挂史量才先生的巨幅照片。悼念活动要数流通图书馆的规模最大，除上海的读者外，还有不少从苏州、南京、南通等外埠专程赶来的读者，把会场挤得满满的，竟有一千余人参加。在肃穆悲哀的气氛中，李公朴胸前佩戴白花，主持悼念仪式。他悲愤地说："像史先生这样的人，还要被暗杀，天底下还有什么公理可说？我们要记住，不要以为一个人死了，就什么都完了。中国所以不振作，完全是这种个人主义深入人心的缘故。史先生一生做了不少好事。捐巨款修筑从上海到杭州的沪杭公路；他向十九路军捐款，支持他们抗战；仅仅创办流通图书馆，史量才出资一万多大洋；创办补习学校，又出资一万大洋，他个人得到什么好处了？他什么好处都没有得到！这许许多多的好事绝不是一个沽名钓誉的人所能做的。史量才总经理是为了我们这个民族，为了我们这个国家。他是真正大公无私的人。就是这样优秀的人，在青天白日之下惨遭杀害了。谁不痛心！谁不难过！"李公朴说到这里，泪流满面，哽咽着说不下去，停了几分钟，让心情平静一下，李公朴继续说，"今天我们许多人在这里开会悼念他，就是要继承史先生的遗志，就是要把史先生的'为公而不为己'的精神发扬光大。我们要秉承史先生的遗志，做一个像史先生一样光明磊落的纯洁人，尽我们自己的力量，把图书馆发展、扩大起来，把补习学校巩固、扩大起来，把这种种推进文化的工作扩大到多数人不识字的穷乡僻壤去！"

李公朴悲愤激越的声音，在空中回荡，给与会者留下难以忘怀的记忆。

史量才先生出殡那天，李公朴和黄炎培扶着紫铜的灵柩，一直送到杭州西湖畔的墓地。墓碑上“史量才之墓”几个大字是李公朴请章太炎先生手书的。

史量才先生遇刺给李公朴的打击很大，让他进一步看清了国民党反动派的真正面目。李公朴知道他们是杀鸡儆猴，是一种恫吓的手段，但李公朴没有后退，他一直牢记史量才先生临去杭州前所说的话，“我就把《读书问答》这一块，和图书馆、补习学校全都交给你了”“我们不能辜负上海人民对我们的期望”。李公朴知道今后肩膀上的担子更重了，工作也更困难了。以前工作遇到什么困难，有史先生撑着，今后没有了，但他坚信，只要像史先生那样“为公而不为己”，就没有克服不了的困难。

# 第七章　创办读书生活出版社

史量才遇刺后，史量才的儿子史咏赓接手《申报》馆。国民党上海市党部乘机派人到编辑部参与管理。《申报》的政治方向开始向右转，一些思想进步的编辑逐渐被辞退，思想进步的作者也不再为《申报》写稿，《申报》的日销售量日趋下滑。针对这种情况，李公朴、柳湜、夏子美和艾思奇等人商量，打算把流通图书馆和补习学校也从《申报》馆撤出来，得到大家的赞成。李公朴经过种种努力，成立了临时董事会，由李组坤担任董事会主席，王云五、吴蕴初、潘序伦等担任常务董事，李公朴和刘湛恩、陶行知、王志莘、杜定友、徐新六担任董事。李公朴受董事会委托仍主管图书馆和补习学校。在第一次董事会上，李公朴提出为了永远纪念史量才先生，建议把《申报》流通图书馆、补习学校、《申报》妇女补习学校，分别改名为量才流通图书馆、量才业余补习学校和量才妇女补习学校。让广大读者和全体在补习学校读书的学生都记住史量才。李公朴的建议得到大家一致赞成。李组坤董事会主席说："史量才先生创办图书馆，创办补习学校的功劳是不容抹杀的，我们应该牢牢记住他；他的精神，是值得我们永远学习的。”

一切准备工作做好后，李公朴代表董事会于1935年8月1日在《申报》发表公告，宣布《申报》流通图书馆和《申报》业余补习学校、《申报》妇女补习学校已于7月31日停办。从8月1日起，量才图书馆和量才业余补习学校、量才妇女补习学校相继成立。

在董事会的领导下，无论是量才图书馆，还是量才业余补习学校都有较大的发展。

《读书生活》是以李公朴为独立法人的杂志社。《读书生活》一开始就办得很兴旺，颇受读者欢迎。1936年2月的一天午后，李公朴和艾思奇、柳湜、夏子美、周巍峙几个人在编辑部开会，艾思奇他们向李公朴反映了这样的情况：凡是有长篇连载的杂志销量就多。杂志售完了，还有不少人来信、来电购买，可惜我们无法满足他们。李公朴说：“我近来也在思考这个问题。我想可否把这些有影响的长文章印成书，一方面满足读者的需求，还可扩大我们的影响。”

艾思奇说：“这当然好，我举双手赞成。”

柳湜看着李公朴的眼睛说：“你的意思是说我们自己印书，办一个出版社？”

“你们看可行吗？”李公朴没有正面回答，反问道。

“当然好，这是求之不得的大好事。”夏子美说。

“你们说可行？”李公朴再次问他们。

“可行！”四人异口同声回答。

李公朴高兴地笑了。他说：“如果办了出版社，你们几个人的担子更重了,更忙了,可工资暂时不会增加,我袋里没有钱,你们不叫苦?"

大家齐声回答:"不叫苦!"说着大家都笑了。

李公朴动作迅速,说干就干。仅仅半个多月的筹备,读书生活出版社就在上海静安寺路斜桥弄七十一号宣告成立了。李公朴任社长,柳湜任出版社主任,艾思奇担任编辑部主任,周巍峙也参与编辑。李公朴在成立大会上说:"中国的现实,让我们认清了当前文化最迫切的任务,就是唤起民众,投身抗日。在出版界方面,总要想法子配合这一任务。我们要出版千千万万册各种各样的抗战读物,去供给广大的民众和到民间去做先生的人们,使他们在意识上先武装起来,共赴国难。"李公朴的这段话,也是出版社奉行的出版宗旨。李公朴在讲话中还当众承诺:"不出一本理论不正确的书,不印一本无益大众的书。"

读书生活出版社严格按照李公朴当众宣布的宗旨来选题。作家,李公朴不愁,因为《读书生活》创办两年多,已经团结了一批作家,他们绝大部分是左联或社盟成员,在上海乃至全国都有一定的声誉。

销路,李公朴也不愁,他和上海几个大书店的老板都熟,有的是老朋友了。新书一印出来,他们都同意代理销售,订书一般在五百册左右。出版社开业不久,夏子美建议出版社开一个门店,专营自己出版社的书,开业已来,生意也很红火,有的时候一天能销售三四百本书。

出版社出版的第一套丛书,是由李公朴亲自主编的"读书生活丛书",是由柳湜、艾思奇、高士其等人在《读书生活》半月刊上连载的讲座编辑而成的。如柳湜的《如何生活》，高士其的《我们的抗敌英雄》等。接着出版了一套“角半小丛书”。其中有章乃器的《国防总动员》、柳湜的《救亡的基本知识》、章汉夫等人的《联合战线论》等。这套丛书是小六十四开本，不厚，便于读者携带，放在袋里，劳动者工作之余便可阅读。出版社特别重视出版抗日救亡的文艺作品。如张庚编写的《打回老家去》剧作选集、曹伯韩写的《国难记》弹词和《五四历史演义》、李公朴选编（周巍峙和孙师毅校订）的歌曲集《中国呼声集》等。这些书籍在传播马列主义，普及社会科学知识和宣传抗日振奋民族精神方面发挥了无法估量的作用。如艾思奇的《哲学讲话》，用通俗易懂的语言，以日常生活中鲜活的事例，深入浅出地阐述辩证唯物主义的理论。《哲学讲话》一版再版仍不能满足市场的需求，后来被国民党政府查禁，艾思奇稍做修改，以《大众哲学》为书名继续出版，前后共印了三十多版，成为畅销的第一本青年哲学启蒙书。还有如李公朴选编的《中国呼声集》，李公朴称它是“救亡运动高涨的时候，极端需要的一册大众歌唱的必备书”，也受到了民众热烈的欢迎，连续印了两版，共三万多册，仍不能满足读者的需求，也遭国民党政府的查禁，便改名为《民族呼声集》继续出版。读书生活出版社出版的书，在社会上产生了广泛的影响。

1936 年 10 月，毛泽东特地致电西安八路军办事处的叶剑英，要他设法购买一批通俗的社会科学、自然科学方面的书。其中特别提到要购买读书生活出版社出版的艾思奇的《大众哲学》、柳湜的《街头讲话》、李公朴选编的《民族呼声集》，用来提高延安学校和部队干部的政治文化水平。

李公朴创办图书馆，又开办业余补习学校，处处为穷苦人着想，早已引起了文化特务的注意。1937 年 2 月 11 日上午，文化特务带着三个人突然闯进李公朴的社长室，对李公朴说："李先生，又来打扰了。我们是老朋友了，我对你很尊敬，你是知道的。但我也没有办法，例行公干，希望李先生配合配合，帮帮兄弟我。"

李公朴很反感地抬起头："今天又有什么事？"

"事不大，你们出版的书，公然宣扬阶级斗争，诋毁中央'攘外必先安内'的国策，严重违反了中央宣传部颁布的《图书杂志审查办法》，小弟也是公事公办，单子上这几种书要查禁、收缴。"说着特务从皮包里拿出一份盖有市党部公章的书目交给李公朴，李公朴看了一眼，书目中有《国防总动员》《救亡的基本认识》《中国历史》《法郎贬价问题》《中国呼声集》《大众哲学》等十种书。

李公朴不看便罢，一看就来气。他盯着特务的眼睛问："请问，这几部书哪里违背图书审查办法了？就说《国防总动员》，错在哪里？日本强盗打来了，动员国人起来抗日错了？日本人打来了，不放一枪，转身就跑对吗？你们还有是非吗？又如《中国呼声集》，全书都是抗日歌曲，用抗日之歌来唤醒民众起来抗日，不对吗？你们宣传部难道和日寇穿一条裤子的吗？"问得文化特务张口结舌，不知如何回答。特务赶快做了一个停止的手势，对李公朴说："我们不讨论这些问题。我是奉命办差，上头怎么说，我们就怎么做。李先生也不必为难我们。这十种书以后不印就是，社里的书库要查一查，有的话，我们全部拿走。"说着手一挥，身后几个人如狼似虎,见书就翻,最后他们找出了三十多本所谓禁书,全部拿走。走到门口时,特务回转身,朝李公朴拱拱手,皮笑肉不笑地说:“谢谢李先生配合,我们后会有期。”

李公朴气得几乎要把手中的杯子砸向这帮特务。

一天下午,周巍峙在编辑室改稿,两个特务走进来,问:“吕骥呢,吕骥在哪里?”

周巍峙看了他们一眼,说:“我不认识,我们社里没有这个人。”

“张庚,你总该认识吧?在哪里?”

“不认识,也没有这个人。”

“这两个人不是在你们这里出版书吗?这么会不认识?”

周巍峙笑了,解释说:“他们是我们的作者。他们有书稿,寄给我们,我们觉得有销路,有钱可赚,就把书稿买下来,印了书卖出去。就是如此。大部分作家我们都不认识,也无任何联系。”

两个人互相看看,似乎不大相信周巍峙的话。另一位突然问:“周巍峙呢,有没有这个人?”

周巍峙突然一惊,很快镇定下来,说:“也没有,我从来没有听说,估计也是作家吧。”

这两个人根本不认识周巍峙,周巍峙几句话就把他们打发了。

针对这种情况,李公朴作了周密安排,一般情况下,编辑部只留一两位工作人员,负责接电话和稿件的收发,大部分编辑都在自己家里看稿,相互间用信联系。

1937 年 8 月的一天,夏子美对李公朴说:“我接到一部书稿,你看能出吗?”

李公朴感到奇怪,决定书稿出不出,是编辑部的事,不用向他请示,便说:“你们决定吧。你们决定出,就出;你们决定不出,就退稿。”

夏子美说:“不。这本书很重要,要你拍板。出书,要冒很大的风险。”

“什么书?”

夏子美凑近李公朴低低地说:“《资本论》,中文译本,译笔流畅,很好。”

《资本论》,早年在美国留学时,李公朴就读过,他读的是英文版。这是一部经济学方面的优秀著作。他也曾想把它翻译成中文,一来他感到自己英文底子太薄,怕译不好,二来他太忙,一直抽不出专门的时间,现在居然有人译出来了,自然要以最快的速度出版。不过出版这部书要绝对保密,一旦让国民党特务发觉,没收是小事,出版社要被捣毁,编辑部还要有人被逮捕。他考虑了一下,对夏子美说:“这部书稿,编辑部还有谁知道?”

“柳湜知道。我和他商量,他也赞成出。他说事情太大,要请示你。”

李公朴说:“这么好的书自然要尽快出版,问题是特务盯得太紧,要想一个绝对安全、稳妥的办法。这部书由你负责编辑,把柳湜也叫上,我们再商量一下。”

下午,李公朴赶到印刷厂,找到恽厂长说:“你能否搞一个小小的分厂,只要一两部印刷机,两三个工人就够了。秘密一点。最好办在郊区。”

恽厂长说:“怎么,要印秘密的传单?”

李公朴说:“传单倒不是,是印一本红色的书。你怕吗?”

恽厂长说:“你李先生都不怕,我怕啥?你说怎么办就怎么办。”

李公朴拍着恽厂长的肩头说:“有你这句话,我的决心就更大了。不过要保密,一定要选可靠的人,嘴巴要牢靠一点的。”

李公朴又找了办《生活周刊》的邹韬奋和办《妇女生活》的胡愈之,他们两家杂志社都有印刷厂,李公朴和他们是无话不谈的朋友,他们都敬仰马克思。李公朴要请他们各印一部分《资本论》,他们爽快地答应了。一部书分三处印,各印三分之一,然后悄悄地集中到一起装订。这样做比较保险,即使一处出问题,只损失三分之一,重印也方便。第三天,李公朴约夏子美和柳湜又具体地商量了一些细节。最后分工,夏子美负责出版,柳湜负责销售。三处印好的书稿,集中起来装订,工作量大,难以保密。夏子美决定把装订放在他家的阁楼上,晚上进行,请恽厂长派两位可靠的熟练工人做指导,从量才业余补习学校选七八位可靠的学生来突击。经过四个月的努力,一千册《资本论》正式出版了。这部书不能像其他书那样,公开放在书店里销售,只能悄悄地销售。柳湜通过中共地下党组织,仅仅半个月就销完了。

《资本论》顺利出版了,李公朴特别兴奋,第二天刚好是星期天,李公朴叫张曼筠准备几个菜,把夏子美、恽厂长和柳湜请到家里,吃了一次酒。吃得很开心,李公朴几乎饮了小半斤黄酒。三个人虽然嘴上没有说,但心里明白,这是庆功酒。客人走后,张曼筠问李公朴:“你今天特别高兴,有什么喜事瞒着我吧?”

“哪有啊，出版社办得顺利，大家都开心。”

张曼筠没有再说什么，李公朴也就把话扯开了。他不是不相信张曼筠，而是不想张曼筠为他提心吊胆。

大概过了几个月，柳湜和夏子美找到李公朴，拿出一份巴黎版的《救国时报》，希望能在上海出国内版。《救国时报》是在共产国际和法国共产党支持下，在法国工作的中共党员吴玉章等人创办的，经常刊发共产国际和中国共产党中央抗日救国的文件。李公朴知道这是中共党组织要印刷出版的。他答应了他们俩，不过他反复叮嘱说：“一定要保密，千万别让特务嗅出什么来。”

这份报纸安排在郊区的小厂印刷，印好后由柳湜直接通过地下组织发行。1933 年到 1935 年，中共上海地下党领导机关，由于叛徒的出卖，多次遭到严重破坏，部分幸存的上海中共地下党员和党的基层组织与党中央失去了联系，他们正是通过《救国时报》来了解国际国内的形势的，才知道《八一宣言》以及中共中央建立抗日民族统一战线的方针的。《救国时报》国内版的出版发行，当时起到了指路明灯的作用。

# 第八章　呼吁团结御外侮

日寇步步逼近，国民党政府步步退却。“亡国无日”的阴云笼罩在中国人民的心头。

日寇侵占东北以后，企图染指华北。1933 年，攻占热河，随后向张北的长城各口进攻。二十九军的广大官兵，奋起抵抗，重创日寇。蒋介石严令不准抵抗，并以“侈谈抗日者杀无赦”相威逼，二十九军只得后撤，日寇长驱直入，攻占通州。1934 年 5 月 31 日，国民党政府与日寇签订了丧权辱国的《塘沽协定》，划出绥东、察北、冀东为所谓“非战区”，中国军队不能进入，日军却可以自由出入，荒唐到极点，更为荒唐的是：1935 年 5 月，日寇竟然向国民党军事委员会北平分会代理委员长何应钦，要求中国政府放弃华北统治权。7 月 6 日，何应钦居然按照蒋介石的旨意，与日军华北驻屯军司令官梅津美治郎签订了臭名昭著的《何梅协定》，答应了日寇的无理要求，国民党政府撤销了河北省和北平、天津两市的国民党党部，撤出河北省的驻军，撤换了河北省主席和北平、天津两市的市长，撤销北平军分会政治训练处，禁止全国的抗日活动。第二个“满洲国”的命运已经摆在华北人民的面前了。

李公朴从1925年“五卅”运动期间参加国民党，第二年毅然离开沪江大学，南下广州参加国民革命军，投身国民革命，到现在已整整十年了。在李公朴心中，有着与国民党难以割舍的情愫。他希望蒋介石立即改变对内镇压对外妥协的卖国策略，全力以赴抵抗日寇，挽救民族危亡，但现实让他太失望了。蒋介石仍在老调重弹，大肆宣扬不抵抗政策。李公朴一连写了多篇文章予以驳斥。

在《外交评论》第三卷第五期头版上刊登化名徐道邻的一篇文章《敌乎？友乎？——中日关系之检讨》，扬言“日本人终究不能作我们的敌人，我们中国亦究竟须有与日本携手之必要”。接着《中央日报》等各大报纸纷纷转载，引起各方人士的关注，也引起日方关注，日本外相广田弘毅在国会发表外交政策演说时给予响应，提出“日中亲善，经济提携”的对华方针。明眼人都看出，这个方针实质是日本施放的侵华政策的烟幕弹。接着蒋介石在《国闻周报》上著文，给予响应，认为“亦具诚意”“是中日关系好转之起点”，表示要“制裁一时冲动及反日行动，以示信谊”。接着，蒋介石和汪精卫联名向全国各机关、团体发布了严禁排日运动的命令。

李公朴十分气愤，一个晚上写了《读〈敌乎？友乎？〉书后》和《中日经济提携的前提》两篇文章，进行批驳。他在《读〈敌乎？友乎？〉书后》中系统地批驳了蒋介石荒谬的妥协退让政策，严正指出：“中国的土地，虽尺寸不能灭亡于任何国家，要保持国家独立与完整，这该是我们的铁则。”在《中日经济提携的前提》一文中,李公朴指出从“九一八”事变以来日本对我国领土的步步侵占,并有继续扩张的野心的情况下,“以中庸和平之道去应付”“只能是空中楼阁,可望而不可即”!李公朴明确指出:“中日如果为友,中国方面在互有利益之下,必须坚决地保持己国的独立与自由,在平等基础上以求两国的邦交。”

天快亮了,张曼筠一觉醒来,发现李公朴还没有睡,推开书房门,书房里烟雾腾腾,见李公朴一手夹烟,一手提笔还在润饰文稿。见张曼筠进来,他说:“写完一篇,觉得意犹未尽,又写了一篇,刚写完。来,我读给你听,先听听你的意见,话说得是否到位?”

张曼筠说:“你看看墙上的时钟,四点多了。还是先睡吧,大作我明天看……”

李公朴兴致很高,不等张曼筠说完,就拿起稿子朗读起来。张曼筠轻轻叹了口气,便在旁边的椅子上坐下来,仔细听李公朴朗读。读完了,李公朴问张曼筠:“怎么样?有说服力吗?”李公朴期待地看着张曼筠。

张曼筠微微皱眉说:“有些话太尖锐了,可否婉转一些?”

李公朴严肃地说:“不能。这些话必须说,我还觉得不够呢。你先睡,我读了一遍,觉得还有不妥的地方,我再看看。”

李公朴把文章改好,走出书房,天已经完全亮了,张曼筠早饭已经烧好。李公朴朝张曼筠不好意思地笑笑,就坐下来吃早饭。

张曼筠说:“你呀,你呀,怎么说你呢?一再说不开夜车,却常常整夜整夜不睡。”

“你可不能怪我,蒋某人不省心,不让我们睡觉嘛!”李公朴说着,喝了一碗粥,就出门,他要在九点前把稿子送出去,力争明天见报。李公朴的两篇文章相差几天先后见报,在社会上引起了强烈反响。黄炎培当天读到《读〈敌乎? 友乎?〉书后》,就打电话给李公朴,说文章写得尖锐有力,一针见血。

5月的上半个月有四个值得纪念的日子,即“五一”国际劳动节、“五三”惨案、五四运动、“五九”国耻日。李公朴写了一篇《怎样纪念四个伟大的日子》的文章,要求国人,“当前一切运动,劳动运动,文化运动,以及一切雪耻求存运动,从根本方面着想,都不得不集中在反对帝国主义的侵略上,尤其不能不具体地把这个口号加强在抗日战线上。这是一切运动的总目标,也是出发点”。这篇文章刊载在《读书生活》杂志上。

就在这篇文章刊载出来的当天,上海发生了一件震惊中外的所谓外交事件。李公朴的好友杜重远创办并主编的《新生周刊》第二卷第十五期上,登载了艾寒松以“易水”笔名写的《闲话皇帝》一文。文章说现在的日本天皇原是一名生物学家,在生物研究方面颇有建树,因家族世袭的关系做了皇帝,但并无实权,实权在军部手中,是他们手中“企图用天皇来缓和一切内部各阶层的冲突,和掩饰一部分人的罪恶”的一张牌。如果他不做皇帝,集中精力搞研究,他在生物学方面的建树还要大得多。文章并没有贬低天皇之意,更谈不上侮辱。日本驻上海总领事石射却抓住文章中的个别词语即以“侮辱天皇,妨害邦交”为由向上海市政府及南京中央政府提出抗议,要求国民党政府向日本“谢罪”,并封闭新生周刊社,惩处作者及编者。在日本压力下,国民党政府惊慌失措,唯恐日本人发怒,由上海市政府向日本皇帝道歉谢罪,改组了上海市图书检查委员会,查封了新生周刊社。上海市地方法院也罔顾事实,不听被告人申辩,不听律师的辩驳,公然宣判杜重远十四个月的刑期。刚一宣判,几千名旁听群众哗然大怒,“不公平!”“抗议!”“坚决反对!”的呼声不绝于耳,李公朴也在抗议的人群中高呼抗议的口号。

第二天,国民党政府卑鄙无耻地颁布了所谓“睦邻令”,竟然声明严惩一切反日言论和反日行动。并规定“凡以文字、图画或演说为反日宣传者,均处以妨害邦交罪”。从此以后再也不准说“抗日”和“日本帝国主义”了,只能说“抗×”和“××帝国主义”,简直是天大的笑话。李公朴气愤到极点,像一头发怒的狮子,他奋笔疾书,连续写了《纪念“五卅”》《严肃的沉默》《偶尔想到》《一天的日记》《办杂志人对修改新出版法的意见》《如何纪念国庆》《新闻检查制度》等一连串的时评,进行严厉抨击。李公朴在文章中喊道:“我们期待着怒吼!怒吼!中华民族的怒吼!”

10月的一天,李公朴在《读书生活》编辑部开完编辑会议,柳湜给李公朴一份刚从邮局送来的《救国时报》,头版头条刊登了以中华苏维埃共和国中央政府和中国共产党中央委员会名义发表的《为抗日救国告全体同胞书》(即《八一宣言》)。《八一宣言》认为:“我国家我民族已处在千钧一发的生死关头,抗日则生,不抗日则死,抗日救国已成为每个同胞的神圣天职!”宣言主张全国各党、各界、各军队团结起来,组成抗日民族统一战线,“停止内战,以便集中一切国力(人力、物力、财力、武力等),

为抗日救国的神圣事业而奋斗。”这些话全说到了李公朴的心坎上，他越读越兴奋。李公朴拍着报纸对柳湜说：你听，“说得多好！‘建立抗日民族统一战线，成立国防政府和抗日联军’，就应该这么办，只有集全国之人力、财力，才能打垮日寇，才能力挽危局”。

柳湜说：“人家共产党不计恩仇，一切以大局为重，以国家安危为重。这是多么大的胸襟和气度。不知蒋介石看到这个宣言做何感想？我估计还放不下面子。”

李公朴思考一下，对柳湜说：“这期《救国时报》多翻印点，也给我一捆。让他们在群众中广为散发，让大家都知道这个宣言，也是逼蒋介石表态，我们要借用群众力量，逼蒋抗日。”

第二天，沈钧儒、钱俊瑞、胡愈之、邹韬奋、黄炎培、陶行知、章乃器及李公朴等十多位可以无话不谈的老朋友聚餐，边吃边聊，交换对时局的看法，也交流一些信息。这些人都是上海文化界的知名人士。他们看了《八一宣言》，个个赞同，认为这个宣言是当前救亡的利器。他们商定，大家写文章宣传《八一宣言》，在舆论上造成一定的态势。

这两天李公朴天天在外面跑，回到家已经很疲惫了。晚饭碗一放下，就进书房赶写文章，连通常要陪儿子女儿玩一会的惯例也取消了，惹得女儿国男、儿子国友很不高兴，国男冲着他的背大声抗议：“父亲，今天不陪我躲猫猫，我就一直不跟你玩。我去找爸爸，让爸爸陪我玩。”

原来张曼筠生了国男，奶水不够。国男是由奶妈带大的，国男一直喊奶妈为妈妈，喊奶爸为爸爸。回家来喊李公朴为父亲，喊张曼筠为母亲。国男叫习惯了，一直没有改过来。李公朴也尊重女儿的喊法，没有一点不高兴。

正在一旁收拾碗筷的张曼筠开心地笑了。她对李公朴说："我们家里也有反对派了。"

李公朴无奈地摇摇头，对国男说："原谅父亲，父亲这几天太忙了，今天父亲还有许多大事要做，让母亲陪你躲猫猫吧。"说完李公朴就关上了书房门。

李公朴今天赶写的文章是《行动中才能有团结》。上海地区发表的宣传《八一宣言》最早的文章，李公朴以阿比西尼亚(即埃塞俄比亚)为例，说明阿比西尼亚人民面对意大利的侵略，全国人民精诚团结，"没有私仇，没有旧怨，只有一个共同的敌人，全国人铸成了一道钢铁的长城"。接着话题转向中国，我国面对日寇的侵略，当局发出的是"撤兵令"，从而使民族力量瓦解，精诚团结变为空洞的口号，汉奸蜂起，民族耻辱增长，这不是中国民族不能统一，而是全国没有一个对日抵抗的动员令。李公朴发自内心地喊出："现在等候的是抗日的动员令了！"

最近几天，李公朴围绕中共的《八一宣言》，写了一连串的文章，隔一两天就有一篇文章见报，如《人民的公意》《新的进攻的特点》《新的进攻的总的认识》等。李公朴在《救亡图存的基础》一文中一针见血地指出，"现在的民族危机，是到了无可再忍、无可再让的关头了，我们不能再错过时机了，不能再回避不谈抵抗了"。中国目前需要迅速缔结一个全民族阵线。"这阵线要包括最多不同主张的人，在一个共同目的下，共同行动起来，去综合统一内部的矛盾，集中分散的力量。"

在中华民族濒临亡国灭种的危险时刻，李公朴以鲜明的立场和坚定的态度，抨击国民党当局对外退让对内镇压的政策，主张停止内战，团结一切党派、一切政治力量，共赴国难，共同抗日救国，在国民党统治区起到了振聋发聩的作用。

# 第九章　一二·九运动万岁

李公朴喜欢骑马。在北伐期间,他在国民革命军东路前敌总指挥部工作,骑着一匹枣红马从广州一直骑到上海。定居上海后,稍有空闲他就会去跑马场租匹马跑跑。1935 年 12 月 9 日,李公朴约了几位朋友来跑马场过马瘾。他相中一匹枣红马,工作人员告诉李公朴,这匹马刚采购来,性子烈不易驾驭,建议另选一匹。李公朴笑着说:“不用。我喜欢枣红马。我至少骑过五匹枣红马。我会当心的。”

李公朴万万没有想到,这匹枣红马让他吃了不少苦头。开始马还比较温和,跑了一圈,李公朴便两脚一夹,马鞭一扬,枣红马奔跑了起来,谁想它跑了一会,突然向前猛冲,并猛力向上耸起,前脚腾空,发出凌厉的吼声。李公朴不由自主地向前一冲,又向后一仰,身子便驾空,从马背上摔了下来。浑身多处擦伤,左手肘关节处骨折,李公朴因此住进了上海骨科医院。就在这一天,素有爱国情怀的北平学生首先发出了抗日救亡的怒吼!掀开了全国人民抗日救亡运动新的一页。

这天上午,北平各大学、中学数千名学生冒着凛冽的寒风,冲破重重障碍，从城外到城内，举行了声势浩大的请愿示威游行。他们面对军警的水龙头、皮鞭、大刀和枪刺，毫无畏惧地喊出了中国人民压在心底的呼声：

“打倒日本帝国主义！”

“收复失地！”

“团结起来，一致对外！”

“反对华北五省自治！”

“中华民族解放万岁！”

这一声声激动人心的口号在人们心中激荡，一批批路人主动加入游行队伍。

关于“一二·九”运动的情况，李公朴躺在医院里一点也不知道，第二天张曼筠到医院看望他，给他带来了当天的报纸他才知道情况。他指着上了石膏绑带的左臂对张曼筠说：“我叫自作自受！我只能看着青年学生宣传抗日，我却什么也做不了。我只能在病床高喊几声‘一二·九’运动万岁了。”

张曼筠笑着说：“这是老天要你好好休息，也是老天代替我管住你，让你安安稳稳休息三个月，不要老是牵挂着这又牵挂着那，老老实实在医院躺着吧。”

李公朴哪里是躺得住的人？张曼筠一走，他立即下床，一瘸一拐地来到医院的大门口，叫了一辆人力车，直奔邹韬奋家。邹韬奋就住在医院不远处。邹韬奋见到吊着手臂的李公朴大吃一惊：“怎么啦，公朴老弟？怎么像前线下来的伤兵？”

李公朴笑着说：“人倒起霉来吃水都咽，何况是骑马呢，在跑马场跑马让马从马背上摺了下来。”

“伤得重吗?”

“还好,手臂屈断了,别的地方还好,别的地方断了,今天就不能来了。”

邹韬奋赶紧扶李公朴进屋,在沙发上坐下来。李公朴说:“我算是什么事情也干不了,我是从病房偷偷溜出来的,不能耽误太久。我有一个想法,和老兄商量一下。现在全国抗日情绪空前高涨,北平青年学生都行动起来了。我想我们上海知识界不能没有态度,我想联系知识界的一些知名人士,发一个爱国运动的宣言,大家联合签名,表示表示我们的态度。你看怎么样?”

“这是一个好想法。我完全赞同,”邹韬奋说,“这次时事座谈会,我做东,把大家请过来,我把这个倡议提出来征求大家的意见。”

李公朴说:“我的手脚完全被捆住了。这事全靠老兄了。签名的人越多越好,人多力量大,最好把有名望的人全部发动起来,才有力量,才能使当局清醒。”

经过邹韬奋等人的努力,12 月 12 日,上海文化界两百八十多名知名人士签名的《上海文化界救国运动宣言》,在上海《申报》《大公报》同时发表。签名者中有李公朴、沈钧儒、茅盾、周树人、章乃器、邹韬奋、陶行知、胡愈之、史良等人。宣言开宗明义地说:“国难日亟,东北四省沦亡之后,华北五省又在朝不保夕的危机之下了!‘以土事敌,土不尽,敌不餍。’在这生死存亡刻不容缓的关头,负着指导社会使命的文化界,再也不能够苟且偷安,而应当立刻奋起,站在民众的前面领导救国运动。”接着进一步指出:“假如到了今日还有人想用妥协、提携、亲善,甚至游说的方式，希求敌人的觉悟，那真是与虎谋皮了。”最后提出八项主张，如坚持领土和主权的完整，否认一切有损领土主权的条约和协定；要求即日出兵讨伐冀东及东北伪组织；要求用全国的兵力、财力反抗敌人的侵略；严惩一切卖国贼并抄没其财产；全国民众立刻行动起来，采取有效的手段，贯彻我们的救国主张等。

12月16日，北平学生再次集中在天安门前，举行了规模更大、范围更广的抗日游行示威。人数达两万多人。并且先后在天桥和前门两次召开市民大会，通过了《反对成立冀察政务委员会》《反对华北任何傀儡组织》《要求停止内战，一致抗日》《收复东北失地》等八个决议案。军警用皮鞭、木棍、大刀、枪托对付青年学生，打伤、逮捕学生数十人。李公朴看到消息既兴奋又愤慨。他对北平学生再接再厉的斗争精神，表示由衷的敬佩，对反动军警疯狂镇压手无寸铁的学生群众，表示极大的愤慨。

李公朴向护士小组要了几张纸和一支铅笔，伏在病床上一笔一画地赶写短论《慰问北平受伤的同学们》。站在一旁的周巍峙要代替他执笔，李公朴没有同意，他说文章是从心里流出来的，是别人无法替代的。李公朴在文中热情地说：“我们的血也同样沸腾了。国难第一线上的中国学生的姿态，是光荣的。我们对于北平学生大众‘再接再厉’的斗争精神，敬致斗争的敬礼。自然，北平学生提出的主张，也是全国大众的主张；北平学生奋斗的目的，也同样是大众的目的。”李公朴高度评价了北平学生运动的意义：“我想当局们绝不会对此丝毫无动于衷吧？为了我们的土地完整，这些学生的行动，是不应轻视的。为什么不顺应民众的要求，一起来下决心，为我们的祖国奋斗一下呢？”

对于“一二·九”运动，天津《大公报》公然在12月11日的《社评》和12日的《短论》中给予彻底抹杀，说什么“北平的学潮，似乎还没有完全收束下去，这不止于教育界本身不利，而且可以成为北平严重的社会问题。因为北平是文化都城，不容长期纷扰。在今天北平情形之下，学生空言请愿或自行罢课，实非其时，非其地，所以我们始终希望青年要自重自爱”。他们主张“北平的学潮应速收束”。完全是一派胡言。

李公朴看了《大公报》的这两篇文章很气愤，对张曼筠说：“你看看，他们说的是人话吗？青年学生冒着零下七八度的严寒，面对军警的大刀、皮鞭、水龙头，他们为的是什么，为的是祖国土地的完整，为的是我们中华民族不被灭亡！”

张曼筠知道李公朴不会罢休，劝李公朴：“公朴，身体很重要，你身体还没有复原，别太激动。这许多事，出院后再说。”

李公朴一刻也按捺不住，他有话要说。李公朴伏在病床上立即赶写短论《是“学潮”吗？呸！》。李公朴痛快淋漓地驳斥《大公报》的谬论，他宣称：“我们拥护这一运动，我们反对有人喊‘收束’。我们更要高喊道，目前的学生运动‘正是其时’‘正是其地’，只有汉奸才会发出像《大公报》这样的言论。”

李公朴写得很快，这些文字似乎早已凝结于心中，突然找到突破口，像喷泉一样，奔突而出，不到一小时，就写好了。

大概过了十多天，邹韬奋来到李公朴的病房，刚巧张曼筠和周巍峙不在病房。邹韬奋和李公朴悄悄耳语几句，李公朴便向管床的护士小姐请了三个小时的假，护士特地叮嘱李公朴一定按时回病房。李公朴和邹韬奋离开医院，乘人力车直奔邹韬奋家。邹韬奋家的客厅里已经聚集了十多人。沈钧儒、马相伯、章乃器等知名人士都在。原来上海文化界准备召开救国会成立大会,会上要通过《救国运动的宣言》,今天召开部分人的座谈会就是研讨宣言的。李公朴一来会议就开始了。先由沈钧儒宣读《宣言》的初稿,然后请大家发言。大家都畅所欲言,讨论得很热烈。大家提了不少意见,最后决定由沈钧儒教授,统一修改定稿。

那天,邹韬奋夫妇热情地留沈钧儒和李公朴吃中饭,以便进一步磋商《宣言》的修改。饭桌旁有几本刚刚出版的《大众生活》,《大众生活》是邹韬奋主编的刊物。封面上一幅照片引起了李公朴的注意。照片上是一位女学生拿着大号话筒,面对一群学生和市民在演讲。李公朴指着照片对沈钧儒说:“这位女学生,最多二十一二岁,多么勇敢,无所畏惧地在宣讲,我们像她那样的年纪,还什么都不懂。”

沈钧儒说:“这就叫后浪推前浪,一浪更比一浪高嘛。”

邹韬奋告诉他们,这张照片是从北京寄来的“一二·九”运动的现场照片,据说这位女同学是清华大学学生会干部,“一二·九”运动的发起者之一。

12月27日,上海文化界救国会成立大会,在西藏路宁波同乡会召开,有三百多人参加。李公朴因伤住院治疗,没有出席大会。会上一致通过了《上海文化界第二次救国运动宣言》,《宣言》进一步提出了建立抗日民族统一战线,停止一切内战,开放民众组织,保护爱国运动等政治主张。大会选举了沈钧儒、李公朴、马相伯等二十七人为执行委员。

# 第十章　积极投身救国运动

1936 年 1 月 7 日，李公朴伤愈出院，左手臂依然吊在胸前。李公朴回到家一刻都没有休息，就到《读书生活》杂志社和读书生活出版社去了。还特地和柳湜、夏子美、艾思奇几个人聊了当前的形势。

在李公朴住院期间，上海各大学、中学的学生八千余人，其中也有不少量才业余补习学校的学生，响应北平学生，于 12 月 19 日深夜至 20 日，连夜赶到江湾上海市政府请愿，坚决要求政府停止内战，一致抗日。23 日至 24 日，复旦、交通、暨南、夏大等大学和中学的学生三千多人，相继到闸北火车站，强烈要求去南京总统府请愿，车站不让司机开车，24 日下午两位会开火车的大学生闯进驾驶室，开着火车出发。他们一路上冲破国民党当局的重重封锁，于 27 日上午到达无锡火车站，受到无锡学生和市民的热烈欢迎和慰问，但最终他们还是被军警押送回上海。在国家危亡的关头，上海学生挺身而出，说明上海的学生开始跟上时代的步伐，作为上海的一个市民，李公朴很欣慰。他也同意夏子美的分析，上海广大的群众还没有真正投身到爱国运动中来。

这说明我们的宣传工作还不到位,还需要大力推进。

1月20日前后,李公朴提议由文化界救国会挑头邀请各界救国会共同参加,搞一个大规模的"一·二八"四周年纪念大会。会后游行队伍到"一·二八"无名英雄墓前,进行公祭。借这个活动进一步激发广大群众的抗日热情。李公朴以这样的话结束自己的讲话:"抗日救国要靠全体中国人的精诚团结,只有每一个中国人都站起来,满腔热情地投身抗战,日寇才会被打倒,我们中国才有希望。我们文化界人士要主动把宣传抗日、教育群众的重担挑起来。这是我的提议,要不要这样搞,如何搞,请大家畅所欲言。"

大家都赞成这个提议,都说是一个好主意,既切合时宜,又恰到好处。至于如何搞,大家讨论得更为热烈。最后就会议筹备的分工、会场的选择以及游行的路线等都做了具体的磋商。

第二天,李公朴召开了量才业余补习学校的董事会,李公朴主持会议。李公朴说,现在国难当头,爱国救亡人人有责,补习学校虽然是业余的,利用周日和晚上上课,但也要共赴国难。他要求董事会授给他发动学生投身抗日活动的权力。董事会完全赞同李公朴的做法,补习学校的学生,既是学生,又是店员、工人,应当投身抗日活动。得到授权,李公朴在学生自愿参加抗日活动的基础上,挑选三百名学生组成纠察队,为每次活动维持秩序。在纪念"一·二八"四周年纪念活动的前两天,沈钧儒先生又把李公朴、陶行知叫去,就活动的细节,又仔细地推敲了一遍,连会议上的口号、歌曲都想到了。这是救国会第一次组织的全民的抗日活动,只准成功,不准失败。

纪念"一·二八"抗战四周年的大会在上海市总商会礼堂召开。会议八点半开始,李公朴七点不到就到了。文化界救国会主要领导也都陆续到了。量才业余补习学校的纠察队员佩带红袖套在会场四周维持秩序。八点不到,各救国会领导人带着自己的队伍相继进入会场,坐到指定的位置上。八点半大会开始,出席大会的人约一千人。大会公推何香凝、马相伯、张一麐、沈钧儒、章乃器、李公朴、史良、欧阳予倩、王造时等十九人组成主席团,坐在台上。沈钧儒担任执行主席,首先发言,报告了纪念"一·二八"四周年的意义和四年来的教训,李公朴、章乃器、王造时也相继发言。沈钧儒、李公朴、章乃器、史良等被选为上海各界救国联合会的执行委员。接着游行开始,李公朴担任总指挥,他指挥与会人员排成双行,他和陶行知走在第一排,后面一排排地跟着前进。李公朴指挥纠察队员,间隔着走在队伍的两旁,维持秩序。李公朴不时离开队伍,挥舞着右手领头高喊口号,或指挥大家高唱《义勇军进行曲》《打回老家去》等抗日歌曲。队伍越走越长,人越走越多,沿途有不少群众主动加入,走到英国租界时,队伍达一万多人,声势浩大。队伍在英租界通过时,英国巡捕房派出大批巡捕和马队,监视队伍。队伍一到中国地界的闸北宝山路,局面就完全不同了,沿途军警荷枪实弹,三步一哨五步一岗,如临大敌。另外还有不少便衣特务企图混进队伍,横冲直撞,制造事端。李公朴立即指挥队伍,改作四人一排,手挽手肩并肩地前进,让纠察队员前后照顾,保持严整的队形,把特务排除在队伍之外。同时李公朴有针对性地领着大家齐声高呼:

“中国人不打中国人!”

“我们是铁的队伍,我们是铁的心!”

“不打老百姓,不打自己人!”

上万人的雄壮气势,逼得特务们不敢肆意妄为。只敢在队伍两侧随行。游行队伍浩浩荡荡地来到庙行无名英雄墓地。在悲痛激昂的“一·二八”纪念歌声中举行了“忠魂公祭”。李公朴站在殉难烈士的墓前,高声朗读祭文,并向殉难烈士庄严宣誓:“我们一定继承烈士抗日救亡的遗志,抗战到底,为民族解放运动奋斗到底!”

这一次成功举办“一·二八”四周年的纪念活动,充分显示上海紧跟北平的步伐,逐渐在全国救亡运动中起到举足轻重的作用。

上海抗日救亡运动蓬勃发展,迅速波及全国。北平、西安、天津等地纷纷成立救国会,抗日救亡运动在全国掀起。为了更有效地把各地救国力量团结起来,促进各党各派停止内战,共同抗日,沈钧儒、李公朴决定成立全国各界救国联合会。经过沈钧儒、李公朴等人的多日奔波,1936 年 5 月 31 日至 6 月 1 日,全国各界救国联合会成立大会在上海园明路基督教青年会会场召开。全国二十个省、市六十多个救亡团体和十九路军的代表共七十多人参加会议。大会讨论并通过《全国各界救国联合会成立大会宣言》《全国各界救国联合会章程》等重要文件。大会选举沈钧儒、宋庆龄、何香凝、李公朴等四十多人为执行委员,又从中推选出沈钧儒、李公朴、章乃器、陶行知等十四人为执行委员会常务委员。

# 第十一章　市长的宴请与蒋介石的面谈

在全国各界救国联合会的推动下，华北、华南、西北和南京、济南、武汉等地纷纷成立各界救国联合会，旅居欧美及东南亚的华侨和香港同胞也相继成立了抗日救国会。到 1936 年年底，参加救国会的人数达到数百万之多。救国会公开以停止内战，联共抗日为宗旨，抨击国民党“攘外必先安内”的政策，强烈要求改变国民党一党专政的现状，建立一个包容各党各派统一的抗日政权。救国会这些主张戳到了蒋介石的痛处。救国会成了蒋介石的心头之患，必欲除之而后快。一天内蒋介石连续两次给上海市市长吴铁城发电报，要求吴铁城从速解决救国会。吴市长自然不敢怠慢，让秘书长李大超给李公朴发通知，请李公朴代邀沈钧儒、章乃器连同李公朴本人，第二天中午去市政府便宴。李公朴接到通知，很奇怪，吴市长竟然要请他们吃饭？不过，李公朴心里明白，这顿便餐不是好吃的，一定是鸿门宴。李公朴分别问沈钧儒和章乃器去不去？

他们说：“这显然是鸿门宴，是冲着救国会来的。去，自然要去。市长的面子总要给的嘛！但救国会的原则不能丢。”

李公朴说：“对，市长大人难得请平头百姓吃饭，哈哈，我们当然赏光。救国会的原则自然不能丢。”

第二天十点半，李公朴和沈钧儒、章乃器相约来到市政府，秘书长李大超早已在市政府大门口恭候了。李大超原是李公朴的旧部，也曾在国民革命军东路军总指挥政治部工作过的，平时和李公朴有些交往。他悄悄地对李公朴说：“这几天，吴市长为你们救国会的事挨老头子批了，心情不太好，说话注意点。”

李公朴点点头，意味深长地笑了笑。

李大超把李公朴他们三人一直带到市政府餐厅的小包厢内。吴市长早已坐在桌子的主位上等候了。见李公朴他们进来，站起来迎接。双方寒暄一下，便在桌子边坐下来。一张圆桌，坐四个人，很宽敞。桌上已摆满了菜，酒杯也已经斟满了酒。吴市长举起酒杯，笑着说：“欢迎三人赏光，鄙人平日耽于事务，和各位交往不多，今略备薄酒和大家共聚，以表歉意，请各位满饮此杯。”

开头，气氛还算融洽，话题也轻松。饮了三杯酒，章乃器对吴市长说：“今天市长不光是请我们吃饭的吧，还有什么事？”

吴市长说：“没什么大事，我们先吃饭，吃饱了再说。”

李公朴看了一眼吴市长，说：“有什么事，还是现在说好，等会儿喝得醉醺醺的，说的话便不算数了。”

吴市长说：“也好，既然大家都是直爽人，那我们就边吃边聊。也不是什么大事，三位都是救国会的领袖，救国会近来动作不断，有碍社会治安，我奉劝三位，别再搞了，解散了吧。你们抗日的热情可嘉，可抗日是政府的事，学者名流就不要掺和了，当心被共产党利用，授人以口实。我为你们着想，大家都是朋友，我给三位提个醒。”

李公朴反唇相讥道：“今天吴市长慷慨请客，原来是要我们解散救国会。抱歉得很，救国会是在抗日的大旗下各阶层群众的联合组织，我们三人无权解散。请吴市长谅解。刚才吴市长说，救国会抗日宣传有碍治安，此话差矣！日本人在我国领土上开枪放炮屠杀我中华同胞，不妨碍治安？华北五省搞什么自治，汉奸横行，也不妨碍治安？我们宣传抗日，动员民众投身抗日竟然有碍治安了？我弄不明白，吴市长的治安是给什么人的治安？”

章乃器喝了一杯酒，放下杯子说：“刚才吴市长说，抗日是政府的事，不用我们这些人掺和，对着哩。可是政府不积极抗日，东三省丢了，眼看华北也将成为日本人的囊中之物。四年前淞沪一仗，十九路军明明打胜了，仍被政府强令停战，政府无心抗日，令人痛心。我们这些草民才起来尽一点匹夫之责嘛！吴市长你说以上的情况符合不符合事实？”

沈钧儒微笑着说：“我们成立救国会的宗旨就是宣传抗日，动员各党各派的力量，团结起来，停止内战，一致对外。蒋委员长能真正站起来领导抗日，能停止内战，一致对外，到那时，我们救国会自然而然会消失，但目前不行，由于委员长推行‘攘外必先安内’的政策，把我们中华民族推向亡国灭族的危险关头，谁不心急如焚？这种现状，我相信身为市长的你也明白吧！国土不断沦丧，人民饱受蹂躏，你看到了，不着急吗？”

面对一个个的责疑,吴市长一时不知如何回答。突然他收起笑脸,沉着脸说:“打开天窗说亮话,我不瞒三位,今天兄弟我是在执行公务,我奉上头钧旨,救国会必须解散。你们组织全国救国联合会是有野心的,意在推翻政府。我不忍心你们在危险的道路上继续滑下去。”

“我们有野心,意在推翻政府?笑话!”李公朴反驳道,“市长大人,你错了。我们动员民众投身抗日,保家卫国,明明是助政府一臂之力,是帮政府,我们发表的宣言里说得清清楚楚。今天吴市长不是也有心当汉奸,硬把推翻政府的帽子扣在我们头上吧?”

李公朴一针见血地揭示了问题的实质。吴市长坐不住了,他气急败坏地说:“我现在就宣布全国各界救国联合会是非法组织,予以取缔。我命令你们:首先,立即写好通告,明令全国,解散全国各界救国联合会;其次,把所有的印刷品送到市政府来,以备销毁,否则今天就休想走出市政府。”说完,喘一口气,又以嘲笑的口吻说:“你们不是要做民族英雄吗?今天就让你们尝尝做民族英雄的滋味吧!”

李公朴他们三人严词驳斥了吴铁城对救国会的污蔑,明确表示:全国各界救国联合会决不能解散,我们也无权解散。沈钧儒慢悠悠地说:“吴市长,我佩服你的勇气,竟敢站在全国人民要求抗日的对立面,把全国各界救国联合会宣布为非法组织,你就不怕全国人民戳你的脊梁骨,骂你汉奸卖国贼吗?”

李公朴说:“请问吴市长,国难深重,市长不嘲笑汉奸卖国贼,而嘲笑民族英雄,这使我万分吃惊!市长先生,我不知道民族英雄有什么罪?”

章乃器说:“看来市长大人今天要拘捕我们,好啊,今天市长明明邀请我们吃饭却要拘捕我们,传出去不被笑掉大牙才怪。拘捕我们要有法院开出的传票,吴市长不会连这点常识也不知道吧?”

吴铁城自知失言,自寻没趣,只好找台阶下,改口要他们先限制救国会的活动,逐步解散全国各界救国会。吴铁城的无理要求遭到李公朴三人的断然拒绝。他们三人只能保证自己“一不躲避,二不逃跑”,说完,三人便站起来告辞,从从容容离开市政府,各自回家。李公朴回家和张曼筠说起“鸿门宴”的经过,开心得哈哈大笑。

张曼筠说:“这是一个信号,国民党当局是不会罢休的,处处小心一点,不要让他们找到借口。”

李公朴赞同张曼筠的看法,他立即转告给沈钧儒和章乃器。沈钧儒立即做出决定,第二天召开全国各界救国会在沪的执行委员会议,传达鸿门宴的情况,研究对策,确保救国会的每一次行动都要做到有理有节,尽量不让那些别有用心的人找到借口。

6 月 4 日在沪执行委员会会议上,宋庆龄先生因身体不适没有参加。她听说这件事后,立即致函沈钧儒、李公朴等救国会的领袖,她在信中高度评价沈钧儒、李公朴他们“忠于救国会《宣言》的每个字,宁可坐牢而不愿卖国”的精神。宋庆龄在信中写道:

“我们反日的最好方法,是只有加强我民族革命的力量……我们的路是长而艰苦的,但只有伟大的斗争才能获得胜利。如果我们能够尽力去干，这种胜利是有保证的。我非常欣慰，签名于这救国会的《纲领》和《宣言》，我充分支持这个《纲领》和《宣言》。”

李公朴和沈钧儒商量，并征得宋庆龄的同意，将这封信公开刊在1936年6月14日出刊的《救亡情报》第六期上，给吴铁城当头棒喝，吴铁城十分狼狈。

蒋介石见解散救国会不成，便想把救国会收在麾下，变为国民党的御用工具。7月初，蒋介石让侍从室通知沈钧儒、章乃器、李公朴，请他们来南京，蒋委员长要找他们面谈，共商国是。

李公朴他们动身去南京的前一天，开了一次救国会常务委员会会议，具体研究了对策。一致决定“面对全国各界救国会的《宣言》和《纲领》，决不做任何让步”。但在谈判的具体策略上则“避免同蒋介石发生正面冲突”。李公朴他们乘火车到达南京站，戴笠亲自用车把李公朴他们接到位于总统府旁边的中央饭店。中央饭店是南京最豪华的饭店，是当局接待外国政要吃饭住宿的地方，他们颇有点受宠若惊之感，三人一人住一间房，三间房连在一起，房间设施完备、高雅。

蒋介石的面谈安排在第二天上午十点。第二天九点多一点，戴笠就把李公朴他们三人送到三楼的一间小会议室等候。整个一座大楼都有荷枪实弹的卫兵把守，还有许多穿着饭店工作制服的人在楼层和房间里穿来穿去，明眼人都知道这些人都是特务，是戴笠的部下。十点整，蒋介石由戴笠陪同来到会议室，戴笠一一向蒋介石介绍李公朴他们三人后，便退出门外，顺手关好会议室的大门。蒋介石微笑着同各位握手，寒暄。蒋介石请大家坐下后,说:“这次认识大家很高兴,三位都是国内外著名的学者,是救国会的领袖,是国家的栋梁嘛。三位都关心抗日,这是好事情。日本是小国,弹丸之地,没有什么可怕的。前段时期我们一直不主张向日本开战,想通过国联来调停,制约日本,达到不战而屈人之兵的效果。现在看来,我们不能完全寄希望于国联,要立足自身,我们现在完全有把握战而不屈,这点是不容国人担心的。”

李公朴说:“委员长的话,鼓舞人心。能够有把握战而不屈,不知何时能实施?”

沈钧儒和章乃器也问,既然完全有把握战胜日寇,“何以华北地区还要一再退让,而不反击?”

蒋介石忽提高声音说:“还不是给共产党闹的?共产党在陕西、甘肃、宁夏一带扩红,闹红,弄得民怨沸腾,社会不宁,牵制了几百万军队。怎么能一门心思打日寇?共产党就是不要国家利益。”

李公朴说:“委员长:听说中共方面发布了《抗日救国十大纲领》,要求停止内战,一致对外,建立抗日民族统一战线。我觉得这个纲领有助于全民抗战,我们应该考虑。”

蒋介石说:“听说你们救国会也同意建立抗日民族统一战线?你们上当了,上共产党的当了。共产党的话岂能相信?这是共产党的伎俩,他们被重重围困在陕甘宁狭小的地带,只要我们再努一把力,就可以永绝后患。他们企图借一致抗日逃脱被灭亡的命运。他们所谓的十大纲领是欺骗善良人的。”

章乃器说:“现在东北丢了,华北按照日本人的意图搞什么自治,恐怕也快要落入日本之手。就怕共产党还没有消灭,中国将落入日寇之手了。”

蒋介石说:“你们有这样的担忧不是没有道理,我充分理解。你们要充分相信政府,政府有这样的实力对付日寇,一旦抗日全面展开,势必势如破竹,小小的日本,弹丸之地,能有多大的实力?”接着蒋介石转移话题,他用诚恳的语气说:“今天,把你们三位请到南京来,是要和你们三位商量一件事,现在的局势你们也清楚,党国面临重重困难,内忧外患,你们救国会今天游行,明天示威,许多大都市弄得乱纷纷,社会很不安宁。你们看,能否把救国会纳入政府的范畴,接受党国的统一领导,也就是按照党国的部署开展各项工作,至于你们的工作,可以留在救国会里,也可以来南京中央政府工作或者在上海市政府工作。怎么样?考虑考虑?”

沈钧儒说:“救国会能不能接受党国的领导,我看不用讨论。救国会的宗旨,是停止内战,团结一切可以团结的力量一致抗日,只要党国这样做了,目标一致了,还有什么领导不领导?至于我个人的工作就不麻烦党国考虑了,我只适合教书,当官恐怕不行。”

李公朴说:“我同意沈老的看法,救国会是民众自发组织,是代表全国人民意志的,要求停止内战,一致抗战,谁这样做了,符合了民众的意愿,我们就和谁站在一起。也请委员长谅解我们的苦衷。我有自己喜欢的工作,我也不适合当官。”

章乃器也表示了同样的态度。

蒋介石见三人态度坚决,不可能收买,三个人讲话有理有节,也没有破绽可抓,便推说还有重要的外事工作,便抽身走了。据说蒋介石原来是准备与三人共进午餐的,因谈得很不愉快,便没了陪三人吃饭的兴致。中饭是由待从室主任陈布雷陪的。陈布雷是忠于蒋介石的文人,俗称“文旦”,蒋介石重要的文稿皆出于他的手。他对救国会的主张从心底里是赞赏的,对三位救国会的领袖也是敬佩的,饭后由他派专车把三位救国会的领袖送到火车站,送上火车返沪。

沈钧儒、李公朴、章乃器三人顶住当局的威迫、利诱,维护救国会的立场,赢得了广大救国会同人的爱戴和拥护。

# 第十二章　送学联代表出国

从南京回来的第三天上午，李公朴正在量才妇女学校和几个教员开会，沈钧儒派人来通知李公朴，要他立即去沈钧儒家，说有紧急事情商量。李公朴立即乘人力车赶过去。在沈钧儒家，李公朴见到一位衣着朴素，长相秀气的女学生。沈钧儒向他介绍说，这位女学生叫陆璀，是清华大学社会学系的学生。她是清华大学救国会的委员，是学生救国联合会（简称学联）的宣传部部长。第一次世界青年大会决定于当年 8 月下旬在瑞士日内凡召开。世界学生联合会早在去年“一二·九”运动期间，曾发起“世界学生支援中国学生周”的活动，支援我们的抗日救亡运动。他们发通知邀请中国学联派代表参加世界青年大会，并安排在大会上发言，让中国学生的抗日救国运动和世界青年的反法西斯反侵略运动汇合起来。但由于国民党当局严密的封锁，加上学联处于半地下状态，一直没有接到通知，最近还是设在法国巴黎的《救国时报》传过来的消息。学联决定派陆璀去参加，一定要把中国学生的战斗呼声带到世界讲坛，让中国“一二·九”的精神走向世界。现在离开会只有一个多月的时间了，路途遥远,时间很紧。沈钧儒说:“陆璀拿着北平各界救国联合会的信函,找到我,要我们给她帮助。”

李公朴用手势打断了沈钧儒的话,说:“沈老,我觉得在哪里见过这位陆同学,面熟得很。你有没有这样的感觉?”

沈钧儒说:“不会吧?我问过了。她是浙江吴兴(今湖州)人,跟老夫家乡嘉兴倒靠得近,但我没有去过吴兴。公朴,漂亮的姑娘长相差不多,你肯定是记忆错误。”

李公朴问:“陆同学,你肯定没有来过上海?”

“没有,我第一次来上海,苏州倒是去过。”

李公朴又问:“南京去过没有?常州呢,去过没有?”

陆璀摇摇头,说:“这些地方,只听说过,都没有去过。”

李公朴突然拍着自己的额头说:“记起来了。沈老,你还记得吗?在韬奋家开会商量《宣言》那次,我们在他家桌上看到新出的《大众生活》封面上,有一张女学生的照片,这位女学生就是陆璀学生。不信?你把这期《大众生活》找出来。”

陆璀很迷茫:“照片?不会吧,我平时很少拍照。就是有,也不可能登在杂志上。”

沈钧儒很快把《大众生活》找来了。封面上拿话筒演讲的女学生果真是面前的陆璀。连陆璀也傻眼了,她说:“谁给我拍的,我怎么不知道?哈哈,我找到原因了。”陆璀高兴地说:“在西直门站台上演讲,军警赶来,我在同学们的掩护下躲开了,一直躲在美国新闻记者斯诺家里,一般躲过风头就没事了,谁知过了十天,军警还是把我逮去,关了一个多月,我还以为是有叛徒出卖了我,原来是这张照片惹的祸。”

无疑,这张照片更加证实了陆璀的身份。

李公朴对陆璀说:“陆璀同学需要我们帮什么忙?你说吧,我们一定全力以赴。”

沈钧儒说:“陆同学出国护照未办,还要到苏联、波兰、德国、瑞士四个国家的领事馆办签证。护照、签证你陪着陆璀同学去办吧,你熟人多,朋友也多,办起来容易些。另一个困难,就是为陆璀筹一笔经费,至少要四百元大洋。钱我负责筹措,给你两天时间把所有手续办好,行吗?”

李公朴说:“两天肯定不行,按规定仅仅办一个护照,一般要半月,至少也要十天。”

沈钧儒说:“不行,没有时间了。你想想办法吧,一定在两天内把所有手续办妥。三天后上午十点有轮船开往欧洲,我明天去购票。如果赶不上这趟船,下一趟船十天以后才有,我们耽误不起。”

办护照要去警署,警署李公朴没有知己的朋友。只有通过市政府的李大超秘书长来办。他立即给李大超打电话,说他一个亲戚后天出国,今天要把护照办好,请他帮个忙,给警署署长打个电话。李大超在电话中说:“老上级,怎么可能?给你一周办下来就不错了,给面子了。”

李公朴说:“正因为有困难才请你出面,署长不会给我面子,不会不给你秘书长面子吧,怎么样?过几天我请你喝老酒。”

“好的,有老酒吃,我劲头就足了。谁叫你是我的老上级呢。我试试,等我电话。”

大概过了十分钟,李大超来电话了。告诉李公朴,已经和署长说好,现在就去办。

李公朴陪着陆璀乘人力车赶到警署,直接到楼上找到署长。李公朴和署长也熟识,打过几次交道。署长说:"我当是谁,原来是李先生的亲戚要办护照,你不直接找我,干吗要通过市政府来办?这不是多此一举吗?"

李公朴说:"我怕你太为难。我老姐在德国生病,我外甥女急着赶过去。三天后有船去欧洲,准备后天出发。事情很急,实在是没有办法,只得麻烦署长。今天办了护照,明天还得去德国大使馆办签证,还不知道能否办到,真是急死人。"

署长说:"我这里没有问题,李秘书长发了话,我就特事特办。"说着,署长把楼下窗口办护照的工作人员叫到他办公室,立即给陆璀办护照。不到二十分钟,就把护照办好了。李公朴拉着陆璀恭恭敬敬地向署长鞠个躬,表示感谢。李公朴对署长说:"等我把外甥女送走了,我那里有上好的茅台,我请你和李秘书长一起喝茅台,好好地谢谢你们,也代我的老姐姐谢谢你。"

署长说:"谢就不用了。朋友间帮这点忙,举手之劳,不算什么。李先生,不瞒你说,那个德国佬真有点难办,没有一定的关系,签证肯定办不了。"停了一会,署长说:"李先生,我就送佛送到西吧。我跟这个德国佬有点交情,我帮过他几次忙,他欠我情。我给你写封信,你捏着我的信去找德国大使,估计不会为难你。"说着,署长拿起桌上的毛笔,给德国大使写了一封信,放在信封里,交给李公朴。李公朴拉着陆璀的手和署长告别时,署长拍拍李公朴的肩膀说:"明天去德国大使馆,最好带两瓶茅台去,那个德国佬就喜欢中国的茅台酒。"

李公朴说:“再次谢谢你,我有数了。”

在回去的路上,陆璀说:“李先生,真的请他们喝酒?”

李公朴说:“说心里话,我最不喜欢和那帮人打交道。但有什么办法呢?不这样他们就卡你,护照、签证就难以办到。”

陆璀说:“我给你们添麻烦了,真不好意思。”

李公朴说:“千万别这样想,你孤身一人远涉重洋,还不是为了抗日?我们也是为抗日出一份力而已。”

第二天上午,李公朴陪同陆璀同学先去苏联大使馆办签证。李公朴和苏联大使是多年的老朋友。大使是一位高个子,长胡子、高鼻梁的中年人,性格爽朗,风趣幽默。苏联大使陪同李公朴、陆璀到窗口去办手续,只有几分钟就把手续办妥了。

李公朴和陆璀从苏联大使馆出来,买了两瓶茅台酒就直奔德国大使馆。德国大使是一个黄头发的中年人,络腮胡子,大概刮胡子不小心,下巴上有两处刮破的伤痕。他手里拿着警署署长给他的信,眼睛看着放在桌上的两瓶茅台酒,说:“你是署长的朋友?她是你的外甥女?”

李公朴说:“大使先生,对的,署长说,您是他最忠诚的朋友,您一定会帮这个小忙的。”

大使忽然高兴地笑起来,他抓起茅台酒看看说:“这酒不错,不比我们德国酒差。你们署长是个有趣的人,不就是签证吗,举手之劳,举手之劳呀,还送两瓶茅台。好,好!你代我谢谢他。”大使翻看陆璀递上的资料,也用英语问了几个问题,陆璀答得很流畅。大使对李公朴说:“你这位外甥女不错,英语说得纯正,去德国没有交流障碍。我们国家英语也很流行。”

陆璀微笑着，用德语说了一句："大使先生，您好！我德语也会说几句。"

大使先生兴奋地说："好！这么美丽的姑娘到我们德国去，一定受欢迎，走，我们到窗口办签证。"

签证很快就办好了，李公朴和大使拥抱告别。

李公朴他们从德国大使馆出来就直接去了波兰大使馆，他们没有去找大使先生，直接去了签证的窗口。窗口负责人伊凡是李公朴在美国留学时的同学，三年前来大使馆工作，和李公朴交往较多。李公朴在窗口把签证的有关资料递进去，伊凡抬头见是李公朴高兴得跳起来："公朴，怎么是你？来来，到办公室来。"说着就跑出来，把李公朴和陆璀拉进他的办公室。伊凡热情地说："我们已有大半年没见面了。今晚我请客，聚一聚，怎么样？"

李公朴说："很抱歉！改天吧，今天没有时间。我外甥女后天出发去瑞士，途经贵国请你办个签证。还有许多准备工作要做。"

伊凡说："我这里办签证很方便。"

说着就把陆璀介绍给旁边的姑娘，让她给陆璀办手续。就拉着李公朴坐下来喝茶聊天。不一会儿签证办好了。李公朴和陆璀便告辞。伊凡很无奈，他说："公朴，你匆匆而来，匆匆而去，很不够朋友，下次我们一定好好聚聚。"

李公朴悄悄地问伊凡："你瑞士大使馆有熟人吗，我一点关系也没有，你能帮上忙吗？"

伊凡为难地说："抱歉，我也无能为力。各个大使馆基本上不往来。”

李公朴把陆璀送回沈钧儒家,李公朴一天办了三个国家的签证,简直是创造了奇迹。沈钧儒很高兴,要留李公朴一起吃晚饭。李公朴说:“还有最难弄的瑞士,一点关系都找不到,明天拿不到瑞士签证,后天陆璀同学就启不了程。我愁都愁死了,哪里有心思吃晚饭?沈老,你仔细想想,还有什么关系可用?”

沈钧儒想了半天,也没有想到办法。李公朴对沈钧儒说:“饭就不在这里吃了。我再找找熟人,想想办法,可不能前功尽弃!”

李公朴告别了沈钧儒,直接来到柳湜家里,并把夏子美几个人都请过去。李公朴想请他们找找关系,或者推荐有关系的人。老天不负苦心人,夏子美说,这事只有找宋庆龄夫人。如果宋庆龄夫人没有办法,她一定会想方设法找人解决的。

李公朴高兴地说:“嗨,我怎么把夫人忘了呢。说得不错,这事只能麻烦夫人了。”

李公朴对宋庆龄夫人十分敬佩,说内心话,他是不愿意麻烦夫人的,但现在不得不麻烦夫人了。

第二天一早,李公朴带着陆璀来到莫利爱路二十九号,宋庆龄和孙中山结婚后一直住在这里。宋庆龄夫人在一楼的会客室里接待了李公朴和陆璀。李公朴和宋庆龄夫人交往多次,是老熟人了,说话也比较随便。他先把陆璀介绍给夫人,告诉夫人,陆璀是清华大学的学生,是全国学联的宣传部部长,也是清华大学救国会的委员,要去瑞士参加第一届世界青年大会,还要在大会上介绍中国抗日救国的情况。陆璀大大方方地叫了声“夫人”,说,“我从没想到今天会见到您,我好开心。”

宋庆龄夫人很喜欢陆璀,把陆璀拉在身边,靠着她坐。夫人开玩笑说:“这么年轻就当部长了,还要去世界讲坛发言,了不起,了不起!我像你这么大还什么都不懂呢。”

李公朴告诉宋庆龄夫人面临的困难,瑞士签证还没有办好,明天十点就要上轮船,时间很紧,实在没有办法,只得来麻烦夫人。李公朴说:“夫人,你看有没有熟人可托,错过明天的轮船,要耽误十天,恐怕赶不上开会了。”

宋庆龄夫人说:“不用托人,瑞士大使我见过几次,你们拿着我的信直接去大使馆找大使。我印象中,这个戴眼镜的小伙子热情、好客,而且翘舌。他不会为难你们。”宋庆龄说着,拿起桌上的毛笔给大使先生写了一封信,交给李公朴。

从宋庆龄夫人住处到瑞士大使馆较远,李公朴和陆璀坐了一个多小时的人力车才赶到,差五分钟就十一点了。大使果真是个热情好客的年轻人。他看完宋庆龄的信,又盯着李公朴和陆璀看了足足有一分钟,他笑着说:“不就是办个普通的签证吗?用得着惊动尊贵的夫人吗?你们来窗口办就是。”

李公朴说:“我们要赶船,明天上午要开船,怕耽误。”

大使先生说:“那倒是实情,我们办签证一般要半个月,哪里能像菜市场买菜那样,来就办。这是我们瑞士国家的尊严。没有夫人的信,我肯定不给你办,现在是特事特办了。你们回去见着夫人,请转告我的问候。”说着,大使让办公室的一位瑞士姑娘领着李公朴和陆璀到一楼窗口办签证。办好签证,临出门时,一回头,见大使站在楼梯口,向他们挥手告别:“朋友再见,我们瑞士人民欢迎你们!”

李公朴和陆璀也挥手和大使告别。

李公朴雇了一辆人力车,一直把陆璀送到沈钧儒家。李公朴对沈钧儒说:“沈老,您交给我的任务完成了。马不停蹄赶了两天,总算把该办的手续都办好了。钱筹得怎么样,够吗?”

沈钧儒说:“凑足四百元,估计差不多了,船票也买好。明天我们送她上船。”

李公朴回到家,天已经完全黑了,桌上饭菜已放好,一家人围着桌子坐着,专等他回来吃晚饭。

一家人围着桌子吃晚饭,和睦,温馨。

饭后,李公朴问张曼筠家里还有多少钱。张曼筠说:“大概有五十块大洋,你要用钱?”

“明天八点我们俩去码头送送陆璀同学。沈老凑了四百元大洋。一个女学生在外国不容易,遇到困难,叫天天不应,叫地地不应。我们在家里好办,这个朋友借一点,那个朋友凑一点,就过去了。明天把钱全带上,我们也支援一点,表表心意,可以吗?”

“可以,怎么不可以?”张曼筠爽脆地回答,张曼筠继续说,“我是夫唱妇随的女人,你决定的事,我都支持。”

李公朴很感激张曼筠,他说:“谢谢你,曼筠,谢谢你的理解和支持。”

第二天八点多一点,李公朴和张曼筠赶到码头,沈钧儒和夫人陪着陆璀已经在码头上等船了。张曼筠把一包钱塞给陆璀,陆璀不肯拿。她说:“沈老已经给我了,足够了,你们也不容易。”

最后还是沈钧儒表了态，陆璀才肯收下。沈钧儒说："陆同学收下吧，这也是李先生的一点心意。记着，上海有你的亲人。"

李公朴把他写给吴玉章的一封信，交给陆璀，告诉她在国外遇到困难就到巴黎《救国时报》，找吴玉章先生帮忙。这封信果然起了很大的作用，世界青年大会结束后，陆璀到法国巴黎找到吴玉章，在《救国时报》工作了半年多才回国。

"呜——呜——呜——"轮船三声汽笛长鸣，最后登船的时间到了。陆璀强忍着眼泪，哽咽着对沈钧儒夫妇和李公朴夫妇说："谢谢上海救国会，谢谢你们两家的帮助，没有你们无私的帮助，我根本出不了国门。谢谢！"然后向他们两家鞠了躬，流着泪，头也不回地跑上了甲板。在甲板上向沈钧儒、李公朴两家不停地挥手致意。

沈钧儒和李公朴两家人一直站在码头上，盯着大轮船一点一点地向大海驰去，直到消失在大海的尽头，才离开码头回家。

# 第十三章　悲痛送别鲁迅

天空阴沉沉的，几天来一直飘洒着绵绵细雨，湿漉漉，很不舒畅。天气骤然变冷，西北风劲吹，飒飒的冷风透入骨髓。伟大的文学家、思想家鲁迅先生于1936年10月19日逝世，举国震惊，举国哀丧。

李公朴突然接到噩耗，手都抖了，拿不稳话筒。他不愿相信，也不敢相信如此坚强的伟人，会一下子倒下。他一连问了几遍，消息确实无疑。他出门拦了一辆人力车，以最快的速度赶往大陆新村鲁迅先生的寓所。宋庆龄、蔡元培、周建人、冯雪峰、沈钧儒、胡风和救国会的其他几位领导也已经赶来了。他们默默地围着鲁迅先生的卧榻站着，没有人打招呼，也没有人说话，房间里静悄悄的，似乎怕吵醒安睡的鲁迅先生。鲁迅先生身上盖着一床粉红色的棉质夹被，脸上蒙着一方洁白的纱巾。床头靠窗是一张半旧的书桌，上面杂乱地堆放着书、手稿，两支“金不换”毛笔插在笔筒内，旁边还有一只瓷茶盅。鲁迅先生似乎是刚刚写完一篇文章，感到有些疲劳，喝了一盅茶，便躺下稍稍休息会儿。不知过了多久，大概是宋庆龄见人都到齐了，首先迈步，大家跟着她来到隔壁一间屋里，坐下来。宋庆龄说："鲁迅先生的丧事请沈老和救国会的领导多操点心。我们先开个小会商量一下。"

大家一致同意，把鲁迅先生的丧事办成一个向帝国主义和反动派示威的群众活动。鲁迅先生遗体在当天下午三时移到万国殡仪馆二楼。按照商定的程序，当晚由胡风、黄源、雨田、田军四位青年作家代表左翼作家联盟守灵，第二夜沈钧儒、李公朴、章乃器他们代表救国会守灵。20日、21日、22日上午，各界人士吊唁瞻仰鲁迅先生遗容。20日上午，鲁迅先生遗体移到一楼灵堂。鲁迅先生身着咖啡色绸袍，覆盖深色锦被，两颊瘦削，神采如生。遗体后为灵桌，供着鲁迅先生一帧八寸遗像，四周为各界人士送的花瓶、花圈。灵堂挂满各界人士赠送的挽联挽词；门首缀以鲜花，布额上书"失我良师"四个大字。蔡元培先生的挽联是："著述最谨严，非徒中国小说史；遗言太沉痛，莫做空头文学家。"郭沫若的挽联是："方悬四月，叠坠双星，东亚西欧同殒泪；钦诵二心，感无一面，南天北地遍招魂。"全国学生救国会的挽联为："鲁迅先生不死，中华民族永生。"沈钧儒送上一幅亲笔写的挽联为："这世界如何得了，请大家要遵从你说的话语，彻底去干；虽躯体有时安息，愿先生永留在我们的心头，片瞬勿离。"李公朴和读书生活出版社全体职工怀着崇敬和沉痛的心情，敬录鲁迅先生生前讲过的一段话，作为挽联，又作为自勉。这段话是："用笔和舌，将沦为异族的奴隶之苦告诉大家，自然是不错的。但要十分小心，不可使大家得着这样的结论：到底还不如我们似的做自己人的奴隶好。"这幅挽词是李公朴亲自写在白布上的，就挂在沈钧儒挽联的旁边，十分醒目。

灵堂里庄严、肃穆，回荡着低沉、悲伤的《安息歌》。

从九点钟开始，无数教授、学者、教师、明星、演员、工人、学生、店员、平民以及苏联、欧美、日本等一些热爱真理的人们纷纷赶来，他们胸前佩戴一束白花，手臂上佩带黑色袖套，默默地向鲁迅先生鞠躬，道别。不少人含着泪珠，不少人压抑着哭泣。李公朴和救国会的领袖一早就来到灵堂帮着维持秩序。李公朴在灵堂门外指挥大家排队，四人一排，依次入场。其实用不到李公朴多费神，吊唁群众很自觉，自觉排队，自觉依次一步步前行。

22 日下午一点五十分为鲁迅先生举行启灵祭。鲁迅先生亲人许光平、周海婴、周建人夫妇和治丧委员会宋庆龄、蔡元培、内山完造、沈钧儒一行人肃立在鲁迅先生的棺木前，默哀，鞠躬。许光平悲伤到极点，站立不住，由两位青年女作家搀扶着，全体绕灵柩一周。这时，殡仪馆内外人挤得密密麻麻，每个人带着虔诚和哀痛的心，从世界各地赶来送鲁迅先生最后一程。突然馆外传来激烈的争吵声，人们也开始骚动。只见头上缠着红头巾的印度巡捕、西捕和特务们挥舞着警棍驱散群众。李公朴十分气愤，走上去向巡捕头目提出严正抗议：“难道在我们自己的国土上，吊唁死者的自由都没有了吗？”

在李公朴的逼视下，那个头目讷讷地说：“我们担心这么多人会聚众闹事。”

“闹事？闹什么事？”李公朴气愤地说，“我们是悲痛，悲痛！失去亲人的悲痛！你懂吗？”

李公朴回到屋里，立即给上海市市长吴铁城打电话，提出严正抗议，把吴铁城责问得哑口无言。吴铁城答应立即撤回军警，不加干涉。但仅仅后退了几步，并没有撤回。在送葬队伍的沿途都有荷枪实弹的军警，虎视眈眈地监视着。

启灵祭结束，巴金、沈钧儒、李公朴、邹韬奋、章乃器、黄源、田军、欧阳山、胡风等十二人走上前来，两边各六人，把鲁迅先生的灵柩抬上一辆黑色的灵车。下午两点半出殡队伍出发。走在队伍最前头的是作家蒋牧良、欧阳山，他们手执由张天翼手书的"鲁迅先生殡仪"的白布横幅，上面有一批作家的亲笔签名。后面是由两位青年作家抬着的一幅鲁迅先生的遗像，遗像是由画家司徒乔用一晚上的时间画在一块大白布上的，刚毅、坚定、栩栩如生。接着是灵车，灵车后面是一辆汽车，上面放着鲁迅先生的遗照。遗照后面的一辆轿车上坐着许广平、周海婴、周建人等人，然后是宋庆龄、沈钧儒他们治丧委员会，最后面是上万人的送葬队伍，他们自觉排成队伍，随着缓慢的哀乐走着。李公朴穿着一身白色的西服，左臂戴着黑纱，时而和宋庆龄、蔡元培、沈钧儒、章乃器他们走在队伍的最前头，时而落在后面。时时警惕特务、军警的干扰破坏。李公朴领头高唱悲伤的挽歌：

你的笔尖是刀枪，刺透了旧中国的脸；
你的声音是晨钟，唤醒了奴隶的迷梦。
……

在沉闷悲壮的歌声中夹杂着呜咽、哭泣和一阵阵激烈的口号声：

鲁迅先生精神不死！

继承鲁迅先生的战斗精神，打倒日本帝国主义！打倒汉奸！

一路上，到处都是低着头，沉着脸，袖子上缠着黑纱的男女青年。他们手里举着白布制作的挽联，排列在马路两旁，唱着挽歌，送别鲁迅先生。有不少人自动地加入送葬队伍中。

下午四点半，送葬队伍到达万国公墓，在公墓举行安葬仪式。李公朴指挥拥进墓地的上万送葬的人围绕墓穴一层层地迅速排好队，保持会场的肃穆、静默。蔡元培主持仪式，宣布向鲁迅先生致哀三分钟，偌大的墓园，没有一点声响，只有风吹树叶的飒飒声和绵绵而下的细雨声，夹杂着低低的压抑的悲泣。致哀毕，沈钧儒致悼词，他介绍了鲁迅先生的生平事迹和主要成就。最后他说："像鲁迅先生这样伟大作家的死去，无疑是国家民族的巨大损失。当局对于这样一位文化界的先驱的溘然长逝，竟毫无表示，有的是拿刀扛枪的军警、特务，这不免有些遗憾！今天来送葬的全是民众，我们就来个民众祭吧！民众的纪念，也许更适合于鲁迅先生。"

接着，宋庆龄、蔡元培、章乃器、胡愈之发表了简短的演说，高度评价了鲁迅先生战斗的一生，赞扬了鲁迅先生为中华民族的解放事业所做的巨大贡献，号召全国人民向鲁迅先生学习，投身民族解放运动，全国人民众志成城，把日寇赶出中国！在他们的演说中，也用激烈的言辞批评国民党政府对鲁迅先生的迫害。

许广平携着幼子周海婴，伫立在墓穴前，痛切地哀悼，从心底流出了《鲁夫子》的诗：

悲哀的雾团笼罩着一切，
我们对你的死，有什么话说！
你曾对我说：
“吃的是草，
挤出的是牛奶、血。”
你不晓得，什么是休息，
什么是娱乐。
工作，工作，
死的前一日还在执笔，
如今……
希望我们大众锲而不舍，跟着你的足迹。

悲伤，哀痛，上万人压抑的哭泣，突然似喷泉迸发。整个墓地一片哀哭。在这万民哀悼的哭声中，沈钧儒、李公朴、章乃器、王造时四位救国会的领袖将一面黄绸覆盖在鲁迅先生的灵柩上，上面由沈钧儒亲自书写的“民族魂”三个大字，并代表上万名送葬者向鲁迅先生致以最后的敬礼，然后在悲哀的《安息歌》中，填了第一锹土。

送完葬，李公朴回到家已经十分疲劳了，然而他不想休息，上万人的送葬队伍一直在眼前闪烁。他觉得心中有许多话要说，但一时又不知从何说起。他沉思了一会，打开日记本，写下了这样一段话：

鲁迅先生热爱自己的祖国，热爱自己的民族，为中华民族的解放奋斗了一辈子，临终的前一天还在执笔为文。真可谓鞠躬尽瘁死而后已。今天上万群众不经邀请，不凭通知，也没有人组织联络，各自冒着寒风细雨，从四面八方汇集墓地，悼唁鲁迅先生，表达崇敬的心意。上海从来没有过，全中国也从来没有过。古人曰‘人生自古谁无死，留取丹心照汗青’，今天我感受到了，一个人为民众尽了力，人民大众是不会忘记他的。鲁迅先生是我们的楷模，我们这些后来人要紧紧跟上。

这段话是李公朴当天的感受，是他真情的抒发，也是他今后奋斗的人生标杆。李公朴以他光辉灿烂的一生完全做到了这一点。

# 第十四章　被　捕

1936 年 11 月 23 日凌晨两点半。

夜色深沉，一弯冷月挂在天边，散发着苍白的淡淡的光。四周异常宁静，几声或长或短的秋虫鸣噪，尤为刺耳。上海愚园路亨昌里二十四号李公朴家的大门突然被"嘭嘭嘭"擂响，声音急促而轰响，打破了夜的宁静。

昨天夜里，李公朴参加在邹韬奋家里召开的救国会常务执行委员会会议，研究部署救国会下一阶段的工作，回到家已经十二点多了。他刚刚进入梦乡，突然敲门声大作。李公朴睡意顿消，立刻披衣下床，来到前阳台察看，只见昏暗的大门口有一大堆人，皆是全副武装的警察、巡捕；李公朴又跑到后窗察看，也是一大堆人。李公朴明白了，警察、巡捕把住前后门，抓他来了。昨晚在救国会常务执行委员会会议上，沈钧儒还提醒大家，在 10 月 28 日日本人办的《日日新闻》上透露："最近南京政府拟对上海抗日救国联合会加以弹压。"要大家务必小心。没有想到，这一天这么快就来到了。

自从成立上海各界救国联合会以来，当局很不高兴，因为救国会不断批评他们“攘外必先安内”的政策，但最不高兴的还是日本政府，他们不断给南京政府施压，要蒋介石下令解散含救国会在内的一切抗日民众组织。8月9日，为反对日本在华北猖狂的走私活动，上海各界救国联合会举行上海民众“缉私抵货”大会，会后举行了声势浩大的示威游行。第二天，日本驻沪领事寺崎向上海市政府再次提出强烈抗议，要求严厉取缔一切抗日救国团体。9月初，日本驻沪海军就上海各界救国联合会为绥远抗日部队募捐事，向上海市政府提出强烈抗议，要求“立即加以制止，否则指示陆战队干涉”。在上海日商纱厂工人罢工以来，得到救国会组织罢工后援会的全力支持，迫使日本资本家不得不接受工人提出的要求，罢工取得了胜利，日本资本家十分气愤，丰田纺织公司总务船津气急败坏地赶到上海市政府，会见吴铁城市长和新任秘书长俞鸿钧，强烈要求“惩办隐藏在罢工背后的赤色分子”。同一天午后，日本驻沪总领事若衫命令领事寺崎，向上海市政府俞鸿钧秘书提出要求：逮捕抗日救国会的幕后人物章乃器、沈钧儒、李公朴等人，立即解散救国会。

上海市警察局派出八个特务小组，会同英国、法国两租界的巡捕房，直奔救国会领袖的家，实施逮捕。

李公朴对张曼筠说：“不要怕，看样子是抓我来了。”门一打开，一伙人一拥而入，四五个西探和七八个华捕，举枪围住李公朴，一个人高马大的西探连声地喝问：“谁是李公朴？”

李公朴说：“什么事？我是李公朴。”

西探掏出一张照片，盯着李公朴反复核实，确信站在面前的就是李公朴，便用英语厉声命令：“走，跟我们到巡捕房去！”

李公朴理直气壮地反问:“我犯什么罪?为什么要跟你们走?”

西探仍用英语说:“你犯不犯罪,去巡捕房问。我们是奉命行事,别的什么都不管!”说着向华捕下令:“强行带走!”两个警察动手抓李公朴两只手想强拖,李公朴两手用力一甩,大声喝道:“放手!我自己会走!”两位警察被李公朴突如其来的呵斥,吓得连连后退了几步。李公朴说:“我穿着睡衣跟你们走吗?让我上楼换了衣服跟你们走。”说着转身上楼,几位警察紧跟着上楼。

十多个西探、华捕前呼后拥,把李公朴押到静安寺巡捕房,李公朴在那里见到了沈钧儒、王造时,接着又在巡捕房律师休息室见到了沙千里。他们平时经常见面,几个小时前,还在一起开会,商讨救国会下一阶段的工作。这次相见,好像久未谋面的亲人猛然间相聚那样,一股激情在心间涌动,似乎有千言万语要说,又不知如何开口,四双手紧紧地握在一起。通过相握的四双手,传达了彼此间的慰问,交流了情感,也表达了对当局肆无忌惮迫害的蔑视,更表达了大家团结一致,共同应对当局的信心和决心。李公朴爽朗地笑着说:“没有想到我们四个人由朋友转变成同一牢房的狱友了,你们知道我们犯了什么罪吗?我不明白为啥抓我?”

沙千里说:“我们都是救国会的头子,自然是犯了救国罪了。”

李公朴说:“救国有罪,千古奇闻,那我们比窦娥还冤枉!”

沈钧儒说:“当局不想抗日,也不敢得罪日寇,我们天天喊抗日救国，我们的委员长自然不高兴了。一个强盗跑进家门，谁是强盗？谁是家人？我们的委员长就是分不清楚。我们不受冤枉就奇怪了。”

大家在一起说说笑笑倒也不寂寞，天渐渐亮了。他们很快知道同时逮捕的还有章乃器、邹韬奋、史良，他们是在法租界被逮捕的。陶行知也在逮捕之列，但几天前，他代表救国会去美国向华侨宣传抗日救国了，逃过了一劫，成了通缉犯。

按照国民党政府颁布的《中华民国训政时期约法》的规定，凡是有犯罪嫌疑被拘禁的，至迟应于二十四小时内移送审判机关审判。李公朴、沈钧儒他们自11月24日被巡捕房引渡到北海警察局后，一直没有被审理，12月4日午后，警察局三科科长黄华突然通知他们收拾行李，立即将他们移送江苏高等法院看守所。李公朴他们提出来打电话通知家属一声，也遭拒绝。

下午一点半，李公朴、沈钧儒、王造时、章乃器、邹韬奋、沙千里六人，在十多个武装人员的押解下，乘坐一辆大客车沿着沪锡公路向苏州驰去。李公朴他们在汽车上看到一座座日本资本家经营的工厂冒着浓浓的黑烟，在祖国锦绣的大地上傲慢地虎视着，从而联想到东北、华北许多地方已被日本侵略者占领，那里的同胞也正遭受侵略者的蹂躏，而当局者不但不思抵抗，还要关押主张抗日救国的人，心里无比悲愤。李公朴情不自禁地唱起了《义勇军进行曲》来：

起来！不愿做奴隶的人们！

把我们的血肉筑成我们新的长城！

中华民族到了最危险的时候，
每个人被迫着发出最后的吼声。
起来！起来！起来！
我们万众一心
冒着敌人的炮火，前进！
……

沈钧儒、章乃器他们也跟着唱，押解人员深受感动，也一个一个跟着唱。几十个声音汇成一片，雄壮激越，激昂慷慨，犹如浊浪排空汹涌澎湃。

“我们完全是为了我们的国家，为了大家不做亡国奴，莫名其妙遭此冤枉官司……”李公朴越说越激动，军警们也流下了眼泪。第二天，沈钧儒写了一首《听公朴乃器唱义勇军进行曲而感》的感怀诗：

双眼望圜扉，[①]苦笑喊“前进”！
闻之为泪落，神往北几省。
国难如此般，我侪乃见摒！
哀哉勿自馁，驼耳犹知奋。[②]

这首诗如实反映了沈钧儒他们六个人当时的心态。

---

① 沈钧儒自注：狱室门有洞如窦。

② 沈钧儒自注：古语“驼耳奋迅”。

到了苏州高等法院，他们被羁押在江苏高等法院的看守分所。12 月 30 日，史良到苏州投案，被羁押在司前街女看守所，与李公朴他们的关押处相距两三条街，约两千米。

李公朴、沈钧儒他们七人，因爱国而蒙冤入狱，引起了全国人民对他们的敬重和同情，尊称他们为“七君子”。何为君子？《礼记》曰：“博闻强识而让，敦善行而不怠，谓之君子。”李公朴他们当之无愧。据说第一个称呼他们为“七君子”的是宋庆龄夫人。

“七君子”之狱震惊全国。

# 第十五章　监狱里的生活

关押李公朴、沈钧儒他们的看守所，原来是准备用来为在押犯人治病的病房，是看守所新造的一个独立的大院子。一面是三丈高的围墙，另一面是一排六间的平房，中间是一个较大的水泥天井，有一堵三丈高的围墙，与一所女子学校隔开。六间平房，沈钧儒和王造时住一间，为三号室；李公朴和沙千里住一室，为四号室；邹韬奋和章乃器住一间，为五号室。每间房间放两张单人床和一张桌子。其余三间，二号间是他们六人阅览、会客和吃饭的地方，算是公共活动室；一号间和六号间是看守和勤杂人员住的地方。每个房间的窗子都装有很粗的铁栅栏，房门是厚厚的木门，门中间有个小圆洞。一根很粗的铁门闩装在门外。这里的居住条件比一般犯人稍微优越些。

到达看守所的第二天，李公朴他们聚集在吃饭的地方，开了一个会。大家考虑到当局抗日态度暧昧，案子不可能很快了结，决定成立一个临时组织，以便统一大家的意志，统一表态。大家共同商讨了三条每人必须遵守的基本原则：

一是关于救国会的事情，应由救国会去解决，如果有人提出解散救国会，六个人坚决不答应；二是关于六个人的共同事情，应由六个人共同商量决定，如需表示什么态度，须经六个人公议决定；三是关于各个人的事情应由个人负责。

沈钧儒说："我们六个人要像一个人一样，对，六个人是一个人。大家风雨同舟，休戚相关，患难与共，有罪大家有罪，羁押大家羁押，释放大家释放。倘若国民党当局要把我们分开，或分别处置，我们就一同以绝食相抵抗。"

大家一致赞同沈钧儒的意见，公推沈钧儒为领导，称之为"家长"。沈钧儒参加过辛亥革命以来历次的革命活动，年高德劭，斗争经验丰富。李公朴说："家长，这个称呼好，当局找不出反对的理由。当局说我们'图谋不轨'，总不能不让我们六人组成一个大家庭，有个'家长'吧！"

邹韬奋也说："沈老当我们的家长最合适，沈老对我们这帮'难兄难弟'爱护备至，仁慈亲切，比之慈父有过之无不及。"

其余五个人，也做了分工，各负责一项具体事务：李公朴担任"事务部主任"，管理亲友们送的"慰问品"，如菜肴、水果、罐头、饼干，每天饭前加热红烧肉和分配手纸也是他的权限；章乃器担任"会计部主任"，掌管伙食、茶叶、草纸等开支；沙千里担任"卫生部主任"，安排牢房打扫，检查床铺整洁，是他的职责；王造时任"文书部主任"，一切文字工作都是他的事；邹韬奋任"检察部主任"。

李公朴很忙碌，每天不管谁的亲友来监狱探望，探望的人一离开，他就去充公慰问品。

李公朴一项一项登记，然后逐一平均分配。天气渐渐冷了，他便一次一次与看守打交道，终于争取到在二号间会客吃饭的地方加一个木炭火炉。这样每天生炉子，加炭也成了他的责任。李公朴还给大家规定了一个每日作息时间表，贴在吃饭、会客的地方：

| 时间 | 作息 | 时间 | 作息 |
|---|---|---|---|
| 八时前 | 起身 | 二时至五时 | 工作 |
| 九时 | 早餐 | 六时半 | 晚饭 |
| 十时至十二时 | 工作 | 七时半至十时 | 工作 |
| 十二时 | 午膳 | 十一时前 | 就寝 |

表中的“工作”，是指读书、写作、译书、会客，各听其便。作息时间的遵守，是由检察部主任邹韬奋监督的，不过大家都很自觉。

李公朴每天坚持临摹《张黑女志》数十字，有时他拿着自己的书法作品请教“家长”。沈钧儒是著名的书法家，他每次都给李公朴详细指点，李公朴按照家长的指点反复练习，经过一段时间的练习，他发现字确实比原来的好看多了。同牢房的沙千里也说李公朴的字比原先“硬朗多了”。

一天，李公朴读了几首陶行知写的白话诗，颇受启发，不觉诗兴大发，也动笔写了几首白话诗，如实地反映了他们的狱中生活，这几首白话诗代替信，寄给远在美国的陶行知。李公朴还曾应“家长”沈钧儒的要求，写了一首叫《六个人羁押生活的感想》。李公朴写道：

羁押生活不自由，不自由后才知自由的好！自由自由，大众的企求。

羁押生活不自由，不自由也有好处；若非如此，好友怎能长欢叙？

在羁押生活中，大家利害相同；六个人是一个人，彼此互谅苦衷。

在羁押生活中，并无彷徨的烦恼；因为过去的一切，没有什么做错了。

自知不易，知人更难；在羁押生活中，友谊增进无穷！

不要怨人不了解你，只怕你不了解人；四个月羁押生活中，我于此领悟重重！

羁押生活单调，大家不妨“胡闹”！引吭乱叫，哄然大笑，所为何事，莫名其妙！

李公朴一直想研究国内外民众教育的理论与实践，苦于没有时间，一直没有着手进行，现在有时间了，他便抓紧时间研究，不到四个月，他读了二十多部有关教育方面的著作，摘录了不少资料。李公朴在日记中这样写道“晨起编著民众教育书”“晚草民众教育大纲”。李公朴晨昏阅读著述，争分夺秒，呕心沥血，在不自由中创造了最充实的人生。

李公朴有写日记的习惯，入狱后仍坚持每天写日记，这些日记，为后人研究“七君子”提供了不少不可多得的第一手资料。

不管谁家的亲友来探视，都会给大家带来欢乐。张曼筠每周都来探望一次，不仅带来狱外的种种信息，还设法把一些报纸带进来，尤其是救国会自己的会刊《救亡情报》，这对李公朴他们正确判断国内外形势很有帮助。有时张曼筠把国男、国友带来，国男、国友见到好久未见的父亲十分高兴，孩子们给李公朴带来极大的快乐。张曼筠看过李公朴后，带着一双儿女去司前街女看守所看望史良，传达李公朴他们的信息和对她的问候后才回上海。

先前川北豫西发生旱灾，五月中旬，长江中下游又洪灾频发，上海文艺界举行义演义卖活动，所得款项全部捐献给灾区。岳父让张曼筠带信来，让李公朴、沈钧儒他们合写一幅字，参加义卖。沈钧儒立即挥毫在一张宣纸写道："同心协力，抗灾救国！"

接着李公朴他们一人写一句：

李公朴："一切妖魔鬼怪荡除之。"

章乃器："中华儿女志气壮，天灾寇灾前面不低头。"

邹韬奋："天灾倭寇，何所惧？一腔热血写春秋！"

沙千里："各尽所能，献与家国人民。"

王造时："团结一心，共赴国难，救灾抗寇。"

六人写好后，由张曼筠带到女看守所，史良接着题一句："救灾抗倭，匹夫有责。"

由"七君子"合写的一幅字，在义卖场上引起了轰动，按照沈钧儒的意见，其标价三十五元，结果拍卖到一百二十元。消息传到牢房里，大家都很高兴，他们在"不自由中"，也为救灾尽了绵薄之力。

一天临近中午，在镇江的李公朴的三哥李公愚带着李公朴的前妻王全英和两个女儿来探监。李公朴非常吃惊，无论如何也没有想到他们会来。王全英的病还没有全好,头发稀疏发黄,脸色苍白,来到牢房已经气喘吁吁,浑身是汗,似乎是用尽了全身的气力。李公朴赶紧扶她坐下来,嗔怪三哥说:“全英身体还没有痊愈,怎么让她来?身体怎么吃得消?”

王全英说:“不要怪三伯,是我让大丫头写信叫三伯回来,带我们来的。见你一面,你好好的,我们就放心了。家乡传说多了,说你反对政府,这次出不了狱,本家长辈也催我同两丫头来见你最后一面。”

李公朴强忍着眼泪,说:“别信传言,你看我不是好好的吗?你们放心,我没事的。”

李公愚说:“当局抓你们毫无道理,全国营救的呼声很高,我在镇江也参加了三次游行,要求政府无条件释放你们。上头怎么说?快要结案了吧?”

李公朴说:“还没有说法,估计短时间里不会放我们,我们也不会屈服。我们成了当局的烫手山芋,放不得,杀不得。”说着,李公朴轻松地笑了起来。

两个女儿开始还有点拘束,李公朴把她们叫到身边,靠着自己坐着,两个女儿不敢抬头看爸爸,也不喊爸爸,王全英催了几次才勉强低低地叫一声。

“和我一样,完全是乡下人,见不得世面,在家里老念着爸爸长爸爸短,见了面一句话也不说。气人不?”

李公朴笑着说:“我们本来就是常州乡下湖塘人嘛。她们还小,又不和爸爸生活在一起,有一点生疏,正常嘛,丫头,你们说是不是?”

说得两个丫头笑了起来。

探监结束的时间到了。李公朴叮嘱王全英一定要继续吃药,把病治好,不要担心钱,张曼筠会按月寄的,他一再交代两个女儿,一定把妈妈照顾好,有什么困难写信给上海的张妈。李公朴紧紧地拉着李公愚的手,说:“三哥,我小时候承你照应,现在这一家子还得托付给你,麻烦你多费心。我现在是身不由己。不知道什么时候出狱,还能否出狱,都很难说,一切麻烦三哥。”说着,眼睛湿了。

三哥李公愚走了没有几天,监狱里突然加高了围墙,增加了看守,取消了探监,连家属也不准来,而且还不准看报。为什么这样?发生了什么事情?

两天后,李公朴从同情他们的看守那里了解到,12 月 12 日爆发了西安事变,张学良、杨虎城两位将军发动“兵谏”,扣留蒋介石,提出改组南京政府,停止内战,立即释放被捕的爱国领袖等八点抗日救国的主张。李公朴立即把这一消息传达给大家,大家反复研究了当下的局势。李公朴说:“张、杨两位将军有魄力,逼迫蒋介石抗日,合乎民心,但把我们也牵涉进去了。有两种可能,如果南京政府完全接受张、杨的主张,也就是西安事变和平解决,我们也就解除关押,很快就会出狱回上海;如果谈不拢,爆发内战,那我们就有可能被当局当作杀鸡儆猴的大公鸡了。”

大家都同意这个分析。沈钧儒补充说:“蒋介石的为人我比较了解,就是西安事变和平解决,蒋介石也不会很快释放我们,他好面子,不肯认输,他得有台阶下。我们要有充分的思想准备，我们要主张坚决，态度和平。就是说在抗日救国的原则问题上，立场坚定，绝不妥协让步；但要讲究策略和方法，避免不必要的纠纷，甚至无谓的牺牲。”

李公朴认为“家长”说得很全面，“沈老的‘主张坚决，态度和平’八个字可以作为我们今后开展斗争的八字方针”。

取消了探监，外面的消息送不到牢里。在上海负责声援和营救的胡愈之很焦急，后来由于看守所所长的通融，监狱允许小孩进监探望。胡愈之便把当前国内外重要的形势和斗争策略写成信，放在邹韬奋、李公朴和章乃器家的几个孩子身上，带进监狱；也用同样的办法把消息传给女监的史良。

不久西安事变获得和平解决，南京政府同意和中共建立抗日民族统一战线，共同抗日。李公朴他们理应无罪释放，可是南京政府却迟迟没有动静。政府法定的羁押侦讯期是两个月，两个月过去了，却还没有任何一点释放的消息，等来的是江苏高等法院延长侦讯期两个月的“裁定”，现在眼看两个月的延长期又将届满。沙千里说：“侦讯来侦讯去，能侦讯出我们什么罪行？我想该放我们了吧？”

李公朴愤然地说：“难说，南京政府哪里有什么法律观念？他们不会轻易释放我们，不把我们一个个枪毙，也要让我们不死脱一层皮，我们遵循‘家长’的八字方针，要做好长期斗争的思想准备。”

果然，在延期届满的当天，即 1937 年的 4 月 3 日晚上，李公朴他们收到江苏省法院检察官翁赞年提出的“起诉书”，对李公朴他们罗织了“十大罪状”。如什么“有意阻挠中央根绝赤祸之国策”；什么“不承认现政府有统治权，并欲于现政府外更行组织一个政府”;什么“蔑视政府,故为有利于共产党之宣传”;什么“抨击宪法”;什么“煽惑工潮,以遂其不法之企图”;什么“宣传与三民主义不相容之主义”;什么“勾结军人,谋为轨外行动”,酿成西安事变等。李公朴看了一眼“起诉书”,气得两眼喷火。他愤恨地说:“纯粹是睁着眼睛说瞎话,颠倒黑白,一派胡言。当局就是想把一顶红帽子永远扣在我们头上,任其宰割!用心十分阴毒!”邹韬奋说:“我们要坚决反击,揭穿其阴谋,不能坐以待毙。”

当晚,“家长”召集大家开会,仔细研究“起诉书”,商量对策。李公朴说:“我们每个人都不是为我们个人坐牢,我们是为救国会坐牢,为抗日救国坐牢。当局对我们的诬陷,就是对数百万救国会成员的诬陷!这是不能容忍的。”

沈钧儒说:“公朴说得很对,我们决不能把起诉理解为针对我们几个人的事,它是关系到整个救国运动,关系到整个中华民族的前途。我们要为救国无罪而进行坚决斗争。”

大家一致赞同沈钧儒的意见。最后大家商定,按照法律程序,有理有节地进行反击。按照当局法律,他们每个人可以请三位律师,由律师进行辩护和起草《答辩状》。沈钧儒最后说:“这是一场特殊的战斗,我们一定不能让当局的阴谋得逞!我在法律界朋友多,你们的律师全由我为你们物色。”

沈钧儒连夜物色了二十一位律师,让家属去聘请。这些律师在律师界都是很有威望、很有影响的,而且也是赞同抗日救国的知名人士。其中有的曾经担任过司法部部长、国会议员、大理院审判,也有现任法学院院长、大学教授、苏州等地律师公会会长等。如此庞大的律师团,在当时实属罕见。

经过一段时间的准备,七人的《答辩状》由律师团起草,经他们七人审定后定稿,于6月7日送达江苏高等法院。由于胡愈之等救国会人员的努力,《答辩状》全文以《沈钧儒等答辩书》为题同时刊登在上海各大报纸上,第二天全国各地报刊纷纷转载。《答辩状》以大量毋庸置疑的事实和充足的证据,针对"起诉书"所罗列的罪状,逐条予以驳斥,最后有力地指出:"以被告等爱国之行为,而诬为害国;以救亡呼吁,而指为宣传违反三民主义之主义,实属颠倒是非,混淆黑白,摧残法律之尊严,妄断历史之功罪。"《答辩状》强烈要求司法当局"秉公审理,依法判决,谕知无罪,以雪冤狱而伸正义"。

《沈钧儒等答辩书》在全国掀起强烈的反响,上海、南京、重庆、成都等各大城市连日来爆发了大规模的游行示威,呼吁当局立即无罪释放救国会"七君子"。

一天,上海帮派头目,时任蒋介石海陆空总司令部顾问的杜月笙和江浙财阀代表人物钱新之一同来探访沈钧儒、李公朴等人,提出只要李公朴他们"保证以后不再从事爱国活动,留居南京或出国,即可撤回'起诉书',或先行交保,并要他们顾及中央党部的威信",这遭到"七君子"的断然拒绝。

针对"顾及中央党部的威信",李公朴在当天(5月4日)的《日记》中写道:

> 党部威信的受打击,一由于日本帝国主义之压迫,一由于党部自身之不健全……我们应继续促进政府反省,个人

> 坐几年牢是小事……我们绝不企图早几日恢复自由而做自毁立场的事。我们过去的工作若不是为自己的，那么我们现在也就不应为自己而有所迁就。

没有几天，国民党中央党部秘书长叶楚伧出面，要求“七君子”审判时不做任何辩护或上诉，判决后押送南京反省院，写了悔过书，便可以到南京去做官，又一次遭到“七君子”严正拒绝。

李公朴在当天（6 月 1 日）的《日记》中这样写道：

> 判罪送反省院事，弟等绝对未同意，救国无罪，亦无反省之可言。弟等为公为私，对此点均须力争到底……自问无罪，天下亦尽知其无罪，为国家民族前途计，亦终认‘救国无罪’四字应令其永留于史册！

李公朴在 7 月 1 日《日记》中这样写道：

> 家属来谈及各方面有入狱运动之发起，闻之甚感动。民不畏死，奈何以死惧之。为了民族的生存来力争生存权利，与其不争而待将来受辱的死于敌人汉奸的魔手中（如现在东北同胞所受者），反不如在我自己人统治中而入狱。入狱，入狱，是谁所欲？爱国有罪，入狱何辱！和平统一，和平入狱！

# 第十六章　法庭上的斗争

国民党当局迫降、劝降阴谋一一破产之后，便不顾全国人民的反对，紧锣密鼓地对“七君子”进行法庭审判。6月11日，苏州江苏高等法院对李公朴等人进行第一次审讯。这一天，天气异常闷热，天空中一直飘洒着蒙蒙细雨，时不时地打闪，响着隆隆的雷声。李公朴他们提前用了午饭，十一点半出发去法院受审。

为了这次开庭，李公朴做了充分的准备，针对所谓的十条罪状写好了反驳的材料，而且读得很熟，几乎能背诵；还像演员那样吊嗓子，把声音练得很洪亮，中气十足。他要让所有参加审讯的人和旁听的群众，都能听清楚他说的每一句话，每一个字。

临上车前，大家双手握拳，相互勉励。一共四辆车，李公朴和沈钧儒坐在第一辆车上。他们的牢房相距江苏高等法院，仅仅三条街，沿途五步一岗，十步一哨，全是荷枪实弹的军警。

法院门口聚集了数百人，他们都是关心“七君子”案件审讯的人。法院早几天就在《申报》公开刊登《通知》，宣称“为了彰显公正、公平，沈钧儒、李公朴他们的案件公开审理，欢迎各界民众旁听”。不少人一早就赶来，在门口等候开庭。不想天公不作美,蒙蒙细雨,飘飘洒洒,时断时续。大多数人撑着雨伞等着,有的干脆站在雨里,身上的衣服早已淋湿了。其中有从南京、上海、杭州、武汉等地赶来的各大报纸的新闻记者;也有“七君子”的亲属,他们都是得到法院的通知,特地从上海、南京等地赶过来的。张曼筠撑着伞和邹韬奋的夫人、沈钧儒的几个儿子站在一起。他们十点不到就来到法院门口了,已经等了足足三个多小时。人们怒容满面,愤愤不平,要亲眼看看国民党当局怎样处置七位爱国犯。临开庭前,法院看见这么许多愤愤不平的群众害怕了,临时贴出布告:因旁听的人太多,法院决定,改公开审讯为不公开审理,闲杂人员一律不准入内。在雨中整整等了一上午的群众愤慨极了,纷纷责问法院言而无信,愚弄群众。张曼筠、胡子婴、沈粹等家属,气愤异常。

七十多岁的郑禹老先生大声说:“我活到这把年纪,从来没见过这种案子,为了救国竟要坐监牢,竟要吃官司,千古奇冤!现在还不准我们听审,民国,民国,一切都越来越不成样子了,唉!”

苏州著名望族张一麐亲自进法院找院长交涉,要求法院言而有信,进行公开审讯。李公朴他们被告也提出强烈要求,宣告:不公开审讯,拒绝回答一切问题。被告律师也一致表示,如若不公开审理,拒绝发言。法院无可奈何,被迫允许被告家属和新闻记者进法院旁听。

这次审讯,审判长是方闻,推事是郑传缨、汪珏两位,检察官是翁赞年。张志让、江庸、俞钟骆、江一平等二十一位全国顶尖的律师全部到位,他们出于“救国无罪”的强烈的正义感,都是自愿出庭为“七君子”义务辩护的。他们一律穿着黑衫白领，围着律师长桌坐着，庄严、肃穆。

下午两点正，审讯正式开始。审判长方闻宣布审讯开始，先由检察官宣读又臭又长的“起诉书”，然后是被告一个个过堂受审。审问就是双方交锋，你来我往，异常激烈，异常犀利。“七君子”个个知识渊博，熟知律法，有的本身就是律师，而且个个擅长演讲。他们有理有据地反驳，常常弄得审判长张口结舌，狼狈不堪。最令审判长头疼的是王造时，他是著名教授、著名的社会活动家，又是著名的演说家。他把法庭当作大学讲坛，他抓住审判长的话题，侃侃而谈，大力宣讲救国会的宗旨，大谈建立抗日民族统一战线的必要性，而且他是面对旁听席听众讲的。审判长警觉地打断他的话，要他面对审判长回答问题，可是他讲着讲着又面向旁听席了，审判长不得不再次提醒他，引得旁听席发出一阵阵笑声。轮到李公朴受审时已是下午五点半了。李公朴从容地走向被告席，他回答审判长的提问，镇定自若，口若悬河，雄辩有力。下面是当时审问李公朴的部分记录，审判长问，李公朴答。

问：救国会做什么事？

答：救国会的任务是站在民众立场上，要求各方停止内部摩擦，在中央领导之下集中一切力量抗日。

问：各党各派呢？

答：各党各派包括国民党、共产党等。要知道民族危机已经超过党派的利益，所以为国家着想，大家应该团结一致，我们以民众立场要求各党各派团结。

问：介绍谈判呢？

答：我和中央的友人谈起，他们认为其他党派不了解中央的困难，所以觉得有用民众的地位介绍谈判的需要。这是我们的一种愿望，并无意帮助谁。

问：对于国民党的一党专政呢？

答：被告觉得一党专政不专政，没有关系，只要能抗日都可以。

问：对于宪法反对吗？

答：被告没有反对过。不过那时认为华北冀东伪组织、华北伪自治等事实勃起，敌人侵略日甚，所以觉得宪法没有比马上抗日来得重要。

问：用普选方法召集国民大会是什么意思？

答：国民大会是国民的，并不是少数人包办的。这点孙中山先生十三年北上宣言说得很清楚，希望国民政府的国民大会完全是孙中山先生遗教的实现。

问：救国会不是想另行组织抗日政府吗？

答：救国会只有主张国民政府领导一切力量，立即抗日，没有另行组织政府的意思。

问：救国会登记没有？

答：救国会的目的是抗日，不比其他团体，登记的时候，政府为了外交关系未必能明白表示准许。事实上，被告等曾经为了救国会的事情，几次见过上海的市长，而且还见过蒋委员长等中央要人，他们都曾经竭诚相待，对抗日一层，更没有不同的意见。

问:罢工后援会你知道吗?

答:知道的。

问:后援会是怎样组织的?

答:在总理诞辰纪念会上有人提议组织,我也参加。

问:西安事变你知道吗?

答:不知道。

问:那么,打电报给张学良你知道吗?

答:电报是知道的,而且那电报还打给国民政府、傅作义、宋哲元、韩复榘等,请他们出兵援助。

问:人民阵线与救国阵线有分别吗?

答:据我个人知道,人民阵线是法国、西班牙的人民团结一致,对付他自己国内资本家、地主、保皇党的阵线,目的是对内夺取政权;民族救国阵线是全民族抗日救亡阵线,除卖国贼汉奸外,都应该加入,都欢迎加入的。

李公朴的律师汪有龄和陈志皋起立发言,要求法庭就后援会涉嫌煽动日厂工人罢工一事进行调查,弄清楚是日本资本家压迫工人而罢工的呢?还是被告等煽动而罢工的?遭到审判长的拒绝。李公朴也提出来,就这件事进行调查,取得证据,也遭审判长拒绝。这种情况在审讯沈钧儒、王造时、章乃器等人时,也多次出现,沈钧儒、王造时等一再提出要求对"起诉书"所列举的事实,向有关人员如马相伯、吴铁城、张学良、宋哲元等人做调查,也一再要求认真研究《答辩状》中已经指出的文件和书籍上的证据,来证明被告无罪,审判长一律不予理睬。

李公朴用洪亮有力、简洁明快的发言，阐明他和救国会团结一切力量抗敌御侮的政治主张，反驳审判长的讯问。讯问完了，李公朴回到候审室。

当局早已拟定了“七君子”的罪状，审讯一方面走走过场，另一方面尽可能寻找一些判罪有用的口供和依据。这样既惩办了“七君子”，又给诬陷穿上了一件合法的外衣。但是经过长达五个多小时的审讯和辩论，法院没有得到任何一点可以定罪的依据和口供，审判长只得宣告退庭，第二天继续开庭。国民党当局原打算第二次开庭后，不管有没有定罪依据，一律强行判刑五年，然后送反省院关押。为了粉碎当局的阴谋，李公朴他们回到看守所和律师商量，决定按照当局颁布的《刑事诉讼法》的有关条文，以审讯过程中审判长拒绝对起诉书中所列举的事实进行调查和对证为理由，在第二天开庭前，七名被告向法院提出《声请回避状》。“回避状”中说：合议庭推事“已具成见……而将专采起诉书所举不利于被告之主张以为诉讼资料，断难求得合法公允之审判，要求主审的审判长和推事全体回避”。律师也宣布罢席。

第二天下午两点，法院开庭，法庭内外依然戒备森严，但律师席上空无一人，审讯无法进行，审判长不得不暂停审理。退庭后，李公朴他们沉浸在初战胜利的欢乐中，家长沈钧儒写了一首题为《胜利》的诗：

我不要这一种胜利！
眼看着地图变了颜色，

六千万同胞沦亡在深渊之底。
我们如果还有一些人气，
哪里有心思来与自家人斗鼠牙，争虫臂！
我早已忘掉了我自己。
我祈祷着这一天：
能把我们的血，
飞洒到关外数千里与天无际的白雪上；
把我们的骨，
深埋在那一边的土里。
这才是我们的胜利！
也就是我们民族的胜利！
国家的胜利！
我再也不要其他的胜利！

这首诗充分表达了沈钧儒“国尔忘私”的情怀，表达了他为了祖国的山河甘洒热血的崇高精神。李公朴读到这首诗深有感触。他说：“沈老不愧为我们的家长，他所虑的是国家存亡，而不是我们几个人的利益，让我感动。”李公朴把这首诗端端正正抄写在日记本上，并且写了这样几句话：“家长沈老时刻所虑的是国家民族的存亡，而不是眼前的蝇头小利。这便是沈老的为人，沈老的胸怀。我自感不如，我常常考虑的是眼前的利益，看不广，看不远。要多向沈老学习。”

江苏高等法院第二次开庭审讯“七君子”，是 6 月 25 日。这天乌云压城，雷声隆隆，大雨滂沱，哗哗哗的雨点打在车窗玻璃上,发出噼噼啪啪的响声。汽车在雨中慢慢前行。这可苦了街道两旁荷枪实弹“护送”的军警们,个个成了落汤鸡,龟缩在墙角。这次审讯,仍和上次一样,法庭内外戒备森严,只准许家属和新闻记者进法庭旁听。主审人员全都换了,审判长换成朱宗周,推事换成李岳、张泽浦,监察官仍是翁赞年。主审人员虽然换了,但主审的问题大同小异,审判长千方百计要把救国会和共产党扯在一起,要把这顶红帽子牢牢戴在“七君子”头上,还要把救国会和西安事变扯在一起,把“勾结军人,谋为轨外行动”的罪名坐实。这样就可以名正言顺地对“七君子”判刑了。

上午十一点三十七分,李公朴被传审。下面是李公朴在庭上答辩记录的部分摘录,审判长问,李公朴答。

问:救国会的宣言和纲领、宗旨怎样?

答:抗日救国。但是如果救国就是“危害民国”,那么难道卖国才是“保护民国”吗?如果呼吁抗日是宣传与三民主义不相容之主义,那么难道与三民主义相容之主义是甘做亡国奴吗?

问(审判长沉默良久,法庭上鸦雀无声):联合各党各派,不就是容共吗?

答:不同的。联合各党,是“九一八”以后国难会议以来,上下的共同主张。内容是化除成见,共同抗日。检察官大惊小怪,竟牵涉到容共上去了,真的是不懂?

问:所谓联合各党各派指的是哪些党派呢?

答:并没有指定哪一党哪一派。只要是主张抗日的,不管是哪个党哪个派,我们都希望放弃成见,联合起来,共同抗敌。

问:共产党也主张抗日吗?

答:是。

问:共产党要建立国防政府,你知道吗?

答:这与我们无关。

问:所谓建立统一的抗日政权,是否就是指那国防政府?

答:我没有机会看到共产党的建议,见了起诉书以后,才知道一些,根本上两者没有丝毫关系。

问:救国会的宣言上和纲领上不是有建立抗日政权吗?

答:我很奇怪,现在竟有人以为共产党说过的话,别人都不能说。共产党说抗日,别人就不能说抗日。国难如此危急,共产党既然愿意抗日,我们当然欢迎。

问:你们为什么要煽动工人罢工,鼓动工潮?

答:日本纱厂工人不堪日本人的欺凌压榨,起来罢工,要求生存,才在纪念孙中山先生诞生大会上呼吁中国人援助。在场的中国人都同仇敌忾,踊跃募捐。你们连纪念中山先生诞辰,援助日本纱厂工人都列为罪状,你们还要不要做中国人?

问(审判长低头不语,面红耳赤):你们的主张不是容共吗?

答:我们以抗日为最大前提,无论国内国外的抗日势力都要联合。

问:共产党要抗日,你们被共产党利用了,你知道吗?

答：太奇怪了，共产党要吃饭，我们是不是不能吃饭？我们要抗日，如果共产党利用我抗日，我心甘情愿被他们利用。中国四万万人民都要抗日，我相信审判长也是要抗日的，难道也被共产党利用了吗？审判长，是不是？

李公朴抓住抗日的核心问题，用犀利的语言狠狠地反击，每一言，每一字都掷地有声，在国民党的法庭上硬是把审判者的灵魂押送到被审判者席上，暴露于光天化日之下。

审判长一再纠缠，变着法子要李公朴如实回答"勾结军人"图谋不轨的阴谋。李公朴愤怒了，他压低声音，责问审判长："请问审判长，为什么翻来覆去拿'勾结军人'说事？有什么企图吗？我明明白白地多次说过所谓勾结军人之说，完全是诬陷，完全是陷害！要弄清楚这个问题，很简单，张学良在南京，让他到庭对质，或者你们去找他了解。把我们关押半年了，为什么一直不去调查核实？"

律师也纷纷站出来，要求法庭传讯张学良，或开展庭外调查。审判长不作声，检察官竟横蛮地站起来否定，说什么"已在起诉书上载明，不必调查"。沈钧儒、王造时、章乃器等人和他们的辩护律师也纷纷发言，强烈要求检察官把西安事变与被告的关系，向张学良将军调查清楚，还他们一个清白。最后，审判长不得不宣布："决定向军事委员会调查审问张学良的案卷，定期开审。"第二次审讯，当局仍然没有得到任何可以定罪的依据。

法院以"证据尚未调查完备，尚有继续羁押之必要"为借口，将"七君子"的羁押日期从 7 月 5 日起，再延长两个月。法院于 6

月 28 日致函军事委员会调查,7 月 6 日军事委员会的复函如下:"查张学良劫持长官一案内,与沈钧儒有关之供词仅:'我们一切的人都是爱国的,我们痛切的难过国土年年的失却,汉奸日日增加,而爱国志士所受的压迫反超过汉奸,事实如殷汝耕同沈钧儒相比如何乎?'等数语。相应函请查照为荷。"

军事委员会的复函,澄清了事实,还了李公朴他们清白。从此法庭再也没有开庭。

# 第十七章　声势浩大的营救运动

国民党当局倒行逆施，在亡国灭种的危急关头，公然羁押、审讯沈钧儒、李公朴他们，一手制造了"救国有罪"的政治冤案，激起全国各界爱国人士的极大愤慨。全国各界爱国人士纷纷发表宣言、函电和评论，掀起一浪又一浪的营救运动。

就在李公朴被捕的当天，宋庆龄夫人带着"殊为愤慨"的心情致函国民党军事委员会副委员长冯玉祥，请他出面主持公道，"迅电蒋介石，立即释放'七君子'"。宋庆龄在信中说："我国东北失地几及六省，而绥远战事又已爆发，国难严重至此，正国民急应奋起救国之时……救国为全国国民责任，岂救国者即为共产党乎？"

4月26日，宋庆龄夫人又以救国联合执行委员的身份，在《救亡情报》上公开发表《声明》，抗议无辜逮捕救国会领袖的行为。宋庆龄夫人在《声明》中指出："救国会的七位领袖已经被捕了，可是我们中国还有四万万七千五百万人民，他们的爱国义愤是压制不了的。让日本军阀们当心些吧！他们虽可以在幕后指使逮捕七位领袖，但全中国的人民是不会饶他们的。"

4 月 24 日，即李公朴他们被捕的第二天，全国各界救国联合会发表《为沈钧儒等诸领袖无辜被捕紧急宣言》，同一天全国各界救国联合会还向全国发表了《紧急通电》，严正指出："救国会的人士既以身许国，绝不是逮捕等足以阻遏其志的。如果当局不愿人民救国，一定要人民做垂手听命的顺民、亡国奴，那么一切不愿做亡国奴的人们，也都一定会自动起来争取他们的生存权利的。"到了 27 日，全国救国会再次发表《为七领袖无辜被捕告当局及全国人书》，强烈抗议当局无辜逮捕沈钧儒、李公朴等七位救国会领袖，要求国民党当局立即释放诸位领袖。

11 月 30 日，延安中国共产党的《红色中华》报发表社论《反对南京政府实施高压政策》，指出：南京政府逮捕沈钧儒、李公朴等救国会领袖，"实为全国人民所痛心疾首的。全国人民决不会为南京政府的爱国有罪政策所威胁而坐视中国的灭亡，必须再接再厉，前仆后继，来发展正在开展的全国救亡运动"。在巴黎出版的《救国时报》也在 11 月 30 日发表社论《争取救国的自由》，号召海内外爱国同胞和救国团体一致行动起来，反对南京政府"爱国有罪的暴政"，援救爱国领袖，争取救国自由。

国民党上层有不少党政军人士对当局逮捕"七君子"也很不满。国民党军事委员会副委员长冯玉祥，多次致电蒋介石，请求蒋介石释放"七君子"；冯玉祥还和于右任等在南京发动征集十万人签名的营救活动。国民党中央委员于右任、孙科、李烈钧、石瑛、蔡元培等，广西实力派人物李宗仁、白崇禧、黄旭初等，著名的爱国将领蒋光鼐、蔡廷锴等纷纷致电蒋介石，营救"七君子"。

南京、上海、北平、天津、西安、重庆、成都、广西等地各界爱国人士纷纷举行游行集会，抗议当局逮捕“七君子”，要求当局无条件释放爱国领袖。

12月1日，正在美国纽约从事救亡宣传的陶行知得知“七君子”被捕，十分愤慨，连夜执笔向世界和平大会理事会，向欧美中国人民之友社，向他所认识的所有外国朋友发出紧急呼吁：“法西斯铁蹄在蹂躏中国，为反侵略、争取和平而奔走的七位中国学者竟遭到政府当局的无理囚禁，请您伸出正义之手！”

“世界反侵略大会”正在巴黎召开，大会立即致电南京政府进行抗议！旅居海外的华侨和全欧华侨抗日救国会联合会、巴黎中国学生会等团体也纷纷致电蒋介石，要求无罪释放爱国领袖。爱因斯坦、杜威、罗素、孟禄等十六位国际知名人士也联名致电南京政府，进行谴责，要求立即释放沈钧儒、李公朴等七位爱国领袖。

国民党当局面对国内外的抗议浪潮置若罔闻，一概不予理睬，反而加紧审讯“七君子”，企图进一步陷害。12日，中共中央发表《宣言》称颂“七君子”“以坦白之襟怀，热烈之情感，光明磊落之态度，提倡全国团结，共赴国难，停止内战，一致抗日，此实我中华男女之应尽责任与光荣模范，而为中国及世界人民所敬仰”。要求立即释放他们及全体政治犯，并彻底修改《危害民国紧急治罪法》。

自从沈钧儒、李公朴被捕之日起，全国各大报纸，如《申报》《晨报》《群众新闻》《天下日报》《上海文化报》《救国时报》《大公报》等发表大量的评论、社论、宣言、声明，呼吁当局无条件释放“七君子”,仅统计4月到7月,见报的相关文章就有六十五篇之多。

在营救李公朴、沈钧儒等七人的浪潮中,宋庆龄、何香凝两人为首发起的救国入狱运动使当局十分尴尬,产生了极其深远的影响。6月25日,即苏州法院第二次审讯“七君子”的那天,宋庆龄、何香凝、胡愈之、胡子婴等十六人,向江苏高等法院递交状纸,要求入狱。状纸这样写道:“沈钧儒等,从事救国工作,并无不法可言。羁押囹圄,已逾半载,倘竟一旦判罪,全国人民均将为之惶惑失措。具状人等,或为救国会会员,或为救国会理事,或虽未加入救国会,而在过去与沈钧儒等共同从事救国工作。爱国如今竟有罪,则具状人等,皆在应与沈钧儒等同受制裁之列。具状人等,不忍独听沈钧儒等领罪,而愿与沈钧儒等同负因奔走救国而发生之责任。为特联名具状,束身待质,仰请钧院将具状人等悉予羁押审讯。爱国无罪,则与沈钧儒等同享自由;爱国有罪,则与沈钧儒等同受处罚。具状人等愿以身试法律上救国之责任。”

也就在6月25日这一天,宋庆龄、何香凝等人,在《妇女生活》发表了《救国入狱运动宣言》,愤怒地指出:“沈先生等犯了什么罪?就是犯了救国罪。救国如有罪,不知谁才没有罪。我们都是中国人,我们都要抢救这危亡的中国。我们不能因为畏罪,就不爱国、不救国。所以我们要求我们所拥护信任的政府和法院,立即把沈钧儒等七位先生释放。”并且坚定地表示,如果不释放,“我们就应该和沈先生等同罪。沈先生等一天不释放,我们受良心驱使,愿意永远陪沈先生等坐牢”。

7月5日，宋庆龄夫人伤风未愈，背着行李，和胡愈之、彭文应、胡子婴、沈兹九、陈波儿、张天翼、张宗麟等十二人，冒着酷暑，乘火车赶到苏州法院，向院长和首席检察官提出，他们是救国会成员，他们和沈钧儒他们同罪，希望被收押，并且表示“没有圆满结果，一致不离法院”。院长和首席检察官茫然不知所措，院长急急忙忙打电话给委员长办公室请示，答复是“自己处理”，弄得他十分狼狈，十分尴尬，只得派人把宋庆龄、何香凝等十二人强行护送到上海各自的家里。宋庆龄夫人很气愤，第二天一早，直接致电南京当局最高负责人对法院的无礼行为表示强烈抗议，并表示救国入狱的决心。宋庆龄夫人在电报中说：“宋庆龄等及全国救亡运动中人，断不敢坐视沈等瘐困而己身享自由”，希望当局“迅即主张公道，勿失全国志士之心”，直接要蒋介石等党国要人表态。

在宋庆龄和何香凝的带动下，爱国入狱运动在全国轰轰烈烈地展开，每天有数百人，甚至上千人，背着铺盖行李，到苏州法院，要求和李公朴等人一同坐牢！如著名导演和演员应云卫、袁牧之、赵丹、郑君里、白杨、金山、王莹等二十多人，7月2日，去苏州法院要求入狱；作家何家槐、周钢鸣等十三位，7月3日，去苏州法院要求入狱。还有不少教授、学者、教师、工人、学生等纷纷要求和李公朴他们一同坐牢。弄得苏州法院焦头烂颇，应接不暇，法院院长和首席检察官叫苦连天，有时只得从法院侧门悄悄溜之大吉。

7月7日，日寇悍然向卢沟桥的中国驻军发动进攻，中国守军顽强抵抗。蒋介石主张“坚决抗战，反对妥协退让”，全国团结一致的抗战局面正式形成。事实证明李公朴、沈钧儒他们在国家民族危亡之际,在全国成立救国会,团结一切力量一致对外的抗日救亡运动,不仅无罪而且功劳卓著。7 月 30 日,江苏高等法院根据蒋介石的意见,以"沈钧儒等各被告危害民国一案,羁押时逾半载,精神痛苦,家属失其赡养"为理由,裁决"停止羁押,交保释放"。

7 月 31 日,晴空万里,天空碧蓝,太阳红火球似的高悬空中。下午五点半,沈钧儒、李公朴、章乃器、邹韬奋、王造时、沙千里、史良走出监狱,恢复自由,结束了在苏州看守所七个月零二十七天的铁窗生活。他们受到早已在监狱大门外等候的家属、辩护律师、朋友近千人的热烈欢迎,顿时鞭炮齐鸣,欢呼声、抗日口号声、救亡歌曲声交织成雄伟壮丽的交响乐曲,直冲云霄,场面雄壮,极为罕见。李公朴他们七人均感动得热泪盈眶。他们没有想到会有这么多人迎接他们出狱。苏州救国会代表、著名的绅士张一麐代表欢迎群众致欢迎辞。

接着"家长"沈钧儒代表"七君子"讲话。沈钧儒说:"钧儒等今天步出狱门,见抗敌之呼声已普遍全国,心中万分愉快,当不变初旨,誓为国家民族求解放而斗争。"

随后沈钧儒、李公朴他们被欢迎群众簇拥着来到花园饭店,参加由张一麐、李根源举办的欢迎宴会。

在当天的日记中,李公朴这样写道:

> 入狱时手枪对着我们,可是我们不怕死,死后会有成千上万的人跟上来。华北有些人怕死,结果还是死了。现在

已到最后关头，还有怕死的人倡主和论调。不论他们心地怎样，总是误国的。我们要以死来争取中华民族的胜利。古诗说“春蚕到死丝方尽，蜡炬成灰泪始干”——我们追求真理，服务人群，抗战到底，争取民族解放，均应取此态度。

李公朴他们是“停止羁押，交保释放”，救国是否“有罪”，是否“危害国民”，国民党政府一直没有明确的说法，一直到 1939 年 1 月 26 日，上海、苏州、南京、武汉相继沦陷，国民党政府迁都重庆，沈钧儒等人再次申请要求撤销“该案”，才由四川省高等法院第一分院判决“撤回起诉书”，还了历史的本来面目。

救国无罪，这便是历史铁定的判决。

# 第十八章　辗转东西两个战场

李公朴和沈钧儒等从南京回到上海没有几天,“八一三”淞沪抗战爆发了。

日寇占领平津后,想利用海军攻占上海,开辟华东战场,直驱我国的政治、经济中心南京,逼迫蒋介石投降。8 月 13 日日本军舰重炮轰击闸北,日本海军陆战队突然攻击宝山。我国守军立即奋勇还击。士兵纷纷表示:“头可断,血可流,唯寸土不可让。”一个战友倒下去,后面的立即顶上。日寇凭借着武器精良,一再冲杀,却始终占不了便宜。8 月 15 日,京沪警备司令张治中将军在《申报》上向全国人民发表通电,表达抗战到底的决心:“愿我举国同胞武装袍泽,毋忘我东北平津数千万同胞,呻吟于日寇铁蹄践踏之奇惨,毋忘我‘一·二八’战役、长城战役、平津战役忠勇牺牲先烈之血迹,以悲壮热烈之精神,共负洗雪国耻之重任。”

李公朴看到国民党当局摈弃内战,调转枪口,真心实意地投身抗日,满心欢喜,只要全国四万万同胞团结一心,何愁抗战不胜利?李公朴约了柳湜和周巍峙立即赴宝山前线进行实地考察。

李公朴一行三人当天就到了宝山。第二天,他们拜访了一个团指挥所。他们刚走到门口,门口卫兵还没有来得及报告,一位胖胖的团长从指挥所疾步跑出来,热情地握着李公朴的手说:“李先生,大名鼎鼎的爱国‘七君子’之一,我认识您,先生是我们学习的榜样,我看过您的照片,也读过你的文章,欢迎你们到我团部做客。”

团长一连串热情的话,弄得李公朴连插话的机会都没有。在团部接待室坐定后,李公朴才有说话的机会,他一面感谢团长热情地接待,一面表达了此行的目的:了解一下战争的实际情况。团长一下打开了话匣子,他向李公朴他们介绍几天来打击日寇的情况,说了很多战士奋勇杀敌的故事。当李公朴问起抗战前途时,团长沉默了一会,说:“我是个直性子,有话留不住。我实话实说,最终把日寇赶出中国取得抗战胜利,我不怀疑,但是十分艰巨。不是我们当兵的怕死,我们的战士个个都是好样的,迎着敌人呼啸的子弹冲锋,没有一个退缩。只是咱们后勤保障跟不上,当地群众不积极配合,似乎我们抗战与他们没有一点关系。要不是从上海赶来不少工人、青年学生全力支持我们,我们难以支撑。我们谢谢这些上海青年。”团长说到这里,门口传来清亮的问话:“团长,客人来了吗?我说今天上午一定到,怎么样?”

“这不,说曹操,曹操就到。”胖团长说着,向李公朴解释说,“她是中国劳动妇女战地服务团的胡队长,是一个了不起的人,她帮了我们很大的忙。就是她告诉我您今天上午到的。”

李公朴很纳闷,这个胡队长是谁?她怎么会知道他今天会来宝山？

这时门口走来一位穿短袖的年轻妇女，圆圆的脸，梳着两条短辫子。李公朴看着脸熟，但一时想不起来。那位妇女很大方地对李公朴说："李先生，我昨天就晓得你要来，一路上还安全吧？"胡队长见李公朴有些迷茫，便自我介绍说："你不记得我了吧？我叫胡兰畦，在何香凝大姐处帮忙。想起来了吧？你们从苏州回来，何大姐身体不适，不能去火车站欢迎你们，让我代她去火车站给你们送的花篮。这次淞沪抗战爆发，何大姐又让我代她组织一个战地服务团来这里服务。昨天下午大姐来电告诉我你们来宝山，要我给团长打招呼，让团长保护你们的安全。"

经胡队长一介绍，李公朴明白了。一定是张曼筠担心他们的安全，打电话给何香凝大姐求助的。他心里责怪张曼筠的多事，但又感到暖暖的，似有一股暖流迅速流过全身。

李公朴向胡队长了解战地服务团的工作情形。胡队长告诉李公朴，这里老百姓没有发动起来，她们的主要工作是发动群众支持部队作战，譬如组织担架队帮助部队运送伤员，帮助部队购粮，动员妇女到救护站去护理伤员，组织群众防止汉奸活动。胡队长笑着说："我们就是为部队打杂，什么事都干，哪里需要就去哪里。"

胡队长的中国劳动妇女战地服务团一共十个人，但个个能干能吃苦，她们晴天穿草鞋，雨天赤脚。和老百姓打成一片，好像一家人一样，服务团取得了群众极大的信任。李公朴很受启发，他认为当下最重要的是做战地民众的教育发动工作，只有把民众充分发动起来了，抗日才能持久，才能取得最后的胜利。

李公朴他们在团部吃了午饭，想到战壕去看看战士。团长不同意，说日寇随时随地打枪开炮，很危险。李公朴一再坚持，胖团长强不过李公朴，只得叫警卫排长带一个班警卫战士，陪着李公朴他们去三公里外的海边滩头阵地，临出发时胖团长一再叮嘱排长，一定要确保李先生的安全。李公朴虽然是北伐时的老兵，但还是第一次下战壕。战壕勉强可以两个人并排走，也不甚深，行走时要弯腰，不然容易暴露目标，成为敌人的枪靶子。战壕里一个个战士面向前方趴在那里，眼睛一眨不眨地盯着前面。日寇时不时地打炮，炮弹呼啸着在战壕前后爆炸。李公朴蹲在一位战士的身旁，问道："你们在这里守了几天了？"

"我们 7 月 10 日就在这里驻守了。从日寇 13 日进攻以来，一直打了五天，日寇没有能够前进一寸。日本鬼子也怕死哩。"

"你怕死吗？"

战士回头看看李公朴，老老实实回答："怕，死谁不怕？说不怕，不是真心话。"

"怕死怎么能抵抗日寇？"

"与日寇打起来，就什么都不怕了，只有一门心思瞄准，打枪，把敌人杀死，一点杂念都没有。战场上不容你多想，不把敌人第一时间消灭，敌人冲上来，我们就活不成了。我们战死也就算了，我们身后的老百姓就遭殃了。"

实实在在的话，说得多好！有许许多多这样的战士何愁日寇不被消灭？

李公朴一行回到团部，就与胖团长告别。当时华北战场是全国抗战关注的中心，李公朴他们想尽早赶过去考察。李公朴他们从苏州乘火车，经过南京，直奔太原。火车过了南京，路就不太好走了，走走停停，有时一停就是半天或一天。李公朴他们不得不离开火车，改搭汽车、马车，有时还要步行。他们于 8 月 29 日才到达太原。

第二战区司令长官、山西省主席阎锡山在太原。李公朴他们直接去司令部拜访他。阎锡山正在组织大同会战，日本人已侵占南口和张家口，正向雁北进逼，山西形势危急。李公朴没有见过阎锡山，但有关阎锡山的传闻听过不少。一见面，阎锡山竟是一个面目清秀、身材略单调的中年人，戴着眼睛，颇有文人气息。阎锡山主动向李公朴伸出手，热切地说："李先生来司令部，我表示欢迎！李先生是抗日'七君子'之一，是国人敬仰的英雄。特地从上海赶来，一定会给我们山西带来不少宝贵的意见。"

李公朴说："我们是战地考察，了解了解情况，谈不上有什么意见，想听听司令对山西抗战前途的分析。"

阎锡山侃侃而谈，他说虽然我们首战不利，丢了不少国土，反过来看未尝不是件好事，可以进一步激发广大群众的抗日积极性。最后的胜利一定属于我们，这是不容置疑的。说到山西的战况，阎锡山充满了自信，他手下有近百万晋绥军，现在八路军也来了，"我们是如虎添翼了"。

李公朴说："听说山西民众发动较顺利，这是一条经验。是这样吗？"

阎锡山说："哪是什么经验？是失败的教训。跟日本人打了几仗，失利了，考虑到部队的补充，我们便组织一个牺牲救国大同盟（简称"牺盟会"）派人下乡发动民众组织兵源，弄得轰轰烈烈,刚刚成立的抗敌决死队就有五千多人。这样我们的壮丁就有保障了。”说到这里阎锡山忽然对李公朴说,“我们山西还想麻烦李先生办一件事,不知李先生肯为山西抗战出力否?”原来,阎锡山寻思办一所大学,正缺一位懂教育的校长,想让李公朴留下担任校长一职。

李公朴说:“太突然了,可否容我考虑一下答复您。我上海还有不少工作,这次来得匆忙,也要回去安排一下。”

阎锡山通情达理地说:“可以,我完全理解。”

李公朴三人离开司令部后,直接去了牺盟会总部。牺盟会总部设在离司令部不远处的一个四合院内。四合院里来来往往都是二十多岁的年轻人,个个朝气蓬勃,精力充沛。在一间简陋的办公室里,李公朴见到了牺盟会的总负责人薄一波先生。

中午吃饭时李公朴告诉薄一波想去八路军办事处看看。薄一波全力支持,派一辆汽车把李公朴他们一直送到八路军办事处,刚巧周恩来在办事处。

李公朴和周恩来交谈了整整半天,从抗战前途说到抗日民族统一战线的方针政策,从国共合作说到民众的发动教育,几乎是无所不谈。这是李公朴第一次和中共高层接触,他从周恩来坦诚的交谈中,了解了中共建立抗日民族统一战线的方针政策。

李公朴听取周恩来的建议,参与第二战区民族革命战争战地总动员委员会,被委任为委员和宣传部部长。这个战地总动员委员会,是阎锡山出面,共产党推动而成立的一个统一战线的组织。续范亭任主任委员,杨集贤任副主任委员。周恩来在成立大会上提出的奋斗目标是“组织民众,训练民众,武装民众;扶持并保证人民抗日的结社、集会的自由，扶持并保证人民抗日的言论、出版的自由；实行合理负担，减租减息，改善人民生活，动员民众有人的出人，有钱的出钱”等。李公朴在太原期间很热情地参与战地总动员委员会的工作，开过几次委员会的会议，发表了很好的建议，也和续范亭主任交谈过几次。但李公朴热衷于抗战前线的考察，没有时间留在太原工作，也没有具体过问过宣传工作，后来李公朴回忆这段时间的工作，还感到很内疚。

在太原期间，李公朴还以救国会的名义，创办了“全民通讯社”。这个通讯社也是在周恩来建议下，李公朴三人和八路军办事处的彭雪枫一起商量组织起来的，经费、人员皆由彭雪枫负责，李公朴担任社长，通讯社发展了几百个通讯员。通讯社向各战区派出战地特派记者，一面作战地采访，一面联络各地的通讯员，积极写稿，反映各地抗战情况，出版《全民通讯》，每日一期，及时报道战地新闻，也发专稿、社论和摄影作品。对宣传抗战，推动统一战线的建设起到了不可估量的作用。太原失守后，全民通讯社总社迁至汉口，在山西临汾设立办事处，后来总社迁至重庆，在成都设办事处。

李公朴离开太原时，当时具体参与《全民通讯》编务工作的周巍峙，不得脱身，便留在全民通讯社工作。李公朴和柳湜继续进行战地考察，他们先后到过大同、徐州、连云港、济南、德州，10月1日返回上海，历时一个月。李公朴总结华北战场失败的主要原因是“脱离了民众，不是全民抗战，而是单纯的军事抗战”。要让民众投身抗日战争，李公朴认为国民党当局要彻底改变反民主的一党专政，实现民主政治，保障人民有充分的民主权利。李公朴说:“老百姓有饭吃,有了相当的民主自由,自然会风起云涌地一起来参加抗日战争。”

李公朴在整个考察期间,把自己看到的、听到的和感受到的,随时写成文章,发往上海,有的在自己任编委的《国民周刊》上发表,有的在邹韬奋主编的《抗战三日刊》上发表。如《为全民动员告国人书》《全民抗战的必然过程》《怎样挽回华北危局》《大同失守的前后》《我所认识的牺盟会》《山东老百姓起来保卫山东》《加紧上海战区的民众工作》《上海战区的教育问题》《战区民众教育计划大纲》等。这些文章有对当前抗战形势的具体分析和抗战必胜之路的探讨,有对全民抗战实施办法的研究,也有对当时抗战实施提出的批评和建议,有一定的指导意义,颇受读者欢迎。后来,到了武汉,李公朴把这组文章汇编成《民众动员论》一书,作为“救亡文丛”之一出版,很畅销,曾一版再版。

# 第十九章　在山西民族革命大学

1937年10月初，李公朴回到上海，在家稍事休息几天，拜会了沈钧儒、邹韬奋、黄炎培等几位老朋友，又去东线嘉定、真如、昆山一带战场考察了几天。通过实地考察，他进一步坚信，只有实施抗战教育，才能真正把民众动员起来，抗战才能取得彻底胜利。10月30日，李公朴离开上海去南京。当时上海形势十分危急，日寇海陆空联合进攻很频繁。李公朴岳父岳母在南京有房屋，前一段时间他们就回南京了。临行前，李公朴和张曼筠商量说："我到了南京肯定很忙，近期不可能回来接你，日寇随时有可能攻入上海，把你们留在上海我不放心，我们还是一起走吧。"

张曼筠答应了李公朴。那时闸北火车站经常遭遇日寇轰炸，火车班次很不正常，而且一票难求，李公朴决定改乘轮船。他去轮船码头跑了两趟，好不容易才弄到四张船票，一上船，发现沈钧儒一家也在船上，两家人在一起可热闹了。李公朴和沈钧儒自然而然又说起抗战教育。李公朴告诉沈钧儒他这次去南京，准备向当局呼吁，让他们重视抗战教育，李公朴感慨地说："开展全民的抗战教育，发动民众自觉自愿地投身抗战，学习一些抗战必备的知识，既为兵源补充做好准备，还有利于国民素养的提高。多好的事，可是当局就是不积极，真不知道他们是怎么想的。”

沈钧儒长长地叹了一口气，告诉李公朴，党国是担心群众起来了，难以控制。

李公朴说：“共产党的做法就是从发动民众入手。山西的牺盟会先培养特派员和村协助员，让他们深入各县各村去发动群众，发展很快，搞得轰轰烈烈。”

船到南京下关码头，李公朴一家人下船。沈钧儒一家去武汉。沈钧儒一再叮嘱李公朴，南京事情处理好，立即赶来武汉，救国会的领袖将在近期相聚武汉，有许多事情要商量。李公朴当天把张曼筠他们送到岳父家，安顿好。第二天一早就出门，他通过各种关系，直接走访了国民党军事委员会副委员长冯玉祥和孙科、邵力子、李宗仁、魏道明等党国要人、社会名人和救国会的同仁，同他们谈发动民众，实施抗战教育等问题。不少人赞同李公朴的观点，也有一些人不十分热情，完全是敷衍的态度。李公朴并不灰心，一连几天在南京城里奔波。一天他走访陈布雷先生。李公朴和陈布雷有些交往。陈布雷听完李公朴有关抗战教育的建议，觉得很有道理，建议李公朴直接拜访蒋委员长。在陈布雷的安排下，11 月 9 日下午三点，蒋介石在陵园宅邸接见了李公朴。

蒋介石的宅邸是隐在绿树丛中的一座小楼，屋内布置还算朴素，在李公朴的印象中，远没有他们住过的南京大饭店豪华。蒋介石穿着便装在小会客室接待他。一见面，蒋介石就问救国会的沈钧儒和其他领袖在忙什么？李公朴实事求是地回答：“忙抗日宣传，还能干啥？用各种形式宣传抗日救国的道理，呼吁全社会投身到抗日民族统一战线中来，保卫我们的国家。”接着，李公朴较详细地谈了自己一个多月来考察西线、东线几个战区的情况和自己的感想，着重讲了发动民众和开展抗战教育的事。李公朴讲得很动容，用了一些感人的事例，蒋介石也听得很认真。

第二天上午，在陈布雷的安排下，李公朴拜访了蒋介石身边的红人陈立夫。陈立夫听了李公朴的介绍，表示立即制订政策，全面推开抗战教育。

能得到蒋介石和陈立夫的支持，李公朴心里自然很高兴，抗战教育有望全面实施。他哪里知道，这些都是敷衍他的表面文章，他们根本就没有打算实行，即便党国把抗战教育的文件发下去，也起不了多大的作用。

11 月 12 日，日寇占领上海，南京危在旦夕。上海到南京都是一望无际的平原，无险可守，日寇随时随地可以攻占南京。国民党当局开始向武汉迁徙。正在这时李公朴接到沈钧儒催他去武汉的电报。11 月 22 日，李公朴携全家乘坐“民权”号轮船到达汉口。李公朴租了两间房，把全家安顿好后，就去参加救国会同仁组织的座谈会。座谈会上成立干事会，李公朴被选为干事，负责青年工作。上海等地失守后，大量的青年学生流亡到武汉，生活很困难，很多都来找李公朴寻求帮助。李公朴去往武汉八路军办事处，时任中共中央长江局秘书长和八路军总部秘书长的李克农接待了他。李克农四十岁左右，一身便服，戴一副黑框眼镜，纯然是一介书生。他仔细地听了李公朴讲的困难，决定由

“八办”出面开办为期一个月的短训班，食宿由“八办”供给，经过学习、考察，分别介绍一些青年去延安，或到别的地方去参加抗战工作。

短训班经过两三天的筹备就招生了，青年们蜂拥而来，第一期就招了五百名。上课教员都是“八办”的。李公朴应邀去作过几次有关抗战和人生的报告。

李公朴还应武汉青年会的邀请，向青年作了《怎样争取最后胜利》《游击战争与持久战》《从华北谈到游击战的前途》三场报告。他用考察中亲自经历的许多事实和具体数据，精辟地分析了敌我双方的优劣，论证了抗战必胜的前途，他用胡兰畦的例子，说明发动民众，组织民众投身抗战的重要意义。他激昂慷慨地说：“没有广泛的民众参战，抗战不可能胜利，全民起来之时，就是夺取抗战胜利之日。”

李公朴的报告极大地鼓舞了广大青年投身抗战的积极性。个个摩拳擦掌，热血沸腾。

救国会决定在武汉编辑出版《全民周刊》，沈钧儒担任社长，李公朴、柳湜、王昆仑、张志让、钱俊瑞、张申府等人组成编委会。李公朴还兼发行人。12 月 11 日《全民周刊》第一期出版，李公朴在题为《为争取全面全民族战争胜利而奋斗——〈全民周刊〉的使命》的发刊词中指出：现时“最基本的任务，是加强全民族的统一战线，接受抗战以来血的教训，将单纯的政府与军队的抗战，转变为全面的全民族的抗战，以突破当前的民族危机”，并提出摆在眼前急需解决的问题是改革政治机构，实现民主，开放民众运动，武装人民，改革军队。发刊词完全体现了抗日民族统一战线的思想。

第二年7月,《全民周刊》与邹韬奋主编的《抗战三日刊》合并,改名为《全民抗战三日刊》。该刊综合了两刊的优点,在推动全民抗战,反映人民呼声,坚持团结抗战等方面起到了积极推动的作用。很快成为当时最受欢迎的刊物之一,每期发行量高达三十万份,创历史的新高。

1937年11月8日,太原沦陷,山西军政机关撤到临汾。大量青年云聚临汾,为培养抗日干部,创办大学的呼声越来越高。阎锡山决定在临汾创办民族革命大学,自任校长,任命杜心源(共产党人)任政治处主任,杜任之(共产党人)任教务处主任。阎锡山两次来武汉邀请李公朴去民大任副校长,具体掌管民大。

李公朴见阎锡山态度很诚恳,连李公朴在太原那一次,阎锡山前后也算是"三顾茅庐"了。办大学,培养抗日干部,可以实施抗战教育,李公朴便答应了阎锡山。李公朴去民大前做了充分准备,他草拟了"民族革命大学创立纲领",并倾听了多名教育专家的意见,反复研究修改。为了加强民大的师资力量,他邀请了何思敬、陈唯实、施复亮、贺绿汀、萧军、侯外庐、方仲伯、孙师毅、严希纯、萧殷等近三十位知名教授、学者一同前去。

李公朴还手书十多份民大的招生广告,张贴在闹市区,许多抗日青年纷纷来报名,仅仅五天就达到三千余人。李公朴兴奋地向阎锡山通报这些情况,阎锡山自然很高兴,在电话里称赞李公朴。

第三天,阎锡山派来十多辆卡车,连续一周把师生拉到临汾。1月6日,李公朴和张曼筠是坐着阎锡山派来的小车去临汾的。赶到临汾已是9号上午了,李公朴没有直接去民大,而是去了八路军办事处看望全民通讯社的老朋友,看到周巍峙时特别激动。李公朴拉着周巍峙又是握手,又是拥抱。10日李公朴应朱德、彭德怀之约赴洪洞县八路军总部。李公朴到八路军总部,见朱德总司令正在篮球场上打篮球,你争我夺,大汗淋漓。李公朴也来了兴致,二话没说,脱下外衣,也到球场上露一手,朱德总司令突然发现他们行列多了个人,一看是李公朴,哈哈大笑,回头责备通讯员说:“客人来了,怎么不报告一声?”李公朴笑着说:“他们知道我是你的老朋友,就无须报告了。”朱德和彭德怀,是李公朴十分敬佩的人。朱德和蔼可亲,像一位慈祥的长者;彭德怀英气勃勃,朴素无华。李公朴和两位将军开诚布公地畅谈了一个下午。他们给李公朴分析抗战的形势和山西的战局,也谈了建立抗日民族统一战线和建立抗日根据地的有关情况。李公朴也说了自己此行的目的和建设民大的想法,两位将军很赞同李公朴的意见。

当晚,李公朴夫妇就留宿在“八办”。“八办”特别用“油炸馒头”来招待李公朴大妇,洗脸盆、大土碗是通用的餐具,大家吃得美滋滋的,十分开心。

第二天,李公朴夫妇离开“八办”去民大,受到民大师生的热烈欢迎。民大校内校外的墙上到处张贴着“欢迎李公朴先生到抗日民族统一战线的民大来!”“欢迎李公朴先生到抗日前线来!”“热烈欢迎救国会‘七君子’之一的李公朴先生!”虽然是隆冬,大雪纷飞,但民大还是充满生气,处处春意盎然。

第三天,阎锡山让杜任之陪同李公朴到他的公馆去。阎锡山的公馆在临汾的西南角,是一处规模较大的院落,从外表看也没有特别之处,围墙上的石灰斑斑驳驳,有些破旧,其实里面十分豪华,院子里亭台楼阁、小桥流水样样齐全。门口只有两个便衣门卫,里面岗哨林立,防卫十分严密。李公朴来到客厅,阎锡山早已在等候了。他见李公朴走进来,便笑着站起来迎接:“李先生来了,我高兴。我们民大有指望了。李先生是很有办法的人,邀请了近三十位知名的教授、学者来教书,好事,大好事。李先生,你为我们山西办了一件大好事。我要好好感谢你。”说着,阎锡山对杜任之说,“杜先生,你是我们山西人,对李先生那样从外地来的教授,一定在生活上多多照顾,住房要安排宽敞一点,家具要齐全。李先生的住处安排好没有?如果没有好房子,就搬到这里来,和我住在一起。李先生怎么样?”

李公朴赶紧摇着双手,说:“不用,不用。我的住房早落实了,不麻烦司令。”

阎锡山滔滔不绝地说着,就是不谈李公朴的工作。李公朴不得不向阎锡山提出来:“阎司令,你看我在民大的工作……”

阎锡山不等李公朴说完,打断李公朴的话,说:“杜先生没有告诉你吗?我们暂时请你屈就教授,上政治课,同时聘你为顾问,协助杜先生搞教务工作。其他等以后再说吧。”

阎锡山食言了。他自始至终没有提任副校长的承诺。李公朴心里明白,阎锡山是借用他这位名人,提高民大的号召力,并不信任他,不让他掌握实权。李公朴没有再说什么,任不任副校长他看得很淡,能在民大实施抗战教育,培养一批抗日的干部,对李公朴来说也就足够了。

回到民大，李公朴把他草拟的“民族革命大学创立纲领”交给杜任之，请他审阅，如他认为可以，请他正式公布，作为民大的办学方针。“民族革命大学创立纲领”完全体现了中共《抗日救国十大纲领》的精髓，是保障民大坚持团结抗日和培养造就抗战人才的大方向。杜任之完全赞同。

1月17日，“民族革命大学创立纲领”正式公布，在师生中引起了强烈反响。1月20日，民族革命大学在临汾挂牌成立。全国各地的进步青年、归国参加抗日的侨胞，蜂拥而来，不到一个月，仅仅学生就达五千余人，文化程度参差不齐，有大学生、中学生，也有小学生；政治态度也各不相同，有中共党员、牺盟会会员，也有国民党党员、三青团团员和宗教界人士。以文化程度分班教学。除本校外又开设三个分校。第一分校设在临汾郊区，第二、第三分校设在运城。办学条件十分艰苦，校舍是利用废旧的寺庙、祠堂或逃亡了的大地主、大资本家的房屋。课桌也是临时凑的。男女学生全部租住在老百姓家里。李公朴在临汾和运城两地来回跑，教授政治课。

1938年4月底，因沈钧儒几次急电催促，李公朴和张曼筠回到武汉参加“全国抗敌救亡总会”的筹建工作。

# 第二十章　延安行

自从抗日战争打响后，延安吸引着全国青年学生、知识分子和工农群众，纷纷奔它而去。李公朴也想去延安看看。

李公朴把想去延安考察的事和张曼筠商量，张曼筠说："太远了。全国处处都是战场，路也不好走。你和谁一起去？你一个人去我不放心。"

"谁说我一个人去？和谁去合适呢？"李公朴说着看了一眼张曼筠，说，"和曼筠小姐去合适吗？"

"我？"张曼筠太意外了，她从来也没有想到要去延安，她稍微考虑一下，点着头说，"好的。我陪你一道去，去共产党的天下见识见识。"

在关键时刻，张曼筠总是支持他，和他保持高度的一致。接下来的几天，他们悄悄做着出门的准备。他们先把全家迁往重庆，把岳父岳母安置好，把国男、国友一对儿女留给岳父岳母照料。一直和他们生活在一起的内侄张则孙也带着一起走。张则孙已经十八岁了，前几年开始读了不少进步书籍，也参加过几次爱国运动。李公朴和张曼筠私下商量过，带他去延安历练历练，如有可能把他留在延安。张则孙听说带他去延安,高兴得跳了起来。

9月23日,李公朴他们从重庆出发,先乘船到成都。在成都,他应成都各界救国联合会的邀请,在9月25日做了一场有关抗战形势的讲演。听众有两千多人,大家情绪激昂,讲演过程中五次被群众自发的口号声打断。当晚李公朴坐在旅馆昏黄的电灯下,把讲演提纲整理成题为《当前抗战形势与后方工作》。第二天出发前邮寄给武汉的邹韬奋,刊在《全民抗战三日刊》上。

他们乘汽车离开成都,一路上都是土公路,高低不平,颠簸得厉害,有几次张曼筠呕吐了。没有汽车就坐马车,走的都是乡间小道,不过听着驾车人的民间小调,一路也别有风味,李公朴还跟着哼了一路。有时候连马车也租不到,就只能步行了。可苦了张曼筠了,从小生活在大城市,没有吃过这番苦,李公朴给她找一根竹竿作拐杖,撑着走。不过,别看张曼筠娇小瘦弱,意志却很顽强,咬着牙坚持着,虽然慢,一天下来也能走五六十里。

离开成都后,沿途的抗日气氛明显淡薄多了,除了墙上有几条“打倒日本帝国主义”“团结起来,一致对外”的标语口号外,别的就没有了。一次他们在村口一家小饭馆吃饭,老板娘看着他们说:“你们一家人,出川要去延安吗?”

李公朴心一沉,笑着说:“老板娘说笑了。延安是苦地方,我们去干啥子?”

老板娘说:“前些日子,到我们店里来吃饭的,有不少人是奔延安去的。宪兵队在梓潼、剑阁设卡盘查后,都是从我们这里出川的,三四天前我们这里也设了卡,据说捉了不少人。前天有二十多个青年学生,在我们这里吃了饭走的,也全被抓到宪兵队里去了。你们不去延安,自然不碍事。”

李公朴离开重庆时就作了这方面的准备,他把6月份胡宗南将军邀请他去西安讲演的电报,和西安卫戍司令卫立煌将军邀请他11月中旬去西安的来信,都带在身上,万一有麻烦,可以作为护身符。离开饭店,他们租用村上的马车,走了十多里,果然见路口有宪兵荷枪实弹盘查。到了路口,三四个宪兵端着枪围了过来,一个佩着短枪的踱过来盘问:“你们去哪里?”

李公朴不亢不卑地回答:“去西安。”

“不对,是去延安吧?”佩短枪的似笑非笑地说。

李公朴懒得跟他啰唆,从皮包里拿出卫立煌的信给他。佩短枪的见是卫戍司令的亲笔信,立即“噗”的一声立正,给李公朴敬礼,然后恭恭敬敬地把信还给李公朴,送李公朴过哨卡。出了四川,路就好走多了,不用步行,不是汽车,就是马车。尽管颠得屁股疼痛,速度毕竟快多了。大概是11月5日,李公朴一行三人来到西安。住宿安顿好了,让张曼筠和张则孙在宾馆休息,李公朴便拜访西北军政首脑人物卫立煌、孙蔚如,和社会贤达杜斌丞、杨明轩、刘定五、朱庆澜等,进一步宣传维护抗日民族统一战线,团结一心共同抗日的重要意义,呼吁全面推行抗战教育。还应西安救国会的邀请,在钟鼓楼广场,做了一次有关“团结一致,共同抗日”的演讲。那天天气较冷,飘散着迷雾般的冷雪,听讲的人有两千多,没有一位中途离开的。李公朴用洪亮的声音讲了整整两个小时。

来到西安仅仅几天,李公朴明显感到西安防共气氛较浓。

西安的报纸只有国民党中央的电讯稿，其他稿子一律不登。当局的新闻检查原则是对国民党不批评，不建议，只许颂扬。公开叫嚷"摩擦不要紧，上面有人保障你们的行动"。面对这样的局势，李公朴很担心，也很痛心。这种局面任其发展下去，肯定会影响统一战线的巩固，直接影响抗战大局。李公朴去延安的心更加迫切了。

李公朴来到"八办"，刚巧朱德总司令去晋南前线经过西安，也在"八办"。李公朴和朱德见过几次面，已经是老朋友了。老朋友相见分外高兴。

朱德总司令让"八办"立即安排李公朴去延安。第二天，李公朴一行三人和一群青年学生同车去延安。这些男女青年大都是上海、南京、杭州等地大学和中学的学生，历尽千辛万苦奔延安来的。他们很兴奋，一路笑着，唱着。李公朴很快和他们打成一片，而且成为他们的领头人。李公朴领着他们高唱《义勇军进行曲》，高唱《在东北松花江上》等抗日歌曲。就这样，李公朴他们一路欢畅，于11月24日来到革命圣地延安。下车时，李公朴领着这群年轻人齐声高喊，延安，我们来了！

李公朴向交际处的领导提出来想去拜访毛泽东。交际处联系后的答复是毛主席正在和部队干部商讨问题，现在没空，改天吧。

第二天晚上，也就是11月28日晚上。天气骤然变冷，西北风呼呼地刮着，飘起片片雪花。李公朴一家三人和来访的生活书店的谷军，正在窑洞里围着一盆木炭火盆取暖闲谈。交际处的一个同志匆匆闯进来，说："李先生，毛主席来了，毛主席看你们来了。”李公朴他们赶紧起身，急步走出窑洞迎接。只见一位警卫员提着马灯走在前面照路，毛主席跟在后面，已到窑洞门口了，接着传来毛泽东主席亲切而幽默的问候：“李先生，延安欢迎你们伉俪的到来。你们来延安看看，好啊，我毛泽东欢迎！”说着向李公朴夫妇伸出大手，李公朴紧紧地握着毛主席的手。

李公朴和毛主席老朋友似的畅谈就这样开始了。他们按照延安人的方式，将长凳横倒在地，当作矮凳围着火盆坐着。毛泽东主席很关心大后方人民的生活，向李公朴了解国统区方方面面的情况，特别是文化、教育方面的情况。李公朴尽自己所知，详尽地做了答复，李公朴也谈了来延安途中的所见所闻和自己的感想。李公朴还就抗战前途、抗日民族统一战线和抗战教育等方面的一些问题和毛泽东主席交换了看法。

李公朴和毛主席聊得很投机，不知不觉夜已经深了。李公朴怕过多占用毛泽东主席的时间，影响他的工作。李公朴知道毛泽东主席的习惯是晚上工作的。他赶快结束谈话，从行李箱里拿出一册书画集，请毛主席题词。这册书画集是《丁丑书画集》（又名《长城集》），装裱很精致。翻开来，首页是张曼筠 1937 年画的一幅《长城图》，气势磅礴、雄伟，充分表达了中华民族不屈不挠团结抗战的坚强意志。当初在苏州监狱，沈钧儒、章乃器、沙千里、王造时、邹韬奋、史良都为这幅《长城图》题了词。后来郭沫若、王昆仑、柳亚子、马相伯、黄炎培等一些知名人士，也都题了词。毛泽东主席看着这幅画，想了一下，便为《长城图》题了那首“不到长城非好汉”的作品——《清平乐·六盘山》。毛主席提笔挥洒，一气呵成，写得流畅潇洒，气势磅礴，与《长城图》完美结合，真正是珠联璧合。这册书画集，至今仍保存着，成为珍贵的历史文献资料。

李公朴向毛主席表示想到延安各处看看。毛主席完全支持，让交际处的同志从明天起给李公朴派一个向导，并且嘱咐他们一定确保李公朴一家人的安全。

# 第二十一章　在晋西南

那时山西的太原、临汾等大城市已被日寇占领，山西大部分地区也沦入敌手。然而，由山西统一战线组织的牺盟会、战地总动员委员会、青年抗敌决死队却在敌后坚持斗争，他们发动群众，建立抗日民主政权，开展游击战争，打得日寇鬼哭狼嚎，取得了光辉战绩，打出了一片新天地，开创了山西抗日战争的新局面。李公朴一心想去那里看看，具体感受一下。

经过一番准备，李公朴和交际处的方仲达于1939年1月初，骑马离开延安，奔赴山西。他们跟随青年抗敌决死队的一个加强连一起活动，一起参加战斗，转战在吉县、襄陵、乡宁、汾城、临汾一带。一天来到乡宁县的刘庄，刘庄是深山老林里的一个大村庄，周围地势险要，易守难攻。晚饭后，李公朴应乡宁县县长的邀请给刘庄群众做了一个宣传抗日民族统一战线的报告。

李公朴回至住处已经是晚上十点多了，他还没有睡意。便摊开信纸给沈钧儒老先生写了封信。第二天一早，李公朴悄悄地起来了。他用冷水简单地洗漱一番，就到东厢房。东厢房是牛栏，养着一条大黄牛。李公朴从小不敢接近牛。自从李公朴把鲁迅先生的“横眉冷对千夫指，俯首甘为孺子牛”作为座右铭以后，他对牛产生了浓厚的兴趣，爱上了牛。每天一早房东老大爷去野地里割带露水的草，回来喂黄牛。李公朴和房东老大爷约好今天一早同去割牛草。李公朴来到东厢房，老大爷已经等他多时了。田埂上的草很多，不到一小时，就割了满满一篮鲜嫩的草。李公朴把草抓在手里，摊开手掌送到黄牛的嘴边，黄牛伸出舌头舔草吃，舔得李公朴手掌麻酥酥的。黄牛时不时抬头瞟一眼李公朴，似乎很感激李公朴。李公朴一面喂牛，一面和牛说说话：

牛大哥，你挤出的是牛奶，吃的却是草。

你一生为人耕地种田，拉车磨面：

衣食住行，都有你的功劳！

你死后——

肉给人吃，皮给人穿，角给人刻图章，骨髓给人做油茶，骨灰给人做肥料。

人们说，你一身都是宝，你一点也不居功自傲。

牛大哥，你是我们学习的好榜样。

你生不同人争利，死不同人争名。

你的名字是劳苦的象征。

你一步一个脚印，走不尽苦难的历程！

你是我们的先生：

学习你，

自己承担辛勤，把幸福留给别人！

这是一段心灵的独白，抒发了李公朴对牛高贵精神品质的赞美，也抒发了对千千万万与日寇拼搏，为祖国美好明天奋斗的战士的赞美！其实，李公朴自己也是这样“自己承担辛勤，把幸福留给别人”的人。

李公朴习惯写通讯，写调查报告，写驳论，不大写诗。他第一次写诗是在苏州监狱，受到老朋友陶行知先生白话诗的启发，写了几首白话诗。这次跟着决死队在战斗的间隙，也曾诗兴大发。他应《黄河日报》编辑苏光谈的邀请，作了《黄河颂》四首。

李公朴还为山西新成立的抗日军队——政治保卫队二支队写了队歌：

我们是老百姓穿上制服，
我们是老百姓拿起刀枪，
吕梁山边，是我们家乡；
敌人后方，是我们战场。
我们是政治的军队，是民众的武装，
永远代表着大众的利益，
是在抗战中生长与健壮。

李公朴在队歌中写出了政治保卫队的性质、任务以及自己的祝福。就在同一天，李公朴还为政治保卫队二支队军政干部学校写了一首校歌：

同学们挽起手来，

英勇团结，刻苦坚强，
走进抗日的课堂。
快来加紧学习，发挥集体的力量。
学习，学习，再学习，
巩固我们的部队；
努力，努力，再努力，
扩大与加强我们的武装。
在吕梁山上打击敌人，
在吕梁山上同强盗算账。（复唱头四句）

李公朴他们在刘庄休整了五天。第六天他们又翻山越岭来到吉县，临出发时，连长建议李公朴留在刘庄，刘庄比较安全，日寇短时间内不可能攻占。李公朴没有同意。

第三天上午，连队来到吉县的井圪塔村，这是一个小山村，村后是一座如屏障一样的高峰。两天前日寇侵犯了井圪塔村，现在倒塌的房屋，残垣断壁，焚烧的庄稼还随处可见。日本鬼子进村前，全村村民全部转移到村后的山上，不少人钻进半山腰的一个山洞里。日本鬼子追到山上，遭到村民的奋力抵抗。村民们没有武器，就用石块、锅碗瓢盆以及一切用得上的家什向爬行在陡坡上的日本鬼子的头上砸去。村民们顽强地抗击日寇三天，第四天日寇又调来一百多鬼子，用小钢炮轰击，才冲进山洞。日本鬼子肆无忌惮地见人就杀，就砍，真正是血肉横飞，惨不忍睹。

连长陪同李公朴和方仲达攀上半山腰，去山洞察看现场。走进山洞，仍有一股浓烈的血腥味直冲鼻孔，山洞不大，只有三百多平方米,石壁上也有不少血痕。

李公朴和连长他们下山回到井圪塔村,吉县抗日民主政府的燕尧松县长和周围几个村的村长都赶来了。燕县长决定当天下午给井圪塔村二十八位烈士举行公祭。燕县长请李公朴为二十八位烈士写一篇碑文。时间很紧,希望能在公祭时朗读碑文。李公朴爽快地答应了。李公朴说:“能为二十八位烈士写碑文,是公朴的荣幸,弘扬烈士的民族精神也是公朴的责任。”

中饭后,李公朴细细地思考一番,便坐在墙角避风的地方,完成了这篇悲壮的《碑文》:

> 没有斗争,便是灭亡,所以人类生命的存亡,当以能否斗争而决定。不能斗争虽生犹死,为整个民族生命的存续而奋斗致死的,则虽死犹生。
>
> 民国二八年一月一日,日寇再犯吉境,到处烧杀掳掠。县西南六里外井圪塔村,有一异常隐蔽而又险峻的山窑,亦同遭浩劫。初则尽其财物搜括而去,继续率众前往,再图掳掠,居民不甘受敌欺辱,遂竭其土块锅碗,据险抵抗,坚持达三日之久,毙敌 6 人,伤敌无算。第四日敌寇竟续增百余人,猛烈攻击,终以赤手空拳,土块俱尽,致被攻入,32 人,除四幼童因窑内黑暗,被其母尸压伏晕厥得幸免外,皆惨遭杀戮,血肉满山窑。其中妇女 3 人曾强被掳出,然以不求苟免,沿途反抗终于被戕,尸坠山沟,冲发握拳,状尤悲惨!此种流尽最后一滴血,而奋斗到底的精神,实足以使顽夫立懦夫强,增添了中华民族解放史上最光荣的一页。

在下午的公祭会上，李公朴哽咽着读《碑文》。《碑文》除了记述二十八位烈士奋力抗击日寇的事迹外，还充分肯定并赞颂了烈士的精神，总结了这次事件血的教训。

1939 年 4 月，李公朴结束了晋西南的考察，和方仲达一同回到延安。李公朴先后三次去山西，尤其是这次考察，跑了很多地方，广泛接触了各阶层的代表人物，搜集了不少第一手资料。他看到了山西许多令人欣喜的抗日新气象，看到抗日民族统一战线的巩固和扩大，看到了山西军民坚决与山西共存亡，誓死不渡黄河的决心与信心，看到了全省民众团结在牺盟会的直接领导下逐渐健康发展。自然他也看到了日益抬头的破坏团结抗战、蓄意搞摩擦的“汉奸行为”，看到了日寇烧杀掳掠，无恶不作的暴行。从 3 月初开始，李公朴白天跟着决死队行动，晚上开始整理笔记，把自己几个月的所见所闻撰写成长篇通讯《走上胜利之路的山西》，全文近十万字。李公朴在全文结尾处写道：“黄河之水，正泛滥着民族革命的狂潮；太行山峰，已高举起抗战胜利的旗帜。我们跟着这条‘胜利之路’更大踏步地向前迈进吧！将来的创造，是更伟大的！”

李公朴对山西抗战的前景，乃至整个抗战的胜利，寄予了无限的希望，充满了必胜的信念。

回到延安后，李公朴又把《走上胜利之路的山西》仔细润色、充实一遍。于 5 月初交延安的黄河出版社出版。这本书犹如一把怒火，更加燃起了山西全民的抗日高潮，在全国也产生了广泛的影响，成了畅销书。

# 第二十二章　冲过同蒲路封锁线

李公朴率领抗战建国教学团在抗日武装暂编一师师部警卫连的护送下，经过岚县直接向山西、河北、察哈尔三省交界处的晋察冀抗日根据地进发，一直把他们护送到大王庄。在延安时，李公朴多次听到共产党中央首长说到晋察冀抗日根据地。

晋察冀抗日根据地是李公朴最想去的地方。从大王庄到晋察冀抗日根据地，仅三百多里路，可这区区的三百里路可愁煞冯团长了。这三百里全是崎岖的山路，不少地方还是荆棘丛生的羊肠小道，而且有近二百里的路程要从日伪控制严密的敌占区通过，随时有与敌人遭遇的可能，更难通过的是同蒲路的封锁线。组建抗战建国教学团时，八路军总部派冯团长参加，一见面，李公朴发现冯团长竟是李公朴在北伐东路前敌司令部工作时的警卫员张金良，就是在他的帮助下李公朴逃脱被陷害的厄运的。李公朴从美国留学回来后，曾多次找过他，一直没有音讯，竟然在延安相遇了。冯团长告诉李公朴，他早在北伐时就参加了共产党，那次逃离上海后，听从党组织的安排，回家乡直接参加红军。前几天，师部接到总部指示，要派一名干部到教学团，全程确保李公朴的安全。师长知道冯团长和李公朴熟识，就把冯团长派来了。

同蒲铁路是山西重要的南北交通干线。从大同出发经省会太原到蒲州，全长一千七百多里。日寇占领山西后，严密控制同蒲线，铁路沿线构筑封锁线，每隔三里修筑一个碉堡，每隔五里设立一个据点，由日伪军把守，在铁路两旁挖掘了深两丈、宽三丈的大沟，把山西南北两大片的抗日军民活生生地隔离开来。教学团通过封锁线要连续翻越两条封锁沟和一条铁路，还有三匹马，其中两匹驮行李，一匹是李公朴的坐骑。确保安全通过难度很大。在进入岚县后，冯团长给八路军总部发电报，请求八路军支持，仅仅五分钟八路军总部回电说，八路军已让一二〇师派一个连在岚县大王庄等候，连指导员叫钟吉龙。电报强调，要冯团长不惜一切代价保证李公朴及教学团的安全，如有可能找当地游击队帮助。

大王庄是岚县离同蒲路封锁线最近的一个山村，只有四十多里。那里是游击区，建有抗日政权，村长是白皮红心的抗日村长。由于牺盟会发动民众工作做得较好，民众抗日情绪高涨，村上有牺盟会组织，也有共产党领导的游击队。李公朴他们是第三天傍晚赶到大王庄的。

八路军连队比他们早一天到达大王庄。钟吉龙指导员是一个白白净净的小伙子，举止颇斯文，李公朴想，如果不是战争，他肯定是大学的高才生。李公朴很有眼光，他猜得不错，钟吉龙战争前是北大的学生，抗日开始由北平地下党送往延安读抗大的，抗大毕业坚决要求上前线，便来到了一二〇师。他是知道李公朴先生的，也读过李先生的文章，他很敬佩李先生。当他接到护送李公朴先生等人过封锁线的任务时，既高兴又担忧，高兴的是可以和李公朴天天见面，聆听他的教诲，担心的是怕自己完不成任务。

话虽这么说，毕竟这次任务太艰巨，非同寻常，钟吉龙心中无底。他们提前一天来到大王庄后，他和连长带了几名战士连夜就去铁路沿线侦察，也刚刚回到大王庄。晚饭后，岚县游击队的杨队长也来了，是一位风风火火的女同志。钟吉龙和连长、杨队长、冯团长几个人开会研究过封锁线的方案，邀请李公朴参加。首先由钟吉龙报告侦察到的敌情：铁路两旁由两条大沟，沟中有水，碉堡十分钟照射一次探照灯，日伪军的巡逻部队二十分钟巡逻一次。敌人防守十分严密，难以悄悄地翻越。如果硬闯，没有重武器，肯定要付出重大的代价的。钟吉龙提出佯攻巧渡的方案，部队分成两部分，佯攻两边的碉堡，打掉两边的探照灯。李公朴他们教学团在两座碉堡中间的黑暗处越过封锁线。游击队女队长提出来，佯攻由游击队负责，钟指导员带领全连战士护送李公朴他们过封锁线。这不失为一个完整的方案。然而冯团提出质疑，敌人据点离得近，战斗打响一刻钟，敌人就可能结集数倍于我们的力量形成合围态势，根本来不及连翻两条大水沟。最后否决了这个方案。钟吉龙让大家开动脑筋，多想想别的办法。游击队杨队长问是否一定要在大王庄通过封锁线？

钟吉龙说："不一定，关键是确保安全。"

游击队杨队长一拍大腿说："有了，我们在离这里八十多里的杨庄过封锁线。我是杨庄人，那里的情况我熟悉，连续几个碉堡都有我们自己的人。我保证让你们大摇大摆过封锁线。你们明天天黑前赶到杨庄。”说完,不等大家表态,便站起来向门口走去。临出门前,她回头对大家说:“过封锁线的一切细节,明晚我们再商量。李先生,我听说你做报告很感人,有时间请给我们游击队员上堂课,可以吗?这是我们保护你们过封锁线的先决条件。”说着朝李公朴一笑,也不等李公朴回答,就消失在黑暗中。

李公朴说:“真正是一个飒爽英姿的巾帼英雄。”

钟吉龙说:“活脱脱的一个扈三娘母大虫是也。”

这一夜,钟吉龙在村子周围布置了一明两暗三道岗哨。他和连长、冯团三人轮流值班,坐镇村政府,不定时地在村子里巡查岗哨。这里离敌人的据点很近,不得不防。第二天一早,部队起身后,吃点早餐,每人带一块大饼,趁着早晨的薄雾,悄悄地离开大王庄,从山间小道直奔杨庄。小道崎岖不平,难走,可以避开一些村庄,比较安全。李公朴先生是骑马走的,可是不少时候,李公朴把马都让给生病的战士骑了。

临晚,李公朴他们来到杨庄。此处离封锁线五十里,杨庄是一个只有三十多户人家的小村,绝大部分人家姓杨,有一百多村民。村口放哨的游击队员,把李公朴他们直接送到村公所。游击队女队长和村长分别把抗战建国教学团和八路军战士安排到各家休息,钟吉龙要布置岗哨,杨队长说:“免了吧,我在村四周早已安排了三道岗哨,第一道前哨在十里路外,村口还布置了一道防线,村内安排了游动哨。你就放心吧!”

杨队长把钟吉龙、连长、冯团和李公朴叫到村政府一间小房间里,具体研究过封锁线的细节。杨队长详细地汇报了作战方案:离杨庄最近的敌人碉堡里,有一个伪军中队,共三十个人,长住的日本鬼子只有五个。伪军中队长是游击队员，他是杨庄村长的大儿子。今天上午，杨队长已和他见过面，商量好，明天上午让他爸代表杨庄送几斤猪肉和老酒到碉堡里，伪军中队长请日本鬼子喝酒，下午三点，大家全穿上日伪军的军装，打扮成日伪军的征粮队，大摇大摆地从壕沟的吊桥上通过。

杨队长说："请大家放心。所有的情况我们都考虑过了，也做了相应的安排。我们县委对这次任务非常重视，做了专门研究。县委书记，也是我们游击队的政委亲自作了布置，调了两个县大队明天黎明前埋伏在铁路两旁的山上，万一有情况，立即给我们火力支援。我那大队一百多人由副队长率领，明天黎明前悄悄翻过铁路，埋伏在对面，负责接应我们。还是这句话，请大家放心，这里是我的家乡，决不允许敌人胡来。"

冯团长站起来握着杨队长的手说："太感谢了，请转告你们政委，我们抗战建国教学团全体人员谢谢他。"

李公朴应邀给游击队做报告，李公朴报告的内容是我们靠什么战胜日本鬼子？他开头的第一句话便是："日本强盗，天上有飞机，地上有坦克，我们靠什么战胜他们，把他们赶出中国？"这句话把大家的思想紧紧抓住了，接着他顺着这条思路着重讲了两点：一是要靠统一战线，把一切抗日的力量团结起来，共同抗日；二是要把全体民众发动出来，投身抗日。大家有人出人，有力出力，有钱出钱，全民族拧成一股绳，何愁抗战不胜利？也讲到现在有一些人，企图破坏统一战线，暗中向日本强盗示好，对于这种人我们坚决反对。报告中讲了不少鲜活的事例，尤其是井屹塔村村民用锅碗土块阻击敌人英勇献身的故事，催人泪下。在报告中李公朴高声赞扬游击队的杨队长。他说:“你们的杨队长有胆有识有智有谋,你们村上个个都像她那样拿起枪,日本鬼子即使有三头六臂,还敢来吗?”

李公朴口若悬河,滔滔不绝地讲了近两小时,一口茶也没顾得上喝。村长拉着李公朴的手说:“讲得太好了,过瘾。我听明白了。难怪我闺女说,你是延安来的大知识分子,很有学问。果真是这样。”

李公朴问:“谁是你闺女?”

村长奇怪了:“不是我闺女把你们接过来的吗?你怎么不知道,你刚才还赞扬她呢。”

李公朴说:“噢,我明白了。你闺女就是杨队长。”

杨队长站在不远处,朝着老爸直笑。她对李公朴说:“老先生,听了你的报告,我忽然明白了,延安为啥这么看重你,不惜调动数百战士保护你。我觉得值,你放心,我一定把你送到边区政府,决不让敌人损伤你一根汗毛。”

第二天一早,天刚蒙蒙亮,李公朴他们和护送的一连队战士全起身了,吃了杨队长带领几位村民连夜烙的大饼,全部换上日伪军的服装,李公朴穿上大佐的军官服,骑着马走在前面。两旁是穿着少佐服的钟吉龙和冯团,杨队长穿着士兵服跟在后面。队伍中间是两匹马拉的粮车,车上装着看似鼓鼓的粮袋。他们不紧不慢地朝封锁线去。他们必须在下午三点钟准时赶到壕沟边。他们花了两个多小时,走小道赶到离封锁线仅二里的大树林里,等候消息。不多一会,侦察员报告说,杨村长从碉堡那边过来了,钟指导员要大家做好出发的准备。仅仅几分钟杨村长来到树林里告诉钟指导员“一切就绪”。杨队长手一挥队伍就依次出发。杨队长不断提醒大家,一定要在短时间内穿越铁路和两道壕沟。到了铁路边,杨队长招手,碉堡上有人喊干什么的?杨队长说“运粮队”。碉堡上便迅速放下两条壕上的吊桥。大家依次迅速通过吊桥,然后翻过铁路,再跨上第二道壕沟的吊桥。仅仅用了一刻钟,全部通过封锁线。一过封锁线展现在眼前的是一眼望不到边际的平坦地段,没有山,也没有树木。如果这时候遭遇到敌人,肯定吃大亏。敌人在碉堡里用望远镜朝他们看,能把他们的情况看得清清楚楚。杨队长和钟指导员不断催促战士们疾速行军,大概赶了半个多小时,遇到了一道土坡,土坡后面埋伏着一百多名游击队员,李公朴在马上向他们挥手致谢。杨队长问钟指导员是否让大家在土坡后面休息一下。钟指导员说:“不能,现在我们还在大炮射程内,敌人一旦醒悟追过来,我们还难以摆脱。”

队伍继续向前赶去。杨队长告诉埋伏的游击队战士,让他们再坚持两小时,到天漆黑后才撤离。队伍又急行军一个多小时,来到一座小山跟前,山上是一丛丛的灌木。李公朴他们翻过小山,才稍稍休息一下,吃点干粮,又继续行军。杨队长告诉大家已经来到无人区。只有穿过无人区,才能进入晋察冀边区,敌人用烧光、杀光、抢光惨无人道的“三光”政策,制造数百里的无人区,企图隔绝边区政府与周围群众的联系,困死边区。杨队长说:“从现在开始,我们白天休息,晚上赶路,大概还要赶两晚上的路。白天经常有一二百日伪军巡逻队在无人区巡视,见到人不问情由就开枪屠杀。他们晚上一般不敢出来。晚上是我们游击队的天下。”

天空黑黑的,月亮被乌云挡住了,连星星也不见,三尺开外就伸手不见五指了,旷野里死一般寂静,没有一声狗叫,也没有一声鸟鸣,连一声声小虫的鸣叫也没有。只听见战士们急速的喘息声和嚓嚓的脚步声。穿过一座座静寂的村落,越过一块块荒芜的田地,大家急速地前行。不知道走了多久,也不知道走了多少路,天空渐渐转亮了,慢慢能看清眼前的景物。杨队长告诉钟指导员和冯团说:"过去二里多路有一个较大的村庄,叫东庄。原来是较繁华富裕的地方,被日寇疯狂屠杀掉五百多村民,现在是一座空村落,房屋近半数被烧毁。我们游击队在那里建了一个秘密交通站,昨天我派一个游击小组过来,估计已为大家准备好早餐和休息的地方了。白天我们就在这里休息。你们慢慢过来,我先去侦察一下。"说完就急匆匆地向前去了。

不一会儿,杨队长带着三名游击队员前来迎接李公朴他们进入东庄。东庄处处是断壁残垣,烧焦的房梁和坍塌的屋顶;到处是破衣旧絮,杂草丛生。偌大的村庄没有人声狗吠鸡鸣,竟是狐鼠出没的天下。李公朴骑在马上,面对着荒凉悽惨的村子,滚滚热泪夺眶而出,情不自禁地吟了一首诗,高声诵读出来:

恨,恨,恨,恨日寇侵略我们中华;
恨,恨,恨,恨汉奸认日寇做爹妈。
喊,喊,喊,卢沟桥的睡狮快快醒;
杀,杀,杀,奋勇杀敌不分你我他。

李公朴没有料到,他高喊一句,身旁的战士也齐声齐落地高喊一句,形成巨大的声浪,在死寂荒芜的村庄上空回荡,诉说了中国人民心中无限愤慨的心情。

游击队的交通站设在一处半边倒塌的大房子里。交通站的人早已烧了稀饭,摊了煎饼。杨队长安排李公朴他们和八路军战士吃饭,然后在大房子四周游击队准备的草铺上休息。为了防备日伪军的巡逻队,杨队长和钟指导商量外围的警戒由游击队负责,他们都是当地人,熟悉环境;村内的警戒由八路军承担。杨队长和钟指导、冯团在交通站,他们也轮流值班。还有一百多里路,今晚一夜路程,明天就可以顺利进入晋察冀抗日根据地。越是接近胜利越容易出现问题,这是冯团和钟指导员多年战斗生活的经验教训,所以他们特别谨慎。整个上午,他们相约在村子里巡查了三次岗哨,顺便观察了地形地势。下午两点多钟,他们刚出门巡查,外围岗哨跑回来报告说,在十里路外出现日伪军的巡逻队,大约近百人,朝东庄而来。他们迅速返回大房子,叫醒所有人,准备战斗。他们和杨队长商量,决定消灭这帮畜生,并且研究了作战方案:等敌人进了村,在村头上打。让交通站的同志带着李公朴等抗日建国教学团进地道,外面不管发生什么情况都不准出来。李公朴和教学团的同志提出不同意见,他们坚持和大家一起参加战斗,因为教学团的人大多数不止一次参加过战斗,有的还身经百战。在李公朴的一再坚持下,冯团同意他们参加战斗,不过要绝对服从领导,并且不准冲锋。冯团配合钟指导员和连长,指挥八路军战士迅速占领村头所有的制高点,埋伏好。杨队长带着游击队员和李公朴他们的教学团埋伏在村口,战争打响了,截断敌人的退路,务必全歼。大约过了四十多分钟,近百名日伪军懒懒散散地来了。他们进了东庄,便在村头休息。三五个人聚在一堆,枪架在一起,吃东西的吃东西,抽烟的抽烟。钟指导员一声喊打,数十枚手榴弹从天而降,随着一阵“轰”“轰”的爆炸声,便是一片鬼哭狼嚎,大半敌人倒在地下。剩下的敌人还想负隅顽抗,从上而下一阵机枪步枪扫射,又有一半敌人命丧黄泉。

东庄闹了这么大的动静不宜久留,如果附近还有敌人很有可能赶来增援。冯团和钟指导员、杨队长商量一下,决定撤离到二十里外的留墅去,留墅也是个较大的无人村。他们赶到那里稍休息了一下,吃了一点干粮,天渐渐黑了下来,他们便出发。在黑暗中赶了三个多小时,冯团突然发现不远处有火光闪烁,立即做出部队停止前进的动作,他低低地对身边的钟指导员说:“前面有情况。请部队就地隐蔽,做好战斗准备。”

不到两分钟,部队分散成战斗队形匍匐在地,架好枪,完成了随时投入战斗的准备。杨队长带着五名游击队员上前侦察。半小时后,杨队长回来了,带回来两位军人。杨队长拉着一位高个子的军人向冯团和钟指导员介绍说:“这位是子弟兵的张连长,是边区派来接应我们的。”

原来在李公朴离开岚县,准备越过同蒲铁路封锁线时,晋察冀边区政府接到上级指示告诉李公朴先生他们的行踪,要边区政府派部队接应。边区子弟兵团派张连长率一连子弟兵深入无人区来接应。李公朴握着张连长的手,诚心诚意地说:“谢谢!辛苦了。给你们增添这么许多的麻烦,实在不好意思。”

两支队伍合在一起,可热闹了,大家说说笑笑,不知不觉五十多里山路就抛在身后了。东方放亮,他们终于脱离了敌人血腥控制的势力范围，来到五台县，踏上了晋察冀抗日根据地的土地，开始呼吸到抗日民主的新鲜空气。李公朴高兴地伸开两臂向着东方高声喊道："晋察冀，我们来了！"

张连长把李公朴他们带到一个靠山的大村庄，村长立即让妇女自卫队十多位妇女煮粥、摊煎饼，为战士准备早饭。村长又叫来青年自卫队十多个队员为战士准备草铺，安排战士们早饭后休息。这些男男女女自卫队员，个个都很热情，待人真诚。李公朴有了回家似的感觉。

吃完早饭，钟指导员和杨队长提出来要告辞回去，钟吉龙对李公朴说："我们连把教学团安全护送到边区，就算完成任务，该打道回府了。"杨队长调皮地说："人家正规军完成任务要回去了，我们当配角的自然也该回去了，可惜不能听你做报告了，胡子李先生。你回延安时，还从我们杨庄走，我来接你。"

李公朴和冯团竭力劝他们在这里休息一天，补补觉，村长和张连长无论如何也不让他们走，一定留下来休息一天。钟指导员和杨队长没有拗过他们，答应留下来，好好休息休息，明天返回。其实他们和战士都十分疲劳，休息一下十分必要。一来是十分劳累，二来是心情舒坦，用不到担心这样，操心那样，李公朴睡得很香，一觉醒来已是晚上七点多钟了。他起身不见钟吉龙指导员和杨队长他们。原来他们只睡了两三个小时，就起身带着他们的战士悄悄地离开了。他们心里明白，家里还有许多战斗任务等着他们去完成。李公朴虽跟他们只相处了十多天，但从他们身上感受到强烈的民族自尊心、自信心和坚定的革命意志，他们都是不可多得的抗日精英，他从心底里敬佩他们。

# 第二十三章　在反“扫荡”战斗中

第二天一早，张连长派李排长带着一个排护送李公朴他们到阜平去。阜平是晋察冀边区政军首脑机关的所在地，还有三天的路要走。李排长是个不善言谈的小伙子，见到熟人嘿嘿一笑，算是打招呼。不过做事踏实、负责，而且考虑周到、细心。不到半天李公朴就喜欢上他了。因为是在边区政府的地盘上行军，走的是大路，用不着躲躲藏藏，白天走路，晚上休息，自由自在，轻轻松松。经过一处村庄，见村中大树下，村民好像在开大会，时不时还传来喊加油的口号声。李公朴想进村看看。李排长便宣布原地休息，李排长陪着李公朴和冯团进村。谁知在村口遇到了麻烦。村口四位拿着红缨枪的儿童，拦住他们，其中一个大眼睛的儿童，大概是头头，伸手向他们要路条，李排长摸出介绍信，“大眼睛”看了一下，说可以放行。他指着李公朴和冯团长说：“这两位同志还要念几个字。”

原来儿童团岗哨旁边的墙上挂着一块小黑板，上面有几行略带着稚气，但写得端端正正的粉笔字。

李排长说：“为什么我不用念？”

"大眼睛"说:"你不是子弟兵吗?子弟兵免了。子弟兵不打仗时天天学习,个个识字。没有不识字的子弟兵。"说着,拿起一段柳枝指着黑板上的字,对冯团长说:"同志,这几个字怎么读?"

冯团长响亮地读着"打倒日寇"四个字。

"大眼睛"要李公朴读另外一行"铲除汉奸"四个字。李公朴觉得这些孩子很可爱,故意逗逗孩子。他皱着眉头说:"我没有读过书,不认得,通融通融,让我进村吧,我有急事。"

"大眼睛"圆睁着眼睛,说:"怎么能通融呢?不行。那我教你,我读一个字,你跟我念。不得耍懒,一定学会,不然到别处也进不了村。"说着他用柳枝点着字读"铲—除—汉—奸",李公朴跟着他一字一顿地一连读了三遍。

"大眼睛"问李公朴:"这几个字认得了吗?"

李公朴似小学生那样恭恭敬敬地回答:"认得了。"

"大眼睛"很开心地说:"要记住,每天认几个字,一年下来就可以脱文盲帽了。你知道为啥要铲除汉奸吗?"

李公朴说:"我说不上来。还是你说吧。"

"大眼睛"毫不谦让,他说:"汉奸就是二狗子,帮着日本鬼子残害中国人,坏事做绝,这种人不配做中国人,我们要把汉奸铲除,不让他们坏了中国人的名声。"

"说得太好了,小先生!谢谢!"李公朴不由自主地称赞起来。边区发动群众投身抗战,就是和别的地方不一样,连儿童都发动起来了。全国都这样抗战何愁不胜利!

李公朴来到大树下的会场上,这里在举行动员参军的擂台赛。台上一个三十多岁的村农救会的人在发言,他说:"我们农救会在这次征兵中共动员九位青年报名参加子弟兵团。说实话,他们根本用不着动员,一听说征兵,二十多人便呼啦啦站出来要求参军,对照条件,只同意九个人。来,全上台亮相,戴红花!”说着,九名青年一下子跑上台去。领导给每位青年戴上大红花。台下响起了热烈的掌声。一位三十岁左右的妇女跳上台,说:“我们妇救会项项工作不甘落后,参加子弟兵没有妇女的份,但我们也要来赛一赛,我们动员自己的丈夫、兄长参军,一共动员了十名亲人参军。”说着,十多名男女青年一下子涌上台,有的妻子送丈夫,有的姑娘送情郎,也有的妹妹送兄长,母亲送儿子。领导忙着给新兵戴大红花。台下掌声更热烈。忽然有人领头喊口号:“一人参军,全家光荣!”“参军打日寇,保卫边区,保卫家园!”“向妇救会学习!”

李公朴感动了。这么激动人心的场面他还是第一次看到,多好的边区民众。李公朴知道,这便是边区政权巍然屹立的力量源泉。

11 月 9 日,李公朴他们经过盂县、平山、灵寿,在晋察冀边区成立两周年的前夕来到阜平。李公朴到达的当天下午,晋察冀边区的聂荣臻司令员来看望他。两年前他率领一个团、一个营和两个不完整的连队,从平型关战场上穿着草鞋和短裤走来。他们在中国共产党的领导下,一面不断打击敌人,消灭敌人,一面坚持抗日民族统一战线,和一切愿意抗日的团体、武装力量团结起来,充分发动群众,宣传群众,建成民众自己的军队——子弟兵团。仅仅两年,他们就建成了晋察冀边区。

李公朴和聂司令是第一次见面。当李公朴知道热情欢迎他的这位年轻人是聂荣臻时,他大吃一惊。在他想象中,聂荣臻打了这么多仗,战功赫赫,一定威严英武,想不到竟然是一位文静儒雅的君子。

聂荣臻司令员和李公朴谈了近三个小时,无所不谈,畅所欲言。聂荣臻向李公朴全面介绍了晋察冀边区创建过程和目前存在的问题,回答了李公朴的多次提问,也交换了对未来的看法。聂司令告诉李公朴目前边区形势较严峻,敌人已结集两万兵力,分五路合围阜平,企图一举摧毁边区党政机关、主力部队和民运团体。明天举行晋察冀边区成立两周年纪念大会,聂司令邀请李公朴和抗战建国教学团全体人员参加。

晋察冀边区成立两周年的纪念大会在第二天下午一时举行,李公朴应邀登上主席台,坐在聂荣臻司令员的旁边。李公朴代表抗日建国教学团向晋察冀边区赠送一面大红旗,上面用黄布绣上“抗战建国最前线的挺进军”十一个大字。这面大旗表达了教学团全体成员对晋察冀边区的崇敬之情。聂司令首先在大会上讲话,是大会的主报告。接下来便是李公朴发言。他的发言,主要是讲来边区抗日根据地的感受。他开头的一句是:“我来边区已经四五天了,天天心情不能平静,天天被新鲜事激动着,我越来越感觉到晋察冀边区是伟大的抗日模范根据地。”接下来李公朴顺着这条思路着重讲了两点:(1)军民团结;(2)民众的发动。他在讲话中引用了不少刚从晋察冀边区了解到的新鲜例子,大家完全沉浸在李公朴讲话的激情中。

阜平民众和各机关的撤离从纪念大会的第二天开始。大家依照预先设计的线路有条不紊地进行。李公朴他们教学团是十天以后，和边区政府机关工作人员一起最后一批撤离的。这天下午，李公朴应邀到抗战建国学院做报告。抗战建国学院类似延安的抗大，培养抗日的军政干部，是边区政府自己创办的新型大学。这几天抗战建国教学团全体成员都参与抗战建国学院的教学工作，发挥各自的专业特长，给学员们上课。李公朴做完报告，回到住处便接到晚饭后连夜转移的通知。大家打好背包在宿舍等候，冯团像往常行军一样一个一个仔细检查大家的背包。大家很兴奋，又有点紧张，毕竟是第一次经历敌后反扫荡的残酷战争。李公朴鼓励大家说："我们也尝尝游击生活吧，这是人生难得的经历。"

聂荣臻司令员的一位警卫排长，叫张正，带着一排全副武装的战士向李公朴报到。张排长年龄不大，大概二十四五岁，长着娃娃脸，说话爱笑。张排长告诉李公朴，聂司令员命令他们在反扫荡期间，全程负责抗战建国教学团的安全，等向导来了他们就出发。张排长对冯团微微一笑，敬了一个标准的军礼，说："聂司令员告诉我说，冯团是长征路上有名的战斗英雄，经验丰富。要我向你学习，遇到事情多听听你的意见，干脆你就屈就排长吧，我协助你！"

冯团笑着说："不行，排长同志！我们各司其职，相互协作吧。"

向导是五十岁左右的老农民，是阜平郊区人。他原来是农忙种田，农闲就穿村走巷零卖杂货，对阜平周围的村村巷巷都熟悉。他跟张排长竟然是一个庄子上的熟人。向导带着队伍就出发了。他们是跟在抗战建国学院的全体师生后面走的。

天公不作美，竟飘起大朵大朵的雪花，满眼都是白茫茫的一片，地上已有没脚背的积雪，走在崎岖的山路上，还有一点打滑。天空黑沉沉，在白雪的映衬下，能够看清前面人的身形。西北风呼呼地刮着，雪花直往脖子里灌，冷冰冰的。大家一个跟着一个快速地向前跨步。冯团和张排长做了分工，冯团照应前面几位，张排长照应后面几位。他们不时地提醒大家："当心脚下，不要打滑。"

整整走了一夜，天空放亮，雪也停了，他们和抗日建国学院的师生来到山谷中一个七八户人家的小山村。他们又饿又累，浑身湿漉漉的，个个头上冒着热气。张排长告诉大家说："白天不能行动，我们就在这里宿营，大家吃点东西，抓紧时间睡觉。这是军区首长的安排。"

老乡们很热情，家家都准备了早饭，烧了洗脚水，请他们去休息。大家吃了点东西倒头便睡。李公朴躺在草铺上，睡得很熟。张排安排好岗哨，便和冯团轮流休息。不知过了多久，李公朴被冯团推醒："李先生，醒醒，起来了。"

李公朴睁开疲惫的眼睛，一骨碌坐起来。天已经擦黑，他整整睡了十二个小时。门外传来轰轰的炮声和哒哒哒的机枪声。他问冯团："敌人追过来了？"

冯团说："不是。我去了解过了，这是从灵县出来的敌人，在山那边放炮，也许是攻打陈庄。陈庄还隔着一座大山，有好几十里路，远着呢。在山头上放哨的战士说，远远看到炮弹在山坡上开花，不知道打哪儿。"

抗战建国教学团的人全起来了，大家团团坐在炕上，李公朴开了一个简短的会，强调夜行军一定注意安全，千万不要掉队。雨雪天，路滑难走，大家要坚持。张排长他们比我们辛苦多了，我们休息他们还要给我们放哨。会刚开完,老乡的晚饭就做好了。虽然没有菜,一人一张杂粮的薄饼,咬在嘴里“出呀出呀”地响,像砂子磨牙,近一斤一张的大饼,吃起来很香甜,有滋有味。天完全黑了,行军又开始了。出了村走了一段路,李公朴对冯团说:“怎么是走昨夜来的路?方向有没有搞错?”

冯团笑着说:“毕竟是老兵,感觉就是不一样。不错,我们是走的回头路。这就是游击战术,牵着敌人的鼻子跑,寻找战机狠狠地揍敌人一顿。”

大约深夜一点多钟,他们到达上白岔村,在村头李公朴遇到了贺龙师长,贺师长送了李公朴一包香烟,据说是从敌酋阿部规秀身上缴获的德国货。张排长传达军区的命令,就在上白岔村宿营。大家听了很高兴,今晚可以安安稳稳睡个好觉了。李公朴盖着大衣,躺在草铺上睡得很舒服。不知道睡了多久,抗战建国教学团的同志全被叫醒,李公朴坐起来,见满屋都是十分疲惫的武装同志。领头的走到李公朴面前很客气地说:“老先生,实在对不起。我们执行特殊任务,从一百八十里以外连夜赶来,太疲劳了,两小时以后还有一场恶仗,无论如何得让战士们休息个把小时,哪怕半小时也行。我们把你们叫起来,打搅你睡觉了,表示歉意。”

李公朴笑笑说:“不要紧,你们比我们辛苦。”

李公朴把大家叫起来,把铺位让给疲惫的战士。张排长传达军区指示,继续急行军。向导带着大家向另一个方向的山沟里钻进去。不知是谁咕噜了一句:“夜行军,又是夜行军,刚刚睡着就被叫起来。”

“不要发牢骚，也不要犯嘀咕。夜行军是反‘扫荡’的需要，是实际战斗的需要，希望大家克服疲劳，顾全大局，比比那些战斗人员，他们吃的苦比我们多得多。”李公朴诚恳地说。

“说得对，等彻底打垮了小日本，到那时候，我请大家到太原最豪华的宾馆里睡个够，睡它三天三夜。”

大家说说笑笑把疲劳消除得一干二净，走路仿佛轻松多了。正在这时，前面传来一个命令：让冯团和李先生到前面去。不知道发生了什么事，冯团和李公朴立即上前。一位负责掩护机关和学校转移的营长对冯团和李公朴说：“据侦察员报告，一支武装汉奸部队堵在路口，我们出不去。刚才我们几位同志商量一下，决定冲过去。”营长轻声而有力地说着，“据民众报告，他们人数不多，战斗力不强。我想，他们不敢把我们怎么样。想听听你俩的意见。”

李公朴想起冲过同浦封锁线的情形，在进退的关键时候，勇往直前往往是取胜的重要原因。他说：“完全同意你们的意见，只有前进，后退是没有希望的。”

冯团也说：“我们没有问题，我们保证教学团没有一个人掉队。”

营长下达了全速前进的命令：“急行军冲过前面的山口，不许掉队落伍！”

大家一个接着一个，奋力前进，只听见“嚓嚓嚓”一片脚步声。路上遇到一些汉奸，他们看到队伍人数多，声势大，以为是正规部队，没有放一枪就溜走了。

# 第二十四章　英雄的晋察冀人民

李公朴他们离开马口村继续前行，中午的时候来到太行山山腰里的一个小山村，有六七十户人家。由于地势险要，树林茂密，敌人从来没有来过。村长在村公所接待他们。村长说："到了我们这里就安全了，小鬼子是不敢来的。就是来，我们民兵手里的枪也不是吃素的。我们民兵经常随着县民兵大队外出打鬼子，战功赫赫，你们不用担心。"说着门口进来一个身体健壮的农民，肩上扛着一段空心树干，外面打着三道铁箍。他瓮声瓮气地说："不是还有我的大炮吗？"

村长抬头，高兴地说："我们的炮兵司令到了。"村长赶紧站起来，让身边的一位妇女同志去安排中午饭，然后又说："炮兵司令同志，来，让我给你介绍一位先生。"刚说完，李公朴还没有来得及说话，炮兵司令耸耸肩，一双结实的大手抓紧肩头的炮筒，开口说："我要马上到回舍附近去！"说着向大家哈了哈腰就不快不慢地走了。

"他有多少人？"李公朴问。

"一个人。"

“一个人?”李公朴大为惊奇。

“是一个人,就是他自己。”村长诚恳地说,“不过很快就要变成无数个人了。”

炮兵司令是平山县人,原来是一个木匠,农闲出门做木匠,农忙回家种田,日子过得自由自在。日本鬼子来了,烧掉他仅有的三间房屋,妻子和唯一的儿子也被鬼子杀害了。他一下变成了一无所有的人,他发誓要给妻子、儿子及五十多位惨死在日本鬼子刺刀下的乡亲讨回血债。他带着一把斧子、一把锯子走了。当夜他做了一个土炮,天不亮就架在鬼子回城必经的路上,下午鬼子返城了,他控制好时间点燃了火药燃子,鬼子走近了,炮也响了,鬼子鬼哭狼嚎,一下子八个鬼子见了阎王,十多个鬼子受伤倒地。从此他就从这村到那村游荡,侦察敌人的动向,找准机会,就轰它一两炮,到现在为止,一共打死了近百个鬼子,受伤的不计其数。老乡们也渐渐知道了他的事迹,于是走到哪里,哪里的老乡都争着请他吃饭,给他找碎铁,找火药。

村长说:“去年年底平山县抗日政府正式下文委任他为‘炮兵司令’,只要他带着这个文件,无论走到哪个村,村公所就要无条件地管他饭供他住,只要他按上一个手印,县政府就核销这笔开支。他来过我们村几次,在我们村南十多里的大道上打过三炮,炸死了二十多个鬼子。那才叫过瘾哪!”

李公朴说:“这是真正的人民英雄,不屈不挠的英雄。应该让他做先生,培养一批土炮手出来,鬼子走到哪里,哪里就有土炮轰他们!”

“谁说不是呢?”村长说,“去年县子弟兵团部专门请他讲了三天课，课堂就设在我们村公所，他一下子培训了一百多个炮手，亲手制作了一百多门土炮，据说今年还要培训第二批。要让小鬼子尝尝民众土炮的味道！”

李公朴他们要在村里休整一两天。听说晋察冀抗日根据地的一座后方医院就在村里，第二天早饭后，李公朴和冯团相约去医院慰问伤病员。这是一座不小的医院，病房就安在老乡家里。在老乡家看到一间或两间屋子，挂着缀红十字的蓝布门帘，便是病房。医院的医务主任是一个年轻人。他领着李公朴他们到手术室去参观。手术室很简陋，两张长方桌拼在一起，铺得平平的，罩上油布便是手术台，就在上面抢救伤残战士的生命，就在这上面锯掉战士的伤指伤脚，也就在这上面，战士们咬紧牙关，坚决地说：“留着麻药给重伤的同志们用，你就这样挖罢，我不怕疼！”于是，子弹就这样被挖出来了。

医务主任还领着李公朴他们到“蒸馏间”去参观。这可谓世上绝无仅有的蒸馏间。在一个老乡的过道里盘起一座土灶，用两只大水桶改装成蒸锅，把要消毒的手术器械、纱布等东西，放在蒸锅蒸。医务主任说：“别看这些东西土，上不了档次，可管用哩，一条绷带，就是靠这些土设备，要用上四五次。”

李公朴由衷地赞叹道：“你们了不起，是你们创造了奇迹。”

医务主任谦虚地笑笑，诚挚地告诉李公朴说：“该感谢白求恩大夫。白求恩大夫是一位工作严肃的国际友人。他来到边区，为了减少战士的痛苦，创造了战场医疗法。这里每一个战士都不怕受伤，他们说有白大夫就不怕了。白求恩大夫对我们帮助太大了。”

他们走进位于巷尾的一个院子里，医务主任告诉李公朴这里住的是高洪口一役受伤的战士。高洪口一战是这次反扫荡中最辉煌的一仗，消灭日寇一千余。李公朴带着崇敬的心情走了进去。

“呀，李先生……你也来这里了。我不能站起来给你敬礼了。”病床上传来一个孩子的声音。

李公朴朝病床看去，见一个圆脸的大孩子躺在那儿。对，是小刘。小刘是李公朴到达边区时交的第一个好朋友。李公朴一行人穿过同蒲封锁线进入无人区时，边区政府派张连长带着一连子弟兵前来接应。小刘就在张连长的部队里，小刘活泼可爱。李公朴翻过一座山，牵着马下山比较困难，一个小同志跑上前来，说道：“李先生，我替你牵马，你放心，我喂过马。”说着，突然一伸手，就把缰绳从李公朴手里抢过去。他对李公朴自我介绍说，“我姓刘，大家都叫我小刘。是张连长的通讯员。”他牵着马，一直走在李公朴身边，和李公朴交谈了一路。

小刘是一位天真可爱的战士，正是读书的最美年华，比张则孙还小三岁，却让日本鬼子逼得拿起刀枪上了战场。李公朴俯下身紧紧握着小刘的手，问道：“伤在哪里？严重不严重？现在还疼不疼？”

小刘说：“不疼了，一点都不疼了。伤在大腿上，一不小心让日本鬼子的子弹钻了一个眼儿。不大要紧，没有伤到骨头。就是不让下炕，不让走路。闷死了，还得躺一个月才能归队。”

李公朴逗他说：“哭鼻子没有？”

“说没有，李先生你信吗？我们子弟兵是不兴哭鼻子的，我忍住了。开始流点泪，但没有哭出声来。李先生不相信可以问我们班长嘛。”

李公朴赶紧说：“信，我信，完全相信。小刘同志是坚强的好战士。”

李公朴从随身的包里摸出他常用的钢笔，对小刘说：“这支钢笔我用了三年了，我送给你学文化用，下次见面我要考你，记着要跟你们班长好好学习。”

小刘高兴得直笑，他说：“李先生，真送我吗？不是逗我？”

李公朴说：“一定送你，用这支笔好好写字。我们不是老朋友了嘛！”

这时一个用绷带吊着右手的人走进来，向李公朴立正敬礼，说道：“李先生，你好，谢谢你来看望我们。”

这便是小刘的班长，李公朴不习惯敬礼，他握着班长的左手说：“班长同志，你辛苦了。小刘告诉我了，你一枪打死了一个大佐，是联队长，了不起。”

班长还是那样有礼貌，还是那样的沉着。他告诉李公朴他们那个连在高洪口战斗中担任正面攻击，他们连击毙了三百多个日本鬼子，但他们的伤亡也惨重，只剩下十几个同志，其余的不是阵亡，就是受了伤，在这座医院里就住着他们十几个人。李公朴对大家说：“你们都是好样的，都是我们民族的英雄。请接受一位老军人的敬礼！”说着李公朴立正，向大家敬了一个标准的军礼。李公朴请班长把屋里几个伤较轻能走动的同志都请来，挤在小刘的床的周围，和他拍了一张集体照。李公朴说：“你们都是我的朋友，亲人，我一定记住你们。拍张照留作纪念。”

小刘说:“李先生,照片能给我们每人洗一张吗?让我们大家也记住你。”

李公朴一口答应了小刘的要求。

李公朴十天后回到阜平,第一件事,就是找照相馆洗印照片,给伤员每个人洗一张,托聂司令带给他们。

当晚,天下着雨,寒风刺骨。李公朴接受后方医院的邀请,为后方医院的医务人员和驻守部队做了一场讲演,附近的村民也来了不少。李公朴说:“我们教学团来边区快一个月了,在这一个月里,我的心情从来没有平静过,我天天被许多事情感动着。我越来越清楚地明白,我们抗日战争取得最后胜利的关键是什么?关键是民众,是觉醒了的民众,是拿起武器与日本鬼子拼搏的民众。”李公朴越说越激动,他说了许多他亲眼所见,亲耳所听的感人事迹,他说到了护送他过同蒲封锁线的钟吉龙指导员和游击队的杨队长,讲了平山县的炮兵司令,自然也讲到了还躺在医院里给他牵马的小刘战士。最后,李公朴激昂慷慨地说:“我们中华民族素有保家卫国的优良传统,只要我们把四万万同胞真正发动起来,坚持统一战线,人人投身抗日战争,个个拿起刀枪和敌人搏杀,日本鬼子立即就会陷入人民群众的汪洋大海之中。”

李公朴的演讲点燃了每一位听众心中的怒火。大家报以热烈的掌声。

李公朴回到住宿的房间,房间里暖暖的,与外面的风雨形成鲜明的对比。已经十点多了,教学团的同志都没有睡,有的在看书,有的在写日记,房东大娘还在纺纱。李公朴也没有一点睡意,便整理了一下思路,拿笔记下这两天来的所见所闻,重点是在后方医院的见闻,取题为《在雪的太行山里》。这篇通讯 1940 年年初发表在《全民抗战三日刊》上。写好通讯,李公朴仍然没有睡意,摸出贺龙师长送给他的那一包德国制造的香烟,很想打开抽一支,尝尝洋烟的味道,但他忍住了。这是一包非常有纪念意义的烟,他想带回重庆,孝敬张曼筠的母亲,让她也分享一下根据地抗日的胜利果实。他把这包洋烟重新放在包里,摸出烟斗,有滋有味地吸了一口。李公朴诗兴大发,写了一首抒情诗,题目是《太行山风雨夜》:

太行山巅,风雨之夜。
窑洞外狂风伴着暴雨呼啸,
窑洞里灯光映着人影晃摇。
大娘纺纱声铮铮,
同志们看《纲鉴》,
读《战报》,捉跳蚤。
抗战三年,人更年少,
敌后生活在今朝。
如何想得到!
不羡那黄浦江边,
不羡那峨眉山麓,
不羡那牯岭莲谷,
我却愿消夏在太行山巅。
这伟大的时代啊!

充满着光辉战斗的豪情。

李公朴写完诗,诵读了几遍。这首诗后来刊在抗战建国教学团内部刊印的《学习生活》上。

这次日寇气势汹汹地扫荡,在边区子弟兵团和全体民众的合力打击下,在八路军贺龙120师的配合下,仅仅四十三天,就宣告彻底破产了。

12月中旬,抗战建国教学团按照边区政府的意见,和抗战建国学院的同志一同返回阜平。第三天中午来到高洪口村。高洪口村是太行山较大的山村,分成南北两个村庄。不久前李公朴他们曾在这里住过一晚,他们是晚上十点多到的,第二天一早离开的。他们教学团全部安排在村公所住宿,头发斑白的老村长告诉李公朴村公所房屋多,炕大,烧得热,往来的首长一般都安排在这里。在李公朴的记忆里,高洪口的房屋毗邻,屋舍俨然,是一个较富饶的村子,有许多明清时期高敞的房屋。可是现在呈现在李公朴眼前的竟是一片废墟,一堵堵烤焦了的残垣断壁,一堆堆瓦砾,处处是难闻的焦糊味,偌大的村庄竟没有一幢完好的房屋。这都是日本鬼子放火破坏的结果。李公朴看见一个弯腰清理瓦砾的老人。老人说:"日本鬼子到一处地方就烧一处地方,你看这几百年历史的村子一天之内就被糟蹋成这个样子了。"

"村子里没有人受伤吧?"李公朴问。

"人倒没有,子弟兵预先得到情报,把群众全部转移到后山的山洞里去了。日本鬼子来了没找到一个人,没找到一粒粮,就把房子全部点燃了。”接着老人眉飞色舞地说:“这回日本鬼子可没有占到光。子弟兵和八路军就埋伏在村后的石山上。一千多鬼子集中在河滩边,准备出发时,我们部队发起猛烈的进攻,突然枪声大作,手榴弹噼噼啪啪地在敌群中开花,炸得鬼子哭爹喊娘,一阵冲锋号吹起,战士们从山上直冲下来,和日本鬼子拼刺刀,不到一个小时,战斗结束,一千多鬼子全部被歼。这叫罪有应得。真是大快人心。”

“不把日本鬼子彻底消灭,老百姓不会有好日子过。我们准备把废墟清理一下,搭一些简易房,等把日本鬼子赶走后,再建好一点的房子。今天早饭后子弟兵来了一个营,帮助我们建房,你们进村便会看到许多年轻小伙子在清理废墟,他们便是我们的子弟兵。”

果真这样,李公朴他们进村后,一路上看到不少子弟兵在帮忙。李公朴很欣慰。他知道子弟兵属于八路军序列,也是共产党领导的军队,共产党员在部队中占的比例很高,约占三分之一,在战斗牺牲人员的名单中共产党员占比例更高,约十分之六七。因为共产党员在各项工作中都发挥先锋模范作用,每次作战都带头冲锋。但共产党员在边区各级政府中所占的比例不高,约十五分之一。李公朴记得他刚来边区,和聂荣臻司令交谈时,聂司令员就告诉他了。这样的部队是真正人民群众的部队,称作“子弟兵”是名副其实的。这样的军队来源于人民,得到人民群众的拥护,怎么能不打胜仗呢!李公朴还记得聂司令曾给他看过的一份从日寇指挥部缴获的文件,上面有敌酋桑木师团长说过的一句话,“晋察冀的组织是神秘微妙不可理解的组织。

老百姓可以随便用眼色或手势传达抗日军队所要知道的消息，速度则比电报还要快”。有了这样的军队，这样的老百姓，何愁抗日战争不胜利？想到这些，李公朴开心地笑了。

高洪口那位老村长，招待李公朴他们露天吃了一顿中饭——每人一块大饼和一碗稀饭。老村长很不好意思地对李公朴说：“没有办法，房屋让日本鬼子烧光了。只能委屈你们在寒风中吃了。饼多吃一点，粮食我们有的是，我们预先把粮食全藏起来了，日本鬼子一粒也休想拿走。”

李公朴本想让教学团的同志在高洪口留几天，和子弟兵一起，参加高洪口的重建工作。但他们必须在1月12日赶回阜平，参加边区行政委员会成立两周年的纪念大会，和冯团他们商量，行程较紧张，不得不放弃。他们饭后稍休息一下就告别高洪口，继续赶路。他们紧赶慢赶终于在1940年的1月12日前一天回到阜平。第二天，晋察冀边区行政委员会成立两周年纪念大会如期召开，这次大会也是反扫荡胜利的祝捷大会，非常隆重。抗战建国教学团全体成员应邀参加大会，李公朴坐在主席台上，并讲了话。李公朴说：“边区政府在共产党的领导下，创造了一个神话般的奇迹，仅仅两周年就建立有一千二百万人口的敌后抗日根据地，让七十八个县挂起了我们自己的旗帜，建立了自己的抗日政府。打得日本鬼子嗷嗷叫，这次反扫荡就消灭日伪军一万余人。这是振奋人心的伟大胜利。”李公朴在分析取得如此伟大胜利的原因时着重讲了两条：(1)坚持统一战线；(2)实行民主。两条合在一起就是一句话：坚持实行抗日民族统一战线。

最后李公朴动情地说：“在日寇残酷的反复扫荡中，晋察冀根据地遵照抗战后建国纲领的要求,建立起新中国的雏形。在这一个雏形上,始终点燃着两座烽火台,那就是——抗日!民主!晋察冀脚踏实地站在人民大众的利益上——更长久的、永远的利益上,重新开始一个创造。假如一个人抱有党派的成见来看晋察冀,他将获得无限的苦恼。不可否认,在这里共产党起了主要的领导作用。但一切晋察冀的抗日党派,都是晋察冀边区的创造者,他们都合法地存在。但是在边区的势力范围内,却没有汪精卫的所谓的'正统国民党',也没有'托洛斯斯派',更没有一些和汪逆眉目传情,暗地里勾搭的这个党那个派。"

在李公朴演说过程中,不时有人站起来领头呼喊口号:"把日寇赶出中国!""坚持抗日民族统一战线!"会场气氛热烈,高涨,雷鸣般的掌声不断响起。

纪念会后,抗日建国教学团在阜平休整了两天,大家上街采购了一些生活用品,还有的烧了一大锅热水,痛痛快快地洗了一个热水澡。李公朴什么地方也没有去,而是坐在房间里,把反扫荡中的亲身经历整理整理,写成五千字左右的通讯《不断的在战斗中》,寄给重庆的邹韬奋。第三天上午教学团按照聂司令"到各县去看看,灵活机动开展工作"的意见,进入冀西山地,翻过紫荆关,渡过拒马河,到平西根据地。那是一块开辟不久的根据地。他们考察了涞水、涿州、房山、良乡和宛平等县的工作。在这些县里,根据实际需要,有的开办为期二十天的师训班,为县里培养一批小学老师;有的开办宣传员培训班,为县里培训一批高水平的宣传员;有的开办文娱骨干的培训班,为县里培养一批文娱工作的普及人才。李公朴他们每到一处均受到所到之处的热烈欢迎。一天,李公朴他们来到北平外围房山的上方山。上方山上有一座古庙,李公朴他们就住在庙里。晚上月色很好,李公朴他们跟着护院武僧玉章和尚登上了主峰望海峰。李公朴站在峰顶向东北方向眺望,日寇铁蹄践踏下的北平城呈现在眼前,黑压压的一片,灯光不多,死气沉沉。北平的父老兄弟正处在水深火热之中,过着生不如死的生活。李公朴想到这些,不知不觉感慨万分,激动不已,滚滚热泪夺眶而出。

第二天,李公朴向“房、涞、涿”联合县政府提出要求:“我们听了许多敌占区的故事,想了解一下我们工作人员如何在敌占区开展工作的,我们想到山下的敌占区看一看,实地考察一下?”

县长犹豫了一下,还是同意了。县长说:“这是很危险的,一定要做好保卫工作,你们去了,双方不问姓名,不介绍身份,不做记录,也不对外宣传,一切保密。”

李公朴答应了县长,由冯团带着几个人,暗中保护李公朴他们。李公朴和鹿野、章容、苗培时、左秋阳等教学团的团员也都配着手枪,万一敌人发现了,他们便是战斗员了。他们悄悄地翻过大山来到房山南、拒马河边日寇最大的据点——张坊镇。这个据点,驻有日军一个小队和伪军一个中队(营的编制)。他们去的这个村子,表面上打的是“维持会”的旗号,实际上村子是一个抗日政权,人们习惯称他们是“白皮红心”村。李公朴他们到村公所,没想到村公所竟紧靠着敌人的炮楼,站在村公所敌人端着枪的身影,看得清清楚楚。门内,我们工作人员正在给村民开会,宣传抗日的大好形势,介绍边区这次反扫荡所取得的伟大胜利。李公朴他们去了,村长热情接待他们,给他们买了北平的一些特产。村长说:“这些东西根据地是吃不到的。”李公朴一面吃着,一面笑着说:“真想不到多年没有吃到的京式八大件,竟然在日本鬼子的炮楼下吃到了。”

李公朴向村长了解我们工作人员开展工作的情形,村长说开头很艰难,工作人员来了民众不敢接待,常常绕着走,一旦让炮楼发现就要被杀头的,为此还牺牲了一个同志。我们的同志常常是天黑进来,一家家做工作,天亮前离开。现在好了,大家都明白共产党是真心领导我们打日本鬼子,为我们老百姓着想的。炮楼里的伪军也有不少弃暗投明,真心拥护抗日的。村长说:“你看,我们的工作同志就吃住在村公所,名义是为我们村公所办事的,专门支应炮楼各种各样的差遣。现在我们白天在这里开会,只要不出内奸,一般不会有事。”村长说得很自信。

那位工作同志讲完了,对大家说:“今天上级来人了,我们请上级同志给我们讲讲抗战必胜的道理,大家欢迎。”大家便鼓掌欢迎。李公朴走上前去,就工作同志的话题讲了一个多小时,列举了不少晋察冀抗日根据地的生动事例,既通俗又生动。最后李公朴说:“全国四万万同胞都站起来,和日本鬼子拼搏,日本鬼子必然完蛋,就如你们村全村人都行动起来,团结一致,敌人不是成了瞎子聋子了吗?我们不照样在这里开会,大谈抗战必胜的道理嘛,旁边设立一个炮楼有用吗?没有用!”

这时,从大门口来了一位背着枪的伪军,对站在门口的村长说:“让屋里的人早点散了吧,从今晚六点开始,张坊镇全镇实行宵禁。据说易县那边昨夜被游击队端掉了两个炮楼,小鬼子怕了。”说着朝屋里看了一下,走了。

李公朴讲完了,村长和那位工作同志一直把李公朴他们送出村。当晚,他们就回到房山县。第二天,李公朴他们从房山县又折回冀西。

1940 年 2 月 7 日,是旧历除夕。李公朴他们是在五台县兰家村过的。按照传统的习俗,除夕全家人聚集在一起,热热闹闹吃一顿团圆饭,北方人一般吃饺子,南方人家里再穷也要烧几样像样的菜。现在他们在远离家乡的太行山中。不过他们不寂寞,五台县县长特地赶到兰家村,在村公所请教学团的全体成员吃了一顿水饺。一只预示吉祥的含有铜钱的饺子,让爱唱歌的张戎吃到了,张戎高兴得手舞足蹈,当场唱了一首歌。送走了县长,李公朴把全团成员召集在暖暖的炕上,开了“一个坦白诚恳的自我检讨会”,总结教学团一年来的工作。李公朴首先发言。他说:“回想在这一年中,为了研究敌后教育工作,为从事统一战线的扩大与巩固的工作,我们走了很多的地方。在我一生经历中,也曾奔走过全世界,但像今年这样的情形,还是第一次。这一年是步行走路最多的一年,是工作最艰苦、最无把握的一年,然而同时也是学得最多,最愉快的一年。可以这样说,这一年相当顺利地完成了我们的预定计划。这一年我思想上最大的收获是看到了抗日民族统一战线的威力,看到了民众的力量,对抗战必胜的信念更加坚定。我也更清楚地看到在敌后方开展游击战争的巨大威力,共产党所领导的游击战争,是抗日战争中必不可少的重要战场,是国民党正面战场无可替代的。”接下去,李公朴进行自我批评。他说:“这一年中,尤其是近阶段反扫荡中,跑路的时间多,如何见缝插针开展我们的工作很不够。在延安临出发前毛泽东先生特地要求我,结合教学团工作,给大后方写通讯,全面反映根据地的情况,让后方人民,让全世界都了解抗日根据地的实况。到今天为止,我只写了七八篇通讯,远远达不到毛泽东先生的要求。在新的一年里我要彻底改正,我也要发动大家一起来写。"

李公朴开了头,大家纷纷实事求是地总结一年来的得失,讲得很诚恳,气氛很和谐。李公朴听了很高兴。会后,李公朴撰写了《一年回忆录》,寄给了在重庆的"家长"沈钧儒先生。这篇文稿也刊在《全民抗战三日刊》上。

春节过后,李公朴他们来到了灵寿县。

1939年,晋察冀抗日根据地遭遇了百年不遇的特大洪涝灾害,灵寿县是重灾区。在晋察冀抗日根据地地盘上盘绕着太行山和恒山山脉,穿流着沙河、唐河、拒马河和滹沱河。这四条大河在山沟里和沙川里流淌着。六月雨季来临,一连下了一个多月的雨。我们的子弟兵冒雨在灵寿县、易县一带与日寇打了二十多天的仗,数千健儿二十多天没有穿过一天干爽的衣服,就在这时山洪暴发了。山洪把山岭上多年的积土、石块、树木冲刷下来,横冲直撞,带走了房屋和牛羊,冲下平川,堆满了田地。凶残的日本鬼子丧心病狂竟然把这些河流的入海口堵起来,造成冀中地区空前的灾难。很多土地上的庄稼颗粒无收,不少地方成了一片沙石地。更不幸的是雨后抢种的晚谷和秋棒子,由于淫雨连绵的缘故都生满虫子,也成了绝收。群众口粮奇缺,于是树皮树叶,喂猪的糠麸,连牲口都不吃的山药梗以及用作燃料的玉蜀黍杆儿都成了人们的口粮。

敌寇还乘机发动了不少或大或小的进攻,扰乱群众的抢种抢收,焚烧民众的粮食和房屋,还专门成立了一支丧心病狂的烧房队伍,在战斗队伍掩护下进村,见屋就放火烧。在灵寿被烧的大小村子共一百余个。在一个村子里日寇点燃房子后,躲起来,让几个伪军穿着老百姓的衣服向村后山头大喊"救火"!乡亲们以为日本鬼子已经走了,赶紧跑回来救火,埋伏在村边的日本鬼子用机枪向乡亲们扫射,一百二十多人全部惨遭杀害,惨无人道。这是一笔笔要用鲜血来偿还的血债。

边区人民在空前未有的自然灾难和日寇强加给人们的灾难面前,坚强地挺起身,在中国共产党的领导下,动员全边区的军民,顽强拼搏,硬是用自己的双手,用自己的智慧,粉碎了敌人的进攻,战胜了灾难,安定了社会。

李公朴他们来到灵寿县,一路走来似乎看不到灾害的迹象,一座座村落,一幢幢房屋,都很整齐,虽然房屋不是全部砖木结构的,有的房子是草屋,有的墙壁是土夯的,但都很结实牢固,避风雨,过日子是完全可以的。时令还早,田野里还看不到绿色,但每一块地全都整理好了,沟是沟垅是垅。单等春风浩浩荡荡,吹绿田野。这哪里是几个月前洪水肆虐的重灾区?

在灵寿县的第一晚,李公朴他们住宿在汤庄。村长把李公朴和冯团安排在村公所隔壁的民兵队长家食宿。吃晚饭时李公朴问起灾难的情况,队长的父亲,一位七十多岁的老人,还心有余悸地说:"真吓人啊。眼看着河水猛涨,一会儿工夫河水就溢出山谷,像蛟龙般在田地横冲直撞,发出轰隆隆的响声。记得民国六年也发过一次大水,那次远没有这次厉害,我们村就饿死三十多人。我想今年完了,我老命不保了,我劝儿子早做打算,早点出门逃荒。儿子媳妇不听我的,劝我相信共产党,相信边区政府,共产党不会不管我们的。果真让他们说对了。共产党仁义,从外地调粮来,每人每天供应六两小米,虽说吃不胞肚子,但也不会饿死人。边区政府还动员有粮的富户拿出粮食,支援少粮缺粮的民众。多亏共产党和边区政府,不然我这老骨头早见阎王去了!"

民兵队长告诉李公朴,在抗洪救灾中子弟兵起了很大的作用。他们村就来了一个营,他们先是帮助村民修建冲刷的房屋,后又帮助村民整修田地,一大片一大片平川田,堆积着一两尺厚的沙石,需要全部挖掉运走。他说:"那是多么大的工程?战士们常常是一身汗,一身雨,风里来,雨里去。硬是靠两只肩膀,把一层黄沙乱石搬走了,让田地恢复了原貌。修了平川田,还帮我们修理山上梯田。没有他们帮忙,我们恐怕到现在也不会把田地和房屋整理好。"

几天以后,李公朴他们离开汤庄,向县城进发。大概是春耕大生产开始了,一路上见一队队的人在田地里忙碌着,有的在运粪,有的在整畦,不时传来人们银铃般的笑声以及动人的欢歌声,完全是一派和平的景象,也是一幅繁忙的春耕图。李公朴心里想,要是没有战争多好!

有一队妇女在一位头扎白毛巾的妇女率领下,一担担地把粪担往地里。她走到村口看见李公朴他们想进村,朝李公朴他们喊道:"有路条吗?没有路条是不能进村的!你看村口几个邻村的妇女忘了带路条被我们儿童团卡在那儿了。"

李公朴展示了路条。“白毛巾”笑笑说:“行了,进村吧。”

“你认得字?”李公朴问。

“工作同志来村里办扫盲班学的,识得不多,才几百个字。路条上的字我全认得。”“白毛巾”说着,似乎有点害羞,脸红了。站在她旁边一位手拿扁担的女人说:“她心灵手巧,是我们妇女的学习模范,能认两千多字,字也写得好,是我们妇女合作社的社长。”

“你们还组织了妇女合作社?是上头让你们组织的吗?做些什么事?”李公朴似乎很有兴趣,继续问道。

“拿扁担的”抢先说:“是我们队长带头组织的,我们还受到县里的表扬哩。”

“白毛巾”白了“拿扁担的”一眼,似乎嫌她多嘴,她说:“我们是在工作同志帮助下成立的,去年抗洪斗争中经常要为抗洪抢险和整田的子弟兵烙大饼,磨豆腐,洗衣服,做鞋。大家分散在各家,出不了活。我们便组织起来,在一起干活,合作社就这样成立了。大家在一起干活快活,热闹。抗洪结束了,这个合作社大家愿意保留,就仍在一起干,大家觉得挺好。”

李公朴问:“你们给自家田地上肥?”

“不。我们先给烈士军属地里施肥。上完了,才给我们自家上。”

李公朴他们告别了送粪的妇女向村口走去。在村口果真有三四个妇女被三个拿红缨枪的少年围在那里,不让走。李公朴指指这几个妇女,故意问:“怎么回事?不让她们走?”

“没有路条,一律不准通过。”“红缨枪”说得义正词严。

“你们认识她们吗?”李公朴继续问。

一个“红缨枪”瞟了妇女一眼,说:“认识,不就是前面小桥头村上的吗?"

李公朴说:“你们都认识,知道他们不是坏人,为啥不放行?放了吧。”

“红缨枪”一脸严肃地说:“按规矩办事,凭路条放行,认识也不行。”

这时,一位“红缨枪”把村长请来了。村长问了问情况,批评妇女几句,让她们吸取教训,出门一定不忘带路条,就放了她们。李公朴摸着一位“红缨枪”的头称赞说:“好,你们做得好。”

几位“红缨枪”都笑了,笑得很灿烂。

李公朴他们没有在村里多停留,吃完中饭继续赶路,临晚到达县城。在县政府迎接李公朴的陈县长,竟然是李公朴在山西民大的学生。

李公朴高兴地说:“没有几年,竟当起县长来了,进步很快。”

陈县长不好意思地说:“我是临危受命,赶鸭子上架,明知不可为而为之。”

晚饭后,师生促膝长谈。李公朴向陈县长详细了解了灵寿县抗洪救灾的情况。陈县长告诉李公朴,严重的灾荒来临,边区政府立即成立救灾委员会,县里也成立相应的委员会,具体抓各地的抗洪救灾工作。一方面,派人到外地采购一万五千担粮食发放市场,防止粮价飞涨,如果群众无钱购粮,可以赊欠。同时发动子弟兵、各级机关干部尽量节约粮食,支援群众。驻在寿县的一支子弟兵就省下杂粮一千斤,支援群众,确保群众最低的生活标准。另一方面,命令各地驻扎的子弟兵、地方游击队,在密切注意敌人动向的同时,帮助群众修复被日寇焚烧或被洪水冲垮的房屋,让群众有房可住。洪水退尽后,又让部队尽一切力量帮助群众修复田地,让群众有地可种。聂荣臻司令员还和边区宋劭文主任联合发出一个伟大号召:号召全边区的人民、士兵和机关干部开展大生产运动。部队开荒种地,自己解决四个月的给养。机关干部除自己开荒种粮种菜外,每周还要抽一天时间为烈士军属抬粪、耕地。大生产运动在边区迅速掀起,热火朝天,凡是荒地、边边角角都被开垦出来,种上粮食、青菜、萝卜。仅仅半年多,灾难就被克服了。

陈县长说:"日寇够狠毒的,企图用洪水来捆住我们的手脚。他们的阴谋没有得逞,相反,让民众更加看清了他们的面目,激发了更大的抗日热情。李先生,你在民大作演讲时说过一句话,'四万万同胞起来之日,便是日寇灭亡之时',我一直不大理解,现在我愈来愈明白了。这次抗洪斗争也是这样,把全民发动起来投身到抗洪斗争中,灾难很快就被克服了。"

李公朴问陈县长:"让我们抗战建国教学团帮你们做点什么呢?"

陈县长想了想说:"我们灵寿县一直喜欢唱戏看剧,不少村有自己的剧团,在节假日,自编自演,不过水平不高,李先生能否组织一个戏剧培训班,每个剧团来一人,提高提高他们的水平,行吗?"

李公朴一口答应了陈县长的要求。这个培训就叫"戏剧编导培训班",共五十人,为期半月。结业时,在灵寿县公演了半天他们自己编导的短剧,都取材于灵寿地区抗日和抗洪斗争的真人真事,这次演出轰动了整个县城。陈县长决定将这台戏搬到各乡去巡回演出,让全县人民都欣赏他们自己编导的戏。

李公朴他们告别了灵寿县,下一个目的地是定襄县。陈县长派人一直把李公朴他们送到定襄。定襄是游击区,共有七个区,除第四区是山地外,其余六个区都是平原。日寇在定襄驻有重兵,除第四区外其他各区都有一个较大的据点,这里的村庄随时可能由游击区变成敌占区。

李公朴他们来到定襄县抗日政府,县长姓胡接待了他们。胡县长向他们介绍了定襄的抗日情形。胡县长颇自豪地说:“我们定襄没有一个土生土长的汉奸,这一点值得骄傲。因为全体民众都不愿意辱没祖宗,不愿意辱没亲人。也就是说,没有一个儿子愿意有一个做汉奸的爸,也没有一个老爸愿意有一个做汉奸的儿子,妻子也不愿意有一个做汉奸的丈夫。定襄的民众都明白大义灭亲的道理。”

胡县长进一步介绍说:定襄的除奸工作是可称道的。只要你心眼一活动,想尝尝当汉奸的滋味,过不了几天,夜里准有人在门口喊你:“二哥在家吗?”你开门出来,就是你一生中最后悔的时刻到了,而你做汉奸的证据就会放在你的尸体上。对待汉奸,定襄人从来就不手软。定襄不是没有人当伪军,但他们都是白皮红心的,不是秘密游击队员,就是抗日政府的内线。

胡县长说的完全是实情。昨天中午李公朴一行人在一个村子里吃中饭。村长告诉他们三个月前,据点里的日寇要周围十多个村子送粮食,结果没有一个村送,鬼子便把周围十七个村长全部抓进据点,严刑拷打,村长就是不屈服,一粒粮食也交不出来。理由是闹水灾,颗粒无收。日本鬼子无奈,最后只得放了他们。村长说:“我们早就把粮食交给自己的抗日政府了,一粒粮也不能交给日本鬼子。”

李公朴说:“谢谢你,你带领定襄县的民众创造了游击地区的奇迹,创造出一套完整的工作方法。”

胡县长说:“这是前期牺盟会工作同志的功劳,是他们用鲜血换来的。在我们这片土地上有近二十位工作同志惨遭杀害。”

李公朴问胡县长,他们抗战建国教学团能为定襄做点什么。胡县长婉言谢绝了。他说:“你们能够留下来帮我们,我们当然欢迎。不过我们不能留你们,这里敌情复杂,敌人随时有可能从据点里跑出来,半夜里包围一个村,天明挨家搜查。几乎没有规律,有时内线同志都来不及送出消息。”

李公朴还想争取,他说:“你们能坚持,我们也能坚持,大家一律平等,我们的命不比你们值钱。我们办一个短期培训班,十天,怎么样?”

胡县长没有办法,最后出示了昨天下午聂荣臻司令员的电报:“定襄胡县长:估计明天中午教学团会到你处。让他们稍事休息,就派部队送他们过正太铁路封锁线,直达武乡县王家峪。切勿留下,确保安全。聂荣臻”

李公朴读完聂司令的电报,心里感到很温暖。聂司令工作这么忙还时时关注他们,他十分感动。

李公朴他们在定襄县政府吃了午饭,与胡县长告别,在晋察冀第四军分区一连子弟兵的护送下,恋恋不舍地离开了定襄县,离开晋察冀抗日根据地，向晋东南晋冀鲁豫抗日根据地挺进。

李公朴率领抗日建国教学团进入晋察冀抗日根据地的六个月里，足迹遍及十五个县，深入到五百多个村庄，宣传全民抗战的道理，举办多种培训班，探索战时教育规律。他们过着普通士兵的生活。李公朴白天抓紧时间参观访问，搜集各种资料，晚上读书写作，前后写了十五万字的通讯，寄往大后方。遇上敌情，李公朴他们还要紧跟部队连夜行军作战。这样的生活对一直生活在城市里的李公朴来说，是十分艰苦的。然而他不以为苦，反而乐此不倦，他关心的是抗日民族统一战线的进一步巩固和扩大，关心的是抗战建国人才的培养。他和他所带领的年轻团员一样，斗志昂扬，精神饱满，有着旺盛的活力和充沛的干劲。

李公朴在晋察冀抗日根据地的六个月，过得非常充实，非常乐观。边区政府在中国共产党的领导下，坚持抗战，坚持团结，坚持民主，在政治、军事、经济、民运、司法、文化教育等方面，呈现出一派生气勃勃的局面，这给李公朴留下了深刻的印象，也让他从中受到深刻的教育。他想把华北敌后种种振奋人心的情形，及时传达给全国人民，特别是传达给国民党统治地区的人民，让他们对共产党领导的抗日根据地情况有所了解，增强抗日的必胜信念。他根据自己的亲眼所见、亲自听到和亲手搜集的可靠材料，用一个月的时间，撰写成《华北敌后——晋察冀》一书，全书共十二万字，此书于 1940 年 9 月，由山西太行出版社出版。这本书是晋察冀抗日根据地全方位的真实记录。李公朴把夺取抗日战争的胜利，建设新中国的希望寄托在中国共产党领导的抗日根据地身上。他在书中充满激情地说："模范的抗日根据地,模范的抗日民主的、抗日民族统一战线的晋察冀抗日根据地,象征着中华民族解放的胜利,象征着新中国光明灿烂的前景。它的名字深深地铭刻在人们心头的深处,激荡着每个爱国者,每一个有志气的中国人,特别是鼓舞着年轻一代的斗志。就是国际上亦对它赋予无限的关怀与荣誉。”

李公朴还坚信:“晋察冀抗日根据地是新中国的雏形!”

这本书很快成为畅销书,一连印了多次,仍不够供应。

# 第二十五章　在晋冀鲁豫根据地

1940年5月4日,李公朴一行人在晋察冀抗日根据地一连子弟兵的护送下,顺利通过了正太铁路封锁线,进入晋冀鲁豫抗日根据地。

李公朴一行人,于5月20日来到了晋东南武乡王家峪八路军前方总部。见到了八路军副总司令彭德怀和参谋长左权。李公朴和彭德怀在临汾八路军办事处见过面,算是老熟人了。

左权参谋长,李公朴从未谋面。左权握着李公朴的手自我介绍说:“我叫左权。李先生,你们终于来了。我们心里一块石头总算落了地。”

当晚,彭德怀在司令部招待李公朴一行人吃了一顿面条。饭后,李公朴和彭德怀畅谈了三个多小时,从当前的战局,游击战争与阵地战的配合,讲到根据地的建设和文化教育的发展;也讲到与国民党之间的摩擦。两人心情舒畅,几乎无所不谈。李公朴拿出笔记本,希望彭总给他题词。彭总提笔写道:“这样饥寒,这样忧愁,除了打破旧社会,谁也不能替你解救。”

彭总勉励李公朴继续奋斗,将抗日民族解放战争进行到底,然后建设新中国。

第二天，中共中央北方局机关报《新华日报(华北版)》刊发消息，欢迎李公朴率抗战建国教学团来晋东南考察。文中称颂李公朴是“战时教育家，年余来艰苦备尝，深入敌后各抗日根据地，考察并指导各地文教工作，此次莅临晋东南，对文教工作必多教益”。

5月23日，八路军司令部专门召开座谈会，欢迎李公朴他们。这天，暖风微吹，星星点点的春雨飘洒着，气候湿润宜人。院子里几株桃花沐浴着春雨竞相开放。八路军总司令部的一个会议室里，挤满了八路军直属队全体文教工作人员。他们怀着崇敬的心情，用热烈的掌声，欢迎李公朴先生和他率领的抗战建国教学团全体人员的到来。

八路军政治部副主任陆定一先生主持会议，他首先代表八路军司令部发表了热情洋溢的欢迎词。接着，李公朴报告了他的战地考察情况及见闻。他说，无论是陕甘宁边区还是晋察冀抗日根据地都重视教育工作，拿出很大的力量和最好的干部去从事教育工作，他深为感动。两个根据地之所以不断地打胜仗，关键是军政民的统一。群众充分发动起来了，武装起来，实为军政的基础，也是巩固边区最可靠的雄厚力量。说到晋东南，唯一让他痛心的就是国民党不断挑起摩擦妨害抗日。

李公朴站着侃侃而谈，生动而幽默，大家不断发出会心的微笑。不知不觉，李公朴一讲就讲了两个小时。李公朴讲完了，大家报以雷鸣般的掌声。为此《新华日报(华北版)》特地刊发社论《改进社会教育》，全面采纳李公朴的建议。

会后，李公朴告别彭德怀副总司令和左权参谋长，带着抗战建国教学团深入到晋冀鲁豫各根据地，进行详细考察。6月3日，他们来到晋冀豫边区。那时抗日战争处于最艰苦的相持阶段，国民党内部有一部分人对抗战前途失去信心，向日寇妥协投降的舆论甚嚣尘上，反动派不断搞摩擦，反共反人民的事件不断发生。全国人民强烈要求结束一党专政，实行宪政，从大后方到敌后，宪政促进会风起云涌般地兴起，有力地推动宪政运动。5月31日，晋冀豫边区宪政促进会开幕，李公朴和抗战建国教学团全体人员应邀出席大会。李公朴在大会上慷慨激昂地发表了讲演。他热情地赞扬这次会议开得好，开得及时，这次会议"是晋冀豫民众力量的具体表现"。李公朴在讲话中着重抨击一些人为了投降日本帝国主义，不惜制造摩擦，破坏团结，破坏抗日民族统一战线。他感慨地说："人民群众发动起来，才能推动抗战取得胜利，民众力量增加一分，革命的效果便多一分。因此，必须全力促进宪政运动，实行民主政治，争取抗战的最后胜利。"

李公朴做报告从来不用讲稿，他喜欢列一个提纲，然后按提纲随意发挥，无拘无束，痛快淋漓，爱憎分明，每次都能恰到好处。这次也这样，李公朴讲完，雷鸣般的掌声席卷了整个会场。

7月7日，太岳根据地为抗战三周年举行隆重的万人庆祝大会。李公朴应邀出席大会，被选为主席团成员。8月，冀南、太岳、太行三个区域成立行政联合办事处，推举杨秀峰为主任，准备把这几个区域统一起来。李公朴拜访了杨秀峰。杨秀峰是冀西抗日根据地的创始人，也是晋察鲁豫根据地的主要创始人。他个子高高，身子较单薄，说话很风趣。他是教师出身，和李公朴一见如故，很谈得来。杨秀峰对李公朴为国共双方的统战工作，艰苦奔走，非常钦佩。杨秀峰和夫人孙文淑共同给李公朴题词：

统战的目的为争民族生存、建设三民主义新中国。

统战的原则必须抛开一切成见，为着有利于抗战。

统战之基础在群众，在于群众之利益，不能离开群众谈统战。

统战之道路是实施民主，改善民生，才能团结全民族，纳各党各派于一轨，发动广大群众持久抗战。

统战之态度要推诚相与，互容互让，但容让必有前提：争取抗战胜利。

统战之发展是辩证的，在民族生死关头，必须加强团结，而巩固团结又有赖于不断的斗争。为团结而斗争，则斗争有助于团结。我们不害怕这样的斗争，但反对不求团结、不顾民族利益的斗争。

在今天只有正确的把握统战原则和精神，才能够克服民族抗战所遭遇的严重困难和危机。

杨秀峰放下笔笑吟吟地看着李公朴，说："李先生，我们来一个等价交换，怎么样，你也给我们写几个字留作纪念？"

李公朴说："好啊，投桃报李，你来我往嘛！"说着，李公朴摊开桌上的宣纸，稍微思索一会，便执笔一挥而就。李公朴写了一首诗：

人生是战斗，
没有战斗，
就没有人生。
风雨过后万里晴空，
一片碧绿的海洋，
处处都是英雄的战场。

杨秀峰的夫人孙文淑拍着手说:“好,好,好！李先生的字好,诗更好。”

李公朴告别了杨秀峰夫妇,回到住宿处,把杨秀峰夫妇的题词翻开来欣赏。他越欣赏越琢磨,觉得杨秀峰说得非常好,也符合实情。杨秀峰夫妇的题词把统一战线各个方面都做了透彻的论述,尤其是关于统一战线又联合又斗争,以斗争求团结的原则。近一年来,李公朴率领抗战建国教学团在抗日根据地跑了一圈,目睹了国民党反动派多次制造反共摩擦,也看到八路军被迫进行自卫还击,迫使顽固派老老实实。这些事情,现在回想起来还历历在目。李公朴也更加清楚地认识到抗日民族统一战线工作的重要性和做好它的艰巨性。李公朴在当天的日记中这样写道:“革命的工作,事务工作是一个重要而艰苦的工作。统一战线的事务工作是更为困难,加倍艰苦,既要切合于理论,又要无背实际。”

为了扫除笼罩在国民统治区妥协投降的迷雾,八路军总部决定在敌后发动一系列空前规模的大小战斗。

一天下午,李公朴正在住宿处修改《华北敌后——晋察冀》

这部书稿,忽然觉得有人来到跟前,一抬头,竟然是内侄张则孙穿着一身八路军军服,英气勃勃地站在面前,朝他笑。李公朴立即放下笔起来,扑过去,紧紧抱着张则孙,问了一连串问题:“小鬼,怎么是你,你怎么跑到这里来了?什么时候到的?今天刚到?”

张则孙跟着李公朴到延安不久,就进陕北公学高级班读书。李公朴组建抗战建国教学团离开延安时,没有时间去陕北公学看望他,已经有两年多未见了,想不到竟然在王家峪相逢。张则孙告诉李公朴,他去年年底陕北公学毕业后被分配到中央青委工作,几个月后调到一二九师宣传队,今年7月底,又奉调到中央北方局工作,便来到王家峪。张则孙说:“今天中午吃饭时,听人说您也在王家峪,住在八路军总部,我便找来了。”

李公朴盯着张则孙看了一会,才说:“两年不见,则孙你变化不小,变成一个大大的八路了。”接着,李公朴又摇摇头说,“不对,你变化不大,还是那个学生味嘛。则孙,还是缺少锻炼,让你来太行山对极了。”

张则孙告诉李公朴,小姨(张曼筠)去年11月接到重庆家里来信,说外婆在日本鬼子轰炸中受惊吓,身体不大好,便提前回重庆了。李公朴点点头说:“我知道了。你小姨在离开延安时给我写了一封信,寄到晋察冀抗日根据地,聂司令转给我了。你外婆的身体不知怎么样?我没有收到任何消息,我的工作流动性大,通信也难。”

李公朴告诉张则孙,这几天,他正忙着修改《华北敌后——晋察冀》。这是一篇长篇通讯,十多万字。是在考察晋冀鲁豫过程中，每天晚上挤时间断断续续写的，时间拖得很长，难免语气不一致，详略也不得当，有的地方材料不完整。现在正在逐字逐句地推敲润色，估计还要几天才能完稿。

张则孙问李公朴书稿完成后还准备去哪里？李公朴说："我想回重庆。离家两年多了，我有时很想家，想你外公外婆，想国男、国友。"

"不想小姨吗？"

"小鬼，也学会跟长辈开玩笑了。"

李公朴假装生气地举起了右手，但迟迟没有落下。

李公朴告诉张则孙，抗战建国教学团的工作基本结束，预定的目标已达到。他已和八路军总部商量，准备解散。教学团成员的去向由八路军总部和延安商量，愿意留在这里工作，由这里安排工作；要回延安的，由八路军总部派人护送。彭德怀副总司令和左权参谋长建议他留在八路军总司令部或去延安工作。但他还是想回大后方。他对张则孙说："我的工作岗位在大后方，去搞统一战线，我不是共产党，也不是国民党，搞统一战线工作很适合。还要协助沈老搞救国会工作，搞社会教育。回到重庆，工作很多，我一天也闲不下来。"

张则孙竭力劝李公朴留在根据地。他知道姨夫备受国民党的迫害，已经两次坐牢，这次来延安，来到共产党领导的抗日根据地考察，回到国统区等待他的究竟是什么，真难预料。张则孙劝李公朴说："姨夫，你还是留下来吧，去延安也行，你不是有许多老朋友在延安工作吗？回到大后方，蒋介石会放过你吗？他可不是讲信用的人。如果留在延安，你无所顾忌，可以放手大干一场,多好!”

李公朴摇摇头,严肃地说:“我相信共产党一定会胜利,中国的希望就在共产党身上。正因为这样,我更要到大后方去,协助共产党进一步推动统战工作,促进国共两党团结,力争抗战早日胜利。在国统区工作确实没有安全感,危险随时随地都会发生,但我们总不能因为有危险就躲避吧?你说呢,小鬼?”

张则孙知道姨夫说的有道理,也知道姨夫决定的事,任何人也改变不了,只能无可奈何地笑笑。

1940年10月中旬,李公朴由冯团陪同从武乡县王家峪出发,经过第一战区和第五战区,11月中旬,安全地回到重庆。当天冯团到重庆八路军办事处报到,冯团暂时留在周恩来身边工作。

# 第二十六章　回到重庆北碚家里

李公朴和冯团分手后，兴冲冲地来到北碚的家里，岳父张筱楼和爱妻张曼筠在门口迎接他。李公朴和岳父、岳母分别已经两年多，和张曼筠在延安一别也已有一年多了。李公朴一直惦念岳母的身体，进门没有看到岳母，他问张曼筠："妈呢，身体康复没？怎么没有在？"

张曼筠没有回答，痛苦地低下头。

"妈怎么了？"李公朴追问道，"你告诉我——"

随着张曼筠的眼光，李公朴抬头见墙上挂着岳母的照片，照片的顶上有一朵白花，两旁挂着黑纱。李公朴大吃一惊，在回家的途中，对回家时全家人见面的高兴情境设想了很多种，从来没有想到岳母的离世。前年李公朴和张曼筠离家赴延安时岳母还很健康，一点毛病也没有。送别时，一再对他和张曼筠说："国男、国友有我照应，你们尽管放心。你们外出处处要小心，现在时局又乱……"

他急切地问张曼筠："你从延安赶回来，专门照料妈妈，怎么会这样？"

张曼筠哽咽着告诉李公朴，日本鬼子天天对重庆狂轰滥炸，有时一天要四五次，妈妈来重庆后，天天在警报声中度日，天天心惊胆战，身体渐渐差了。一次，日寇一颗炸弹在她身旁不到十米处爆炸，她震昏过去，醒来见身边一片尸体狼藉，一只血淋淋的炸烂的手臂还搁在她的胸口。她受了惊吓，一度神志不清，住了一个多月医院，神志才慢慢清醒过来。张曼筠就是在她住院期间赶回来的。我们把家搬到北培，轰炸少了些，但妈妈依旧生活在惊恐之中，天天惦念在敌后奔波的李公朴和孙子张则孙，夜夜做噩梦，常常惊叫着醒来。醒来便唠叨着李公朴和张则孙。身体日见衰弱，又拖了一个月，就撒手而去了。弥留之间，还一直喊着李公朴的名字。

张曼筠抽泣着说："妈妈一直为你担心，临终前，最大的心愿就是见你一面……你音讯全无，我无法……无法满足她的要求……"

李公朴泪流满脸，跌坐在椅子上。中国早已没有安全的地方了，无论是敌占区，还是大后方，日本鬼子每天都要屠戮难以计数的中国人民，善良的岳母虽不是直接死于日寇的刀枪之下，也是死于日寇肆无忌惮屠杀中国人民的恐怖之中，日寇欠了李公朴一笔血债。

临晚，国男搀着国友从学校放学回家，见到大胡子的父亲特别高兴，又笑又跳，家里才有了一点欢乐气氛。

第二天上午，天气阴沉沉的，刮着阵阵冷风。张曼筠炒了几样素菜，李公朴夫妇一起来到岳母的墓地祭奠。李公朴没有按照传统的习俗给岳母烧纸钱，而是把从太行山晋察冀根据地带回来的那包德国香烟一支一支地烧给岳母。李公朴边烧边告诉岳母,这包香烟是八路军贺龙司令员送给他的战利品,是从日寇中将身上缴获来的。李公朴一直没有舍得抽,特地带回来让岳母分享胜利果实的。李公朴对岳母说:“中国人一定能够讨回血债,把日寇赶出中国!”

如果岳母地下有知,一定会感到欣慰。

李公朴回到重庆不久,发生了震惊世界的皖南事变。

1941 年 1 月 7 日,国民党将军顾祝同纠集八万多国民党部队突然袭击北撤的新四军部队,新四军只有九千余人,虽顽强抵抗,但寡不敌众,牺牲三千多人,四千多人被捕,只有两千多人在新一支队司令员傅秋涛率领下成功突围,新四军军长叶挺赴国民党第三十二集团军总司令部谈判时被扣,政委项英被叛徒杀害。中共中央向国民党发出严正抗议,在重庆“八办”工作的周恩来十分气愤,立即写了一首短诗:“千古奇冤,江南一叶。同室操戈,相煎何急?”

这首诗刊登在《新华日报》上,有力地控诉了国民党顽固派的罪行。

由于国民党当局严密封锁消息,1 月 17 日,李公朴读到周恩来先生的诗,才知道皖南事变。他十分气愤,各个抗日战场打得十分艰苦,当局不思团结进取,竟然挑起矛盾,“同室操戈”,对新四军大开杀戒,令全国人民不齿!李公朴担心国共两党团结抗日的局面会破裂,直接影响抗日战争。当天下午,李公朴赶到曾家岩五十号周公馆,刚巧周恩来先生从外面回来。周恩来热情地握着李公朴的手说:“欢迎你,李先生,我们的老朋友。”

李公朴见到周恩先生，像见到亲人似的，把自己的气愤、痛心、担忧等复杂心情毫无保留地和盘托出。最后他说："当局一直对共产党耿耿于怀，不把共产党消灭掉是不会甘心的。这种倒行逆施的行为，完全置民族大义于不顾，很不得人心。国人很痛心。"

周恩来先生谢谢李先生对共产党的信任，并分析目前的局势很复杂，汪伪政权建立后，日寇不断对国民党政府进行诱降，国民党政府高层中有一些人对抗战失去信心，开始动摇，企图联合日寇对付共产党。皖南事变就在这样的背景下爆发了。共产党要全力反对投降，反对分裂，维护抗日民族统一战线，不让投降派得逞。

李公朴十分赞赏共产党的气度和策略。他说："周先生，我明白我应该怎么做了，我一定发动全国救国会反对投降、反对分裂、反对倒退，坚持抗战、团结和进步。"

李公朴离开周公馆直接去了沈钧儒家，向沈钧儒传达了共产党应对皖南事变的策略。李公朴还和沈钧儒商量，发动救国会在重庆搞一次大规模的示威游行。三天后，重庆大规模的"反分裂、反投降、反倒退"的游行示威活动如期举行，李公朴和沈钧儒、邹韬奋、沙千里手拉手，走在队伍的最前列。李公朴领头高呼口号：

"中国人团结起来，把抗战进行到底！"

"坚持抗战，反对投降！"

"坚持进步，反对倒退！"

这次游行，在社会上产生了巨大的影响。由于游行过程中始终没有涉及皖南事变，从字面上看，也没有公开为共产党申冤，更没有为共产党唱赞歌，当局找不到反对的借口。

“反分裂、反投降、反倒退”的活动在全国各地轰轰烈烈地展开，给投降派当头棒喝，迫使一些人的行动有所收敛。就在这时，国际上又发生了一件大事。

4月13日，苏联和日本签订《苏日中立条约》。其中规定：“如缔约一方遭受来自一个或几个第三国政府的攻击时，缔约另一方保证整个冲突时间内保持中立。”这个“条约”苏联承认“伪满洲国”，严重侵犯了中国的领土主权，严重伤害了中国人民的民族自尊心，严重损害了中国人民的感情！激起了中国爱国者的愤慨。

李公朴知道事情的真相后，也非常气愤，认为苏联从本民族利己主义出发，损害中国人民的利益，很不应该。李公朴、沈钧儒、王造时、沙千里、章乃器、史良等救国会领导商量对策。李公朴说：“苏联脚踏两只船，一方面支援我国抗日，另一方面又与日寇拉拉扯扯，这算怎么回事吗？我建议我们救国会发一个声明，表示一下我们的态度。”

沈钧儒说：“公朴说得不错，我们，尤其是知识界要有一个态度。问题是苏联依然支援我们抗日，态度不宜过激，以免影响团结。这个度要准确把握。”

李公朴说：“这样好不好，我们不发声明，而是以我们几个人的名义给斯大林发一封公开信，一方面充分肯定苏联对我们抗日的支援，表示感谢，另一方面就《苏日中立条约》提点希望。语气要尽可能诚恳，情感也要尽可能诚挚。”

中共方面知道这件事后立即找李公朴和沈钧儒解释,“你们的信如果公开发表,容易被有些人利用为反共的口实。希望你们谨慎”。

李公朴和沈钧儒听了中共方面的分析,茅塞顿开,意识到不妥。这封信对团结国际统一战线,共同反对德、意、日侵略者不利,确实容易被人利用。李公朴立即赶往国民党中央宣传部,以公开信还要补充修改为理由,把原信要了回来。

# 第二十七章　创办北门书屋和北门出版社

蒋介石在挑起皖南事变的同时，在国统区加紧搜捕中共地下工作人员，还把矛头指向积极主张抗日的爱国民主人士。在重庆“八办”工作的周恩来，同时也是中共南方局的领导。他积极贯彻中共中央“隐蔽精干，长期埋伏，积累力量，以待时机”的方针，有计划地安排一些工作同志安全转移。李公朴不是中共干部，周恩来却一直把他当作中共干部一样看待。周恩来曾说过李公朴他们是共产党的朋友，共产党要保护他们，任何时候都不能亏待朋友。周恩来约见了李公朴，邀请李公朴途经昆明去缅甸，在华侨中开展抗日宣传工作，并且送来了经费。李公朴很高兴地接受了周恩来的建议，两天后便出发。李公朴带着张曼筠、国友，乘汽车来到昆明。在等待签证的日子里，李公朴拜访了龙云等一批国民党的上层人物，宣传抗日民族统一战线，结交了不少新朋友，还参加了孙孟起、张天翼、楚图南等人组织的“九老会”——一种松散的以聚餐的形式联络的群众组织，目的是对国内外形势、抗战大局等问题交换意见，对民主爱国运动畅谈看法而已。几个月后,李公朴签证被拒,李公朴一家暂留昆明。

昆明,也和其他国统区一样,社会黑暗,国民党特务横行,不仅暗中逮捕杀害中共地下工作人员,压迫民主党派,不断挑起矛盾,破坏抗日民族统一战线,还把黑手伸向文化界、教育界,对人民群众的言论、出版、通讯、集会、结社等方面进行严密监控,一些出售进步书刊的书店被捣毁查封,邹韬奋主持的生活书店在昆明的分店也被查封,一些出版社被勒令关闭。在昆明的青年人没有正当的精神食粮,没有正确的追求,没有正确的人生理想,似乎血肉横飞的抗日战场与己无关,浑浑噩噩,糊里糊涂。李公朴看到这种情况十分痛心。在"九老会"一次聚餐时,李公朴提出开办书店,传播先进文化的主张。他说:"我们定要让优秀文化抢占市场,我打算先开爿书店,出售进步书刊,接下去办自己的出版社,开辟自己的阵地。"

李公朴的提议得到了大家的拥护。云大附中的杨春洲校长站起来说:"我举双手赞成,李先生提了一个绝好的主意。我们学生太需要优秀读物了。我表个态,凡是李先生看中的适合于中学生阅读的优秀读物,每本我认购五十册。李先生什么时候开办?越早越好。"

富商郑一斋说:"开书店,办出版社是好事,既有功于当代,也有利于千秋。我们大家都要支持。李先生,你办书店遇到哪些困难?别的我帮不上忙,经济上我做你的后盾。"

李公朴说:"这次要让郑先生破费了,真的不好意思。办书店主要是资金和房屋。有郑先生支持就好办了。"

坐在李公朴对面的昆明商会会长李琢庵,对李公朴说:"李先生,房屋就不麻烦郑先生了,我北门街拐角地方有一处临街的二开间两层楼。李先生,你看行不行。行的话,让你开书店,房钱一分不收。下层开书店,上层供你们全家住宿。我听说你岳父带着孩子来昆明了,一家五口全挤在青年会不足三十平方米的地方,也不是办法。唯一不足之处是地段太偏了,不是城中心,颇遗憾。"

李公朴没有想到办书店这么顺利。他高兴地站起来,向郑一斋和李琢庵鞠了一躬,说:"谢谢两位!我代表昆明的青年学生谢谢两位鼎力相助。北门,不是闹市区,稍微偏一点,开书店不要紧。俗话说,酒香不怕巷子深。只要我们有好书,不怕顾客不来。"

第二天,李琢庵陪着李公朴看房子,李公朴非常满意,当时李琢庵就把钥匙交给了李公朴,说:"房子就交给你了,随你用到什么时候。房子空着也是空着,让它为传播先进文化做点贡献吧。"

李公朴说:"我现在袋里空空如也,等书店有赢利,房钱我一定如数付给你。"

李琢庵说:"千万不要。昨晚我当着'九老会'朋友的面表的态,难道不算数?你不是打我的脸吗?我家里还有两顶书架,明天我叫人清理出来,送过来,凑合着用,省得花钱买新的。"

李公朴握着李琢庵的手说:"李会长,我就不说谢了。还是你想得周到,我力争十天内书店开张。书店的名称,就叫'北门书屋',你看行吗?"

李琢庵说:"我看行,响亮又点明了地点,好。"

郑一斋给李公朴送来五百元大洋，资助书店开办。他叮嘱李公朴如果钱不够跟他讲，千万别客气。房屋、经费都有了，剩下的便是进书了。李公朴在青年会活动时认识了刚从香港到昆明来的小青年王吟青(即王健)，个子不甚高，瘦瘦的，性格开朗，做事很踏实。他是天津法商学院的辍学生，李公朴和他第一次见面，就产生了好感。开办书店需要帮手，光靠他和张曼筠是忙不过来的，张曼筠每天还要作画，不可能整天在书店帮忙。李公朴便请王吟青到书店工作，让他在工作实践中学习。王吟青跟着李公朴来到北门书店。李公朴忙着和各地的图书公司、出版社联系图书，王吟青便用毛竹做了两个竹制的简易书架，加上李琢庵会长送来的两顶书架，勉强够用，后来书架不够用便用床板铺了一个书案，白天摆满书，晚上书收起来当床。李公朴朋友很多，除了向昆明市同行批发图书外，还得到重庆、上海图书杂志公司、华侨书店、康宁书店等一批书店和出版社的支援。他们把书源源不断地运送来，卖出去后，以四六或三七分成结算，如果卖不掉如数退回，条件很优厚。北门书店经过几天的准备，于1942年12月中旬正式挂牌开张。王吟青是营业员兼会计。

大家听说北门书店是“七君子”李公朴开办的，出售的是进步书刊，许多学校、学生及进步人士纷纷舍近求远赶来买书，也有从滇南、建水一带中共地下党开辟的地区赶过来买书的人。北门书店自开业以来，生意火红，影响逐渐扩大。一天，李琢庵特地来到店里看看，见李公朴忙着帮王吟青接待顾客，很高兴地对李公朴说：“照这样的生意，维持你们一家人的生活应该不成问题。这样李先生就没有后顾之忧了。我也放心了。”

李公朴笑笑说:“李会长,你弄错了。书店是以我的名义开的,但不是我李公朴的私有财产。我不能整天守在书店里,我只能算半个职工,拿一半的工资。书店的利润全在账上。等把郑一斋先生的钱和你的房钱还掉后,我们要考虑第二步,把出版社办起来。”

李琢庵感慨地说:“你是真正的君子,在国民党监牢里,你铮铮铁骨是君子,在金钱面前,你清清白白,是君子。其实,在我们这里你大可不必,我知道你全家来昆明,生活负担很重。我房子是无偿给你用的,不用出房租。我们是诚心诚意的,你把它补贴家用。办出版社所需的经费,我来想办法,不用你操心。”

李公朴感激地说:“谢谢李会长。昆明现在物价飞涨,西南联大的教授们养家糊口都困难,闻一多教授除了到中学兼课外,还不得不挂牌刻图章。现在大家都困难,我家入不敷出很正常,但我绝不会把书店的利润挪作家用,这是我做人的原则。家里的困难我们会另想办法解决的。”

李公朴越来越喜欢王吟青,他多次对张曼筠说:“小王是个好同志。”王吟青手脚很勤快,天天一早就到书店,地面打扫干净,书架上的书整理好,等待顾客来临。顾客来了热情接待,有针对性地向顾客介绍新书的内容。见张曼筠忙不过来,还抽时间帮张曼筠做家务,提水,劈柴都是他的。有时还陪国男、国友玩,给他们讲故事。国友尤其喜欢和他捉迷藏。李公朴实在没有时间,慢慢书店里的事就全交给他了,李公朴不大过问了。

李公朴一家五口人的生活开支,光靠北门书店的薪水收入是难以支撑的,还要靠卖画来弥补,岳父张筱楼是著名的国画家，尤其擅长画梅花，北门书店的楼上，李公朴的住地，满墙都是各种姿态盛开或含苞待放的梅花，仿佛置身于香雪之海。张曼筠也是颇有名气的国画家。李公朴还常在他们的画幅上操笔题词，笔力雄厚，工整有致，书画搭配堪称一绝。云南的达官贵人，富商巨贾很喜欢用他们的书画点缀客厅和书房，也有一些富人收藏他们的作品。他们的书画销路一向看好。连续开办三次书画展，作品几乎全部卖光了。这部分收入超过他们书店的薪水。如此李公朴一家的生活应过得较宽裕，无奈李公朴全家好客，乐于助人，尤其是李公朴豪放开朗，家中常常高朋满座，尤其是昆明的民主人士喜欢来这里聊天，讨论问题，外地来昆明的民主人士和文化界人士也常把李公朴家当作中转站或联络点。

每次朋友来，李公朴和张曼筠都热情招待，留吃留宿，有时床铺不够，睡地铺的一定是李公朴夫妇，他们把自己的大床让给朋友们。李公朴留作家用的钱，有一半都用在朋友身上了。

重庆的生活书店是北门书店重要的供应商，一些进步书籍，如鲁迅、巴金、茅盾等的著作，还有一些抗日根据地的文艺作品，都是从生活书店进的货。李公朴和生活书店的范用渐渐成了好朋友。范用来昆明常常食宿在李公朴家。一天晚上，两人坐在李公朴的书房里，边品茶边闲谈，李公朴说起云南地区青少年缺少进步书刊，成天阅读的是《荒江女侠》《火烧红莲寺》之类的书，感慨万千。他说："我想起这些事，就觉得脸红，心里有愧，我是搞教育文化事业的，觉得对不起西南地区的青少年。我很想搞一个出版社，为青少年出版好书，但困难重重。真正是心有余力不足。"

范用很有同感,他也很想为西南地区的文化事业出一分力。他忽然握着李公朴的手说:"公朴兄,我们俩人联手搞一个出版社,怎么样?"

"好啊,我是求之不得。"李公朴高兴地说。

那天俩人谈到很晚,商谈了具体合作的细节,确定出版社的名称为北门出版社,并且草拟了合作协议。

第二天送走了范经理,李公朴便到云南大学附中找张光年商量,请他到北门出版社来,做他的助手,具体负责编辑部的工作。张光年是中共地下党员,1942 年和一些华侨文化人由缅甸北部翻山越岭来到昆明,由李公朴介绍到云南大学附中做老师。他是作家,文字功底很好,组织能力又强。张光年一口答应了李公朴的要求,还就组建编辑部提出了不少好的建议。从云大附中回来,李公朴便去联大找闻一多、吴晗商量,请他们物色十位编辑组成编辑部。他们多数是兼职编辑,不坐班,在家里看书稿。他们有的是诗人,有的是作家,有的是科学家,有的是学者、教授,都是一些积极的民主爱国人士。李公朴在组建编辑部的同时,利用各种社会关系征求书稿,联系各地的书店为出版的新书找买家。他写信给留在重庆的沈钧儒先生,请他在重庆、成都、香港、上海组织书稿并联系发行的书店。

经过一番筹备,北门出版社终于在 1944 年 6 月的一天宣告正式成立。李公朴这天很高兴。李公朴特地在北门出版社门口放了一挂鞭炮。还在对门饭店订了一桌菜,把闻一多、吴晗、楚图南等十位编辑都叫上,开门的第一天,大家庆贺一下。

大家坐定后,李公朴代表出版社讲话。他说:"云南的出版工作较滞后，与风起云涌的抗战现状不相匹配，我们办北门出版社就是要改变这种滞后的状况，要加快步伐迎头赶上，为抗日，为民主建国多出书，出好书。希望大家共同努力，我代表出版社谢谢大家。”

大家吃得很开心。李公朴一展歌喉，一连唱了《义勇军进行曲》和《黄河颂》两首歌，气势磅礴，催人奋起。闻一多先生站起来，用京剧唱了一曲岳飞的《满江红·怒发冲冠》，那悲愤激越的声音响彻整个大厅。

大家不由自主地放下手中的筷子和酒杯。李公朴和闻一多的歌声，把大家的心带到了艰难困苦的抗日战场，大家沉浸在悲愤激越的氛围中，整个大厅没有一点声音。这次宴请名为出版社开门的欢庆，不如说成是战士出征的壮行酒。饭后，大家便投入到出版社紧张的工作中。

北门出版社出的第一本书是楚图南(笔名高寒)编译的《枫叶集》。《枫叶集》是楚图南选译英国惠特曼、德国陀劳尔等十多位著名诗人的诗汇编成的，全是歌颂战斗，歌颂新生活的作品，全书充满炽热的战斗热情和火热的青春气息。经过十多天的努力，五千本《枫叶集》印出来了。李公朴手捧着还散发着油墨清香的第一本书，内心有着说不出的兴奋，他对编译者楚图南说：“我们总算为西南地区的文化事业，做了点事。这些充满战斗激情的诗句，传到广大抗日战士的手里，必定会产生强大的力量，楚先生，谢谢你，你做了一件好事。”

楚图南说：“可惜时间紧了一点，书太薄了。再多选三十首就更加完美了。”

李公朴说："不要紧，你可以再译嘛，我们出第二本、第三本嘛。这样的好诗，多多益善。不过，楚先生，出版社初创，我们稿费付不了许多，只能表表心意，算是辛苦费。"

楚图南说："稿费就算了吧，不领了。我是出版社的编辑，有工资，一家人够开销就行了。稿费就捐给出版社吧。"

李公朴听了很感激，但还是坚持付一点稿酬。

仅仅两天，五千本《枫叶集》就被云南各地的书店抢光了。不少外地的订单还不断飞来，李公朴决定加印一万本，这才勉强满足了市场的需求。北门出版社一炮打响，在昆明产生了广泛的影响。8 月 25 日的《云南日报》还发了专门的报道。报道说：

> 本市一部分文学工作者及热心文化人士，鉴于战时出版事业日趋沉寂，为救济读书界精神食粮的恐慌，特集资创设北门出版社。目前正在大批编印新书，供给西南读者。其第一本为高寒先生选译之各国流亡诗人及爱国诗人之诗集《枫叶集》，已于日前出版，内容慷慨悲凉，不同凡响。

由于各方面的支持，全体编辑的努力，北门出版社运转正常，新书一本本的出版，其中有艾青的政治讽刺诗集《人民的歌》和《献给乡村的诗》，苏联名著《新时代的黎明》，茅盾、何其芳、曹靖华、闻一多、李何林等人执笔的《文艺的民主问题》，曾昭抡著的《大凉山考察记》等。出版社的影响力越来越大，引起了国民党特务的注意，他们加强了对图书的审查监督。开始的时候，国民党云南省党部图书审查处不过是照例发些禁书禁令的通知，现在不一样了，各种各样的刁难、挑剔、大块删改，甚至威胁接踵而来。按照规定，出版前，书稿要送审，批准后，才能印刷。北门出版社的书稿，依律送审，他们不是无理扣压，就是大面积删改，有的竟然删去近二分之一，不但面目全非，而且删得文句不通，根本无法出版。李公朴气得几次到图书审查处找处长交涉。曹靖华翻译的长篇小说《保卫察里津》，是俄国作家阿·托尔斯泰的代表作。张光年把这部书稿推荐给李公朴时说，这是一部很了不起的书，不管谁看都会激情万丈。果真是这样，李公朴原先只准备翻翻，没有想到读着读着就放不下了，竟然读了整整一夜，一直到把书看完才放手，而且激动不已。第二天一早，李公朴就把书稿送图书审查处审查。谁知道两个月还没有动静，催了几次，结果是不同意出版。后来，经过多方努力，才拿到《保卫察里津》的准印证。

李公朴组织出版社日夜轮番作业，二十多天后，一万册《保卫察里津》面世，此书一经发行便引起了轰动，很快成了畅销书，仅仅一周就销售一空，又连续加印几次，最后印到八万册，才满足市场的需求。闻一多先生组织了一批评论家，写了多篇推介、评论的文章，刊登在报纸杂志上。一时间，在西南地区形成一股争相阅读《保卫察里津》的热潮，而且一浪高过一浪，不断地向全国辐射。

在《保卫察里津》印出来的第二天上午，李公朴抽空去了一趟省政府，给龙云主席送去一本《保卫察里津》。龙云主席很高兴，他摩挲着手中的新书，对李公朴说："李先生，你开书店，办出版社，传播文化，激励抗日将士的斗志。你为我们云南做了一件大事。我要好好地感谢你。我还是那句话，今后你有什么困难，有什么事需要我帮忙的，请直接来找我。请放心，我全力支持你。”

李公朴笑着说：“谢谢，龙主席！有你这句话我心里就有底了。我可以放开手脚做了。”

李公朴十分关心青年，一直想为青年编辑一套小丛书，继承“五四”精神，宣传科学与民主，给青年人送上优秀的精神食粮，这是早年在上海办“读书生活出版社”时就有的想法，曾和柳湜、艾思奇等人探讨过，但没有来得及实施，他就被关进监狱了。现在出版社在昆明办起来了，他想及早把这套丛书编辑出来。在一次编辑部会议上，李公朴把这个想法提出来，征求大家的意见。大家都同意，认为这是很切合实际的选题。闻一多自告奋勇地说：“我对这个选题很感兴趣，我也是一直关心青年教育的。我自我推荐担任这套青年丛书的主编，李先生，你看，我够格吗？”

李公朴拍着手说：“好，好得很，有你这位大名鼎鼎的诗人、教授担任主编，求之不得。”

会上确定闻一多、曾昭抡和李公朴三人组成“青年小丛书”的编辑小组，闻一多担任主编。会后，三人专门开会作了具体的研究，制订了一个出版计划。按计划先出四本书：第一集是李公朴和曾昭抡合著的《青年之路》；第二集是《火箭与飞炸弹》，是曾昭抡根据国际上最新研究资料编写的；第三集是《民主浅说》，由曹伯韩编著，是闻一多约的稿；第四集是《民主教育之路》，是李公朴写的，阐述中国民主教育的根本出路。前三集一经出版，便在西南地区引起强烈反响,也都成了畅销书。第四集《民主教育之路》,李公朴刚刚把初稿写好,还没有来得及修改,就倒在敌人的枪口下了,成了未完成的遗稿。

一天,张光年对李公朴说,有个朋友托他请北门出版社翻印两本延安印制的书,一本是《论联合政府》,另一本是《新民主主义论》,两本书都是毛泽东写的。这两本书原来刊载在当时的《新华日报》上,轰动一时,争相传阅。但国民党政府千方百计控制、扣留,甚至把《新华日报》烧毁。印这两本书风险很大,一旦被特务发觉会有坐牢或被杀头的危险。张光年问李公朴这项业务接不接?

李公朴毫不犹豫地说:“接,为啥不接?这样好的书自然要印,不过要谨慎一点,这两本书不要送到重庆去印了,就在我们自己的小工厂印。不能让特务抓住把柄。”

为了斗争的需要,有时需要印刷一些宣传品,出版社在北门书屋附近的螺峰街上,成立了一个地下印刷厂,有三四个工人。

这两本书由张光年亲自负责,校对也由张光年自己校对,排字、印刷都挑选一位可靠的人在晚上十点钟以后进行,印好后立即送到北门书店的二楼,即李公朴住处,由李公朴、张光年、张曼筠、王吟青四人装订。

李公朴和张光年紧张工作了十天,终于圆满完成了任务。他们日日夜夜工作,很疲劳,似乎瘦了一圈,但心里很高兴,他们终于把毛泽东的思想广泛地播种到了祖国的大西南,他们坚信,毛泽东的思想一定会在大后方生根开花结果的。

李公朴很关心西南地区的教育,他曾去滇西、滇南的建水、石屏、个旧一带考察过教育，他发现青少年学生课外读物少得可怜。北门出版社运转正常后，李公朴和编辑们商量，想为青少年儿童编辑出版一本刊物。李公朴语重心长地说："我在考察滇南时曾经答应孩子们，如果有条件我要为他们筹划一本他们欢喜阅读的杂志，我这是在还债，还良心债。你们难以理解我当时的心情，我看到孩子手里捧读的书时，心里就不好受，我觉得自己不配做教育工作者。我们现在有条件编辑这本杂志了。我拜托大家一定把这本杂志编辑好，思想要科学健康，内容要正确充实，形式要新颖，一定要让我们的孩子们一翻开杂志就喜欢上它，爱读它。我们不能小看这本杂志，这是思想战线上的阵地战，争夺战，我们一定要把青少年儿童从封建思想体系中争夺过来。"

这本杂志定名为"孩子们"，杂志封面由李公朴亲自题写。一个月出一期，王吟青主动承担这本杂志的主编，后来由夏风接任。每期发行六千册，成为西南地区最受青少年学生欢迎的刊物。

李公朴为出版社辛苦奔忙，除了不参与具体编辑、校对外，其他杂务包揽一身。李公朴似乎成了身兼数职的"大管家"。他骑着一辆旧自行车，在昆明的石子路上奔跑，一会儿联系作者，一会儿给学生送书，一会儿去书店和老板洽谈，一会儿去市政府交涉，整天忙得团团转。他看到一本本新书送到读者手里，心里很开心，觉得浑身是劲。张曼筠一再提醒李公朴注意休息，有些事情交给别人干。李公朴说："你放心，我身体硬朗着呢，这一点杂事累不垮我。"李公朴叹口气说，"这些事我自己干，还不是为了节省几个人，减少成本，增加点利润？有的编辑，每月只领点生活费，主动放弃薪水，有的作者放弃稿酬，他们的精神很感人，可我心里不好受，我一心想增加出版社的利润，把那些应发的钱全部发给他们，不能让他们白辛苦。”

张曼筠说：“这些我都理解，不过你也要注意，你是我们全家的主心骨，你身体垮了，家里上有老下有小，怎么办？”张曼筠说得有点伤感。

李公朴一把把张曼筠揽在怀里，笑着说：“别说得这样伤心。没事，你先生牛一样壮呢。”说得张曼筠破涕笑了。

# 第二十八章　参加中国民主同盟

1943年3月10日，蒋介石抛出《中国之命运》的小册子，公然倡导“一个主义、一个党、一个领袖”，公开声明全国国民要“共同集中在三民主义的信仰之下，一致团结于中国国民党的组织之中”，国民党就是“一党专政”，就是“党外无党”，而且诬蔑中共的抗日军队和抗日根据地是“封建军阀割据，破坏统一，妨碍建设”，扬言要铲除这种“变相的军阀和新式的封建”。

《中国之命运》的出版，既是皖南事件等一系列反共事件的理论依据，也是为进一步反共释放信号。

近来，国际反法西斯战场的形势发生了根本性的转变，苏联红军在斯大林格勒保卫战取得胜利的基础上开始全线反击，并且节节胜利。美国军队在太平洋战场也不断取得胜利。国内国民党军队的正面战场依然不能反败为胜，仅仅几个月的时间，就丢掉了郑州、洛阳、长沙、衡阳。相反共产党在其领导的华北、华中、华南各根据地向日伪军发起反攻，不断取得胜利。照这样的形势发展下去，抗日战争胜利在望。抗战胜利了，中国向何处去？蒋介石决不会真心诚意地和中国共产党合作，一起建设新中国的。蒋介石抛出《中国之命运》,目的就是先在国民党内部统一思想,为进一步消灭共产党制造舆论。李公朴想到这些,感到浑身一阵燥热,他气愤极了。李公朴觉得应该站出来说话,这些话如鲠在喉,不吐不快。经过一番周密的思考,李公朴于10月10日——武昌起义纪念日挥笔写了一篇题为《民主与领袖的关系》的文章,深刻批判蒋介石的谬论。李公朴指出:"只有真正的民主,才能产生真正的领袖,才能保障民主精神。只有真正实行民主,才能避免领袖脱离大众的恶果。民主与领袖相依而不相背,毫无冲突之点。人人说民主,究竟有几人有民主精神,有民主修养,真正理解民主,理解民主与领袖的关系呢?"

1944年1月2日是沈钧儒先生的七十岁生辰。人生七十古来稀。李公朴想送礼表示诚心诚意的祝贺。这礼品既要有意义,又要高雅,拿得出手。一天吃饭时,李公朴和张曼筠商量此事,还是张曼筠有办法,她指指父亲说:"沈老不仅是你的朋友,也是爸爸的老朋友,我也十分敬重他,这份大礼应该我们三人合送,对不对?"

李公朴完全同意,一家两代人合送很有意思,送什么呢?

张曼筠调皮地笑笑说:"当然是我们的拿手好戏了,我和父亲合作一幅寒梅图,你题词,写一首梅花赞,不就行了。不过这碗筷洗刷就只能劳驾相公了。"

坐在一旁的父亲首先赞同,李公朴也笑着举双手赞同。李公朴收拾完碗筷来到画室,岳父张筱楼的红梅已经画好:临水边一棵老梅树斜向水面,疏疏的枝条凌驾在水池上面。枝条上盛开着一朵朵鲜红的梅花,很艳丽。李公朴脱口赞道:"老梅发新枝，朵朵鲜花俏枝头。好，把沈老老而弥笃的革命精神画了出来，爸不愧是名家高手！”

张曼筠正埋头在梅树的根部画一块山石，抬起头对李公朴说：“这块坚石怎么样，有没有把沈老坚强的品格体现出来？”

“你这块山石吗？”李公朴故意沉吟了一下，说，“好是好，不过与老泰山的梅花比起来，稍欠火候，不够老辣，同志仍须努力！”说着自己忍不住笑了起来。

张曼筠白了李公朴一眼，说：“你呀，你呀，处处欺侮人，你当心点。”说着也笑了起来。

寒梅图画好了，轮到李公朴题诗了。李公朴早已成竹在胸，他抓起笔，稍思索一下，便在画幅的空白处，挥笔写了一首赞红梅的诗：

在寒冷的时代，
生长在寒冷的季节，
开放在冰雪封锁的地带，
吐泻出圣洁的芬芳。

且苦撑过残冬将近，
要呼唤他阳春来临，
不惜我盘根错节，
还抖擞起少壮精神。

这首诗用红梅喻沈钧儒先生，充分抒发了李公朴对沈老的赞颂、思念和祝福的深情。

李公朴放下笔，高声地朗读一遍，岳父和张曼筠都说好。李公朴还觉得意犹未尽，心中还有话要说，见画幅上还有空白处，便又拿起笔在诗旁写了一篇《后记》：“衡山先生生平奔走国是，心力交瘁，今值先生古稀之庆，而国运又适在最艰苦阶段中。云山遥阻，遏胜依依，引领蜀道，觉其节弥高，其志弥坚。岳父筱楼先生因写梅以像其德，内子曼筠写石以状其坚，绘成后，我题数语，聊志恋慕之忱云尔。民国三十二年十二月二十一日。”

第二天，李公朴把这幅寒梅图送到裱画店，装裱好后，托人带到重庆，赶在沈钧儒先生生日前送给沈钧儒。沈钧儒接到这份礼物十分高兴，十分珍惜。12 月 21 日，重庆文化界、妇女界和各党派负责人共四百多人，举行盛大的茶话会，祝贺沈钧儒七十岁寿辰。沈钧儒当众展示了这幅寒梅图，高声朗读了李公朴的题词。会后，他把这幅寒梅图挂在自己的书房里，抗战胜利后，沈钧儒回到上海，仍把这幅寒梅图带到上海挂在书房里。

中国民主政团同盟成立于 1941 年 3 月，是以“政团”集体的形式组织起来的。半年后沈钧儒带着救国会加入了政团同盟，救国会也成了政团同盟的一个党派成员。1944 年，中国民主政团同盟在云南昆明成立第一个地方组织——昆明支部。最初昆明支部只有七个人，他们是罗隆基、潘光旦、潘大逵、周新民、杨怡士、李公朴和唐筱冥。李公朴被选为执行委员。李公朴热心盟务工作，积极培养发展各界进步人士参加组织。根据盟规，中国民主政团同盟只能吸收“政团”参加，不能发展个人会员，这样就把一大批爱国民主人士关在大门外了。李公朴积极主张突破

"政团"的限制,吸收大批个人入盟,扩大民主同盟的社会基础。在支部的执委会会议上大多数人赞同李公朴的意见,因此昆明支部在没有得到重庆总部明确表态前就突破"民主政团同盟"的清规戒律,发展了一大批进步的教授、爱国民主人士和社会名流了,如昆明文化界和教育界的知名人士吴晗、闻一多、楚图南、冯素陶等相继入盟,就连云南省省主席龙云、云南省宪兵司令部副官长永达夫也成了民盟的秘密盟员。这些人入盟,扩大了支部的组织范围和社会基础,有力地推动了昆明地区民主运动的发展。

1944 年 9 月,中国民主政团同盟在重庆举行全国代表会议,通过昆明支部的提案,"中国民主政团同盟"取消"政团"两字,正式改名为"中国民主同盟",团体会员制也改成个人参加制。11 月,昆明支部召开全体盟员大会,决定将昆明支部改为云南省支部,李公朴、闻一多、潘光旦、费孝通、楚图南、吴晗等被选为执行委员,罗隆基当选为主任。云南省支部决定创办机关刊物《民主周刊》,李公朴选为编委。

9 月 15 日,国民参政会三届三次会议在重庆召开,中共参政员林伯渠代表中国共产党在大会上发言,正式提出"废止一党专政,建立联合政府"的主张。

中国共产党建立联合政府的主张,受到全国人民的热烈拥护。

1944 年 10 月 10 日,辛亥革命三十三周年纪念日来临,李公朴在民盟云南省支部执委会会议上,提出和昆明的几所学校联合召开一个群众性的纪念大会,呼应中共"建立联合政府"的号召,同时扩大民盟的影响,得到执委会一致赞同。闻一多说:“李先生出了一个好主意,纪念‘双十’节,当局找不到反对的理由吧?我们着重阐述当前纪念辛亥革命的意义,就是发扬辛亥革命的革命精神,反对一党专政,建立联合政府,把抗日战争进行到底。”

李公朴说:“闻先生把纪念会的主旨说清楚了,我们就是要按这个主旨去力争,整个议程,既要把辛亥革命的革命精神讲透,也要把一党专政的弊端讲清楚,让与会者都明白。不过我们不能太乐观,现在昆明的特务很嚣张,他们不会让我们安安稳稳开会的,我们要有思想准备。”

李公朴提出来请工人或学生成立一个纠察队,主要任务是维持会场秩序,防止特务破坏。闻一多和吴晗商量一下,主动承担起组织纠察队的任务。闻一多说:“西南联大学生会很活跃,我们两人都有学生在学生会里工作,请他们组织纠察队应该没有问题。”

会议还对谁在纪念会上讲话,讲话的重点以及谁主持会议做了详细的研究,因为这是民盟在云南第一次大规模的群众性活动,只能成功,不能失败。李公朴主动要求担任大会主持人,他说:“大会的主持人,我来吧。我的声音响亮,不用麦克风,三四千人的大会,也能让每个角落都听清。谁要来破坏,我一声吼,特务吓得抖三抖。”说得大家都笑了。

李公朴怕特务破坏,请求龙云主席派警察维持秩序,确保会议召开。龙云主席一口答应了李公朴的要求。

10月10日当天,李公朴一早就来到会场——昆华女中操场。谁知闻一多、吴晗他们带着西南联大近千名学生已经到了，正在司令台正面的操场上整队，席地而坐。佩带红袖套的纠察队员散布在会场四周，指挥进场的云南大学、中法大学相关人员以及云南省文化界人士按照指定的区域坐在草地上。八点不到，到会的人数已突破五千，还有不少群众陆续进场。李公朴站在主席台上向下看去，黑压压的一片，大家端坐着，等待会议的开始。为了活跃会场气氛，李公朴指挥各个学校拉唱抗日歌曲，顿时"起来，不愿做奴隶的人们，把我们的血肉筑成我们新的长城……"嘹亮的歌声响彻云霄。联大的《义勇军进行曲》刚刚唱完，中法大学的《松花江上》便齐声唱响，中法大学刚刚唱完，云南大学的《长城谣》便开始了，一首首抗日歌曲，此起彼落，激越、悲壮，给纪念会场平添了特殊的气氛。八点二十分，一队警察来了，他们分散在会场四周巡视，带队的一名警官对李公朴说，他在司令台附近，有什么吩咐请找他。会议八点半正式开始。李公朴庄严地站在扩音机前，大声宣布："同学们，盟员们，朋友们：由民盟云南支部和西南联大、云南大学、中法大学等几所学校联合举办的辛亥革命三十三周年纪念大会现在开始。今天的纪念活动是在国际反法西斯战争取得节节胜利，而我们抗日战争的正面战场依然毫无起色，大西南面临着沦陷的危险关头召开的，意义十分重大。下面请西南联大的闻一多教授讲演。"

在热烈的掌声中，闻一多来到扩音机前，闻一多讲演的题目是《组织民众与保卫大西南》，闻教授也是著名的演说家，他讲得激昂慷慨，声情并茂，时而高举右手，凌空劈下，加强语势，数千听众屏息聆听，偌大的会场没有一点声响。突然会场中传出

“轰，轰”两声巨响，有人惊呼“手榴弹，手榴弹爆炸了，快跑!”会场秩序大乱，有人奔跑，有人怪叫。李公朴意识到这是特务在捣乱，他站在主席台上镇定地指挥纠察队员维持好会场秩序，他对着扩音喇叭说：“请大家不要慌，安静，原地坐下。这绝不是手榴弹，我当过兵，我知道，估计是爆竹。这是敌人搞破坏……”

李公朴话还没有说完，突然两个大汉冲上主席台，一把揪住李公朴就打，站在旁边的闻一多冲上去保护李公朴，头上也挨了一拳。台下七八个学生冲上主席台保护李公朴，有三个学生被打倒。主席台附近的警官见状立即指挥附近的警察冲上主席台，那两个大汉见警察上来，立即跳下台，钻入人群，逃之夭夭。李公朴衣服被撕破了，头上被打伤，出血了。闻一多、吴晗、楚图南等劝李公朴赶快去医院。李公朴从口袋里摸出手帕，擦擦脸上的血迹，说不要紧，就转过身，面对与会群众说：“刚才大家都看到了，特务千方百计破坏，不让我们纪念辛亥革命，我们决不能让他们的阴谋得逞，请大家安静下来，各就各位。下面请闻教授继续讲演。”

会场上很快安静了下来，秩序井然。经过刚才一阵扰乱，参加会议的人没有少，反而增加了不少。闻一多讲完了，接着楚图南讲了《言论自由与身体自由》，吴晗教授讲了《中苏邦交与国共问题》，罗隆基教授讲了《改革政治的方案》。通过这些具体问题的报告，与中共的主张遥相呼应。

李公朴最后一个讲演，他讲演的题目是《改善士兵生活与当前政治问题》(公开发表时改为《改善士兵生活》)。李公朴开门见山地说：“有谁知道我们抗日正面战场上为何节节败退？是日本鬼子法力无边吗？不是！是中国人民抗战不力吗？也不是！而是我们抗战阵营中存在着许多严重的腐败问题。这些问题一天不解决，抗战胜利一天不会来到。”接着他话锋一转，着重讲抗日战士的生活待遇，竟差到令人发指的地步。李公朴引用第四届国民参政会褚辅成老先生“关于改革士兵生活”提案中的材料加以阐述。李公朴说：“请允许我读一段褚老先生提案中对士兵生活的描述：‘军粮规定每人每日二十六两，本可够食，因自军需局至特务长，层层克扣，量已不足，犹复故意掺石，并缩短吃饭时间，限制吃饭碗数，使其咸有饥而不得果腹，食而不能下咽之苦。甚有因先盛一次，或多吃一碗，竟被长官调至公开场所，任意打骂，侮辱不堪’。”

李公朴泪流满面，哽咽着读不下去，许多听众也泪盈满眶，许多女士发出呜呜的哭声。李公朴让自己的情绪平静一点，用手帕擦擦眼泪，继续朗声说：“够了，够了！这难道不是一幅惨绝人寰的图画吗？有人也许要说这是部分参政人员的夸大其词。下面我再读一段4月16日昆明《中央日报》所载国民政府军事委员会颁布的《改正新兵征补弊端》中的一段：‘……（三）侵吞教育医药草鞋行军各费；（四）侵吞（限制）（掺杂克扣）军粮，不顾士兵饱饿，任令由饥致病；（五）迟发薪饷挪款经商；（六）兵无被服，（盗卖）（调换）欠发不顾士兵寒暖，任令由冷致病；（七）侵蚀医药费，不医不药，不顾士兵疾病卫生，任令由病致死。’”

李公朴义愤地说：“这还不能说明问题吗？我们可爱的士兵，为保卫国家浴血奋战，却遭如此的待遇！这公平吗？合理吗？士兵的生活待遇，一直得不到改善。我想根本的方法是要改组目前的政府。(注意:是'改组'不是'推翻')实行民主政治,给士兵以说话的权利和合法的保障。"

李公朴的报告巧妙地借用国民参政员和国民党官方颁布的材料,充分揭露了抗日士兵的惨状,一针见血地说明了抗日正面战场节节败退乃至造成目前黔、川、滇危局的真正原因,明确地提出了改组国民党政府,实行民主政治的主张。

李公朴的讲演赢得了与会者一次又一次的热烈掌声。接着是闻一多宣读大会宣言。大会宣言是由罗隆基起草,闻一多和李公朴反复修改誊录的。宣言强烈要求"国民党立即宣布结束党治,还政于民"和"立即召集国是会议,组成全民政府";提出"新政府的人选应包括全国各党派之代表及全国无党无派才高望重的人"。与会者一致拥护宣言,以长久的热烈掌声通过宣言。

会议结束后,李公朴指挥大家上街大游行。他和闻一多、吴晗、楚图南手拉手,走在队伍的最前头,不断地高呼"保卫大西南!""还政于民,组成人民政府!""将抗日战争进行到底!"等口号。

李公朴游行结束回到家,张曼筠见他脸上一大块紫块,衣装的下摆也撕裂了,很心疼,赶紧扶他到沙发上休息,埋怨他说:"挨打了,也不晓得学个乖,避一避,总是一个劲儿往前冲。怎么样,吃苦了吧?快躺下歇歇。"

"不用,不用。这点伤算啥?我一点也不累,也不感到饿,只感到浑身是劲。你没有在现场,虽然特务处心积虑地破坏,不让纪念会开成。但大家很齐心,会场很快就平静了,真正感人。这就是民心的力量,民主的力量。”

张曼筠苦笑着说:“你像个大孩子,真拿你没有办法。”

李公朴笑了。

这次辛亥革命三十三周年的纪念活动在大后方产生了很大影响,重庆、成都、贵阳等地纷纷响应,举行隆重的纪念活动,一致表示要跟着昆明的巨浪前进!

12 月 25 日,是云南护国运动三十周年纪念日。三十年前云南人民高举义旗,通电全国反对袁世凯称帝,反对袁世凯反民主搞独裁,成为全国的表率。在纪念日来临的前夕,当局突然发出通告,一律禁止举行护国纪念活动。因为现在也是独裁统治,纪念护国活动一定会让人联想到当今社会的现状,当局也是做贼心虚罢了。但人民群众的爱国浪潮是禁止不了的。组织这次纪念活动的重担自然而然地落在了民盟云南支部的身上。

会场设在云南大学的操场上,与会群众六千多人。李公朴、闻一多、吴晗以及护国运动的元勋黄斐章、白小松等组成主席团。李公朴担任总指挥。白发苍苍的护国元勋黄斐章首先讲话。他站在扩音机前问台下:“反对袁世凯独裁,三十年过去了,现在国家好像又回到三十年前,怎么啦,难道袁世凯还没有死,回来了?”

台下几千张嘴齐声回答:“是的,袁世凯没有死,又回来了。”

台上的闻一多说:“袁世凯阴魂不散,三十年后的今年仍然要反独裁,仍然要争民主!”

李公朴也插话说:“不断扩大民主运动,从我们昆明开始!”

台下又是一阵狂热的鼓掌声。

接着，闻一多、吴晗、白小松等相继发言。他们痛斥窃国大盗袁世凯的罪行，称颂蔡锷将军护国运动的功勋；一致要求弘扬护国的不朽精神，反抗蒋介石专制独裁，建设中国的民主政治。会后，与会人员举行规模盛大的游行。李公朴和闻一多、吴晗等精神抖擞，高喊“打倒专制独裁，实行民主政治”等口号，一直走在游行队伍的最前列。

李公朴和民盟云南支部在一起，连续成功举办了两场纪念活动，震惊当局，国民党云南省党部立即呈文给国民党中央组织部部长陈果夫：“演讲内容，均系反对本党及攻击现政府之荒谬……极尽狂妄之言词。”国民党特务，从此紧紧地盯上了李公朴、闻一多等民盟领导。

1945 年春的一天，国民党中将、复兴社头目刘健群突然来到昆明，派人送信给李公朴，说第二天要到北门书屋看望李公朴。李公朴和刘健群素无交往，为什么会从重庆特地赶来看望？李公朴百思不得其解。但他知道夜猫子进宅不会有好事。如何应对，李公朴拿不准。晚饭后，他把张光年约来，请到书房长谈。近年来，李公朴每每遇到难以抉择的事情，爱和张光年商量。他早知道张光年是中共人士，张光年的意见，一定程度上代表中共的意思。许多事情按照中共的意见去做，李公朴感到踏实，充满信心，也少出偏差。

李公朴把特务头子刘健群明天要来拜访他的消息告诉张光年，然后说：“大概是在 1937 年，我从华北、华东战场考察回来，到南京会见一些国民党军政要员，商讨建立抗日民族统一战线，开展抗战教育等问题，记得由何应钦的介绍也和刘健群见过一面，那时刘健群还是小角色，名气不大。由于话不投机，不欢而散。从此就没有一点联系，现在却要从重庆专程赶来看我，不知为何？光年，你分析分析。”

张光年想了一下，说：“民盟一连搞了两个纪念活动，影响大了。蒋介石在重庆睡不着觉了，派特务头子过来无非是灭灭火，不让昆明的民主潮流蔓延。”

李公朴说：“我想也是的，但这股潮流是阻挡不住的。刘健群是痴心妄想。”

张光年说：“刘健群可不是当年的小角色了，他是老牌特务，复兴社的元老，是蒋介石十分倚重的人。狡猾得很，他会变着法子达到他的目的，但他不会把目的明确告诉你，明天你要当心，不要被他的表象迷惑。”

李公朴说：“我心里有数，此人很阴险，一肚子的鬼点子。当年我要宣传建立抗日民族统一战线时，他却一再劝我去南京做官，勿要做客串工作。对统一战线不置一词……”

张光年插话说：“对了，明天他很可能拉你去重庆做官，千方百计让你离开昆明。一旦你离开了，昆明的民主运动就不会这样兴旺了。这是釜底抽薪的办法。”

李公朴说：“这的确是一个恶毒的手段。他哪里知道我是不愿做官的，我也不会离开昆明。再说昆明民主运动高涨也不是我一个人的功劳，是大家努力的结果。”

李公朴和张光年说得很投机，不知不觉已近一点钟，张光年才告辞，回到街对面的出版社办公室兼宿舍的房间。

第二天上午九点多，刘健群一身便装带着两个警卫人员来了。李公朴在客厅兼饭堂的堂屋接待他。刘健群对李公朴说：“公朴兄，我们也算是老朋友了。离上次见面有七八年时间了，公朴兄还是那么有精神，身体还是那么硬朗，小弟就不行了，年纪没有你大，头发都花白了，视力也差多了。”

这时，张曼筠给刘健群泡了一杯茶。刘健群喝了一口，连连摇头，说：“这是什么茶，太差了。”说着，对门口的警卫说，“去，把汽车里两包茶叶拿来，让公朴兄尝尝新，是特级雨前，新茶上市委员长差人送来的。今天特地带来给公朴兄尝尝”。

李公朴赶忙伸出双手阻拦，说：“别，别麻烦。君子不夺人之爱，是刘将军的心爱之物，我是无福消受的。”

刘健群说：“公朴兄，说哪里话，别见外，小弟带点茶叶来怎么了？小弟是诚心诚意的。”

李公朴说：“刘将军从重庆赶来，不光是来叙友谊的吧？有什么事，请直言。”

刘健群说：“那好，我知道公朴是直爽人，我是受委员长的差遣，特地来请公朴兄去重庆任职的。我们的委员长思贤若渴，想请公朴兄去教育部任职，把党国的教育好好整顿一下。怎么样？可以让公朴兄一展宏图吧。”

李公朴笑着说：“官还不小嘛，蛮诱人的。抱歉，我对当官素来不感兴趣。刘将军可能不知道，我从美国留学回来，不少人劝我留在南京做官，我要做官那时就做了。刚开始成立救国会那时，蒋委员长专门请我们去南京，亲自和我们谈，许以高官，我们也婉拒了。我的志向是搞文化事业，实实在在做点事，不说空话。”

刘健群："我劝你还是听从委员长的安排为好。"

李公朴说："实在抱歉，请刘将军谅解。"

刘健群说："留在昆明不安全，当局也无法保证你的安全。"

李公朴说："谢谢你的关心，我的事业在昆明，实在不想离开。"

刘健群带着威胁意味的口气说："你拒绝委员长的安排，坚持不去重庆，我回去也不好交代呀。"这是一句暗含杀机的信号，说完站起来就走。李公朴见两包茶叶还在桌上，便喊住刘健群说："刘将军请留步，两包茶叶请带上。这样高档的茶叶我消受不起。"

刘健群的警卫抓过茶叶，跟着刘健群就出门上车走了。

刘健群不会轻易认输，见利诱不行，便指使昆明三青团到云南大学等学校散布流言蜚语，还在校园内张贴大幅标语，说什么"李公朴答应蒋委员长的邀请，即日赴渝高就教育部长""李公朴背叛民盟，充当党国走狗""李公朴为了取悦于当局权贵，不惜污化民盟领导闻一多、吴晗等教授"。一些小报也推波助澜，刊登这方面的消息。一时间闹得春城满城风雨，流言蜚语满天飞。李公朴听到这些流言，看到一些小报的报道，一笑了之。他想，刘健群的手段也不过如此，无非是想用谣言逼我离开昆明而已，谣言不能替代事实，随着时间的推移，谣言会不攻自破。李公朴根本不把这些谣言当作一回事。谁知李公朴那些耿直、赤诚的朋友不这样想，他们信以为真了，为此李公朴心里很不痛快。

还是张光年安慰李公朴，并向李公朴那些朋友解释，说清楚了原委。经过这一次考验，李公朴和闻一多几个朋友结成了并肩战斗、始终不渝的生死战友。

那天,张曼筠弄了几个可口的小菜,几个老朋友在书房里喝了一点酒,用了晚饭才离开。李公朴特意让张光年留下来,又深谈了一次。李公朴放下手中的烟斗,沉思着对张光年说:“我从昨天开始,一直在思考一个问题,为什么老蒋不找别人而找我?为什么老朋友怀疑我而不怀疑别人?近来我反复读了你们共产党的《整风文献》,共产党人个个进行自我批评,严格解剖自己,我自愧不如。从我自身找原因,我想有两个原因:一是我好交友。我朋友很多,也很杂,各方面的人都有,从当局高官到最贫苦的老百姓,三教九流都有,这固然与我做统战工作有关,但也容易被人误解,被人认为有‘江湖气’‘社会关系复杂’。这点,我是有责任的。二是我虽生在贫苦人家,但一直在教会学校读书,受西方文化影响较大,生活要求也高,出门衣服常是西装、领带、皮鞋。应该说小资产阶级情调比别人浓。生活也远比闻一多教授他们好,个人主义也比别人浓,容易让敌人钻空子。这些方面,我今后要多注意,尤其要多作自我批评,也希望你经常给我提个醒。毛泽东先生说一个篱笆三个桩,一个好汉三人帮嘛。你要多帮助我啊。古人说人生得一知己,可以无憾,我把你看作是我的知己。知己者就要多给我批评。”

李公朴严格要求自己的态度,让张光年深受感动。

# 第二十九章　站在反内战的前列

李公朴参加民盟全国代表会议后，暂时留在重庆工作。他时常关心昆明的朋友，天天翻阅昆明的报纸，了解昆明民主运动的动态。由于大家的努力，昆明已成为全国公认的民主堡垒，民主的呼声一浪高过一浪。李公朴心里明白，这与云南省主席龙云的暗中支持是分不开的。蒋介石心里也明白，要摧毁这座民主堡垒，必须先把龙云搞下台。抗日战争胜利了，蒋介石玩了一个把戏，以去越南接受日寇投降的名义，把龙云手里的部队全部调往越南，架空龙云，然后让警备司令杜聿明搞突然袭击，宣布撤销龙云云南省主席兼绥靖主任的职务，调往重庆中央军事委员会任职，实际上明升暗降，把龙云软禁在重庆。龙云暗中托人给李公朴送去一封信，告诉李公朴自己的处境，要李公朴转告昆明的革命同志，提高警惕，当心蒋介石的屠刀。果然不出龙云的意料，没出几天，昆明爆发了“一二·一”惨案，震惊世界。

1945 年 11 月 25 日晚上，昆明西南联大、中法大学、云南大学等大中学校师生，青年职工和社会人士共六千多人，在西南联大的草坪上集会，举行反内战的时事报告晚会。由闻一多、吴晗、张奚若、潘大逵、费孝通、钱端升等教授作了反内战、反独裁、争取和平民主的讲演。国民党军警特务千方百计地进行破坏，他们一会割断电线，一会在会场周围放枪放炮，进行威胁。会场依然秩序井然，没有电灯，大家点起了汽油灯；枪声大作，只当耳边风，会议继续召开，群情更加激奋。最后会议通过了《昆明各大中学全体同学致国共两党制止内战的通电》和《呼吁美国青年反对美国参加内战的通电》。会议结束后，许多从城里赶来开会的人无法返回城里，因城门关闭了，他们只得在寒冷的荒野等到天明。第二天，昆明学联组织全市三十多所大中学校举行反内战的总罢课。学生走上街头散发传单，向市民宣讲国民党政府蓄意破坏和平挑起内战的种种罪行。整个昆明“反内战、争民主”的热浪，不断向全国扩展。

12 月 1 日，新任云南省警备司令关麟征，派出大批全副武装的军警特务，冲进联大、云大、南菁中学等罢课学校，抢劫财物，捣毁教具，殴打师生，甚至用手榴弹炸学生。南菁中学教师于再、联大学生李鲁连、联大师院女学生潘琰、昆华工校学生张华昌四人被活活打死，打伤学生六十多人。这便是昆明“一二·一”惨案。

李公朴看到这条消息，非常震惊，也非常痛心。他意识到，这是当局蓄意破坏“双十协定”的暴行，也是血腥镇压民主运动的危险信号。事态非常严重，如果不抑制，事态将会进一步恶化。李公朴立即赶往沈钧儒家，和沈老商量对策。沈钧儒正在书房里执笔书写昆明四烈士的挽联：

反内战为全国人一致要求，谁杀青年，后死者有组调查团必要；

今日话王驸开当年故事，诚堪痛恨，手榴弹竟视水龙头何如。

沈钧儒用挽联表达哀思和愤慨，见李公朴进来，便放下笔悲愤地说："那帮东西毫无人性，竟敢对手无寸铁的学生开枪、掷手榴弹！当年段祺瑞制造'三一八'惨案用的是警棍和水龙头，蒋介石屠杀学生，竟用上机枪、手榴弹，比段祺瑞有过之无不及！"

李公朴说："当局公然破坏'双十协定'，是挑起内战的信号。我们重庆不能无动于衷，要全力声援昆明人民的爱国民主运动。"

沈钧儒说："我们重庆当然不能沉默不作声，你来之前我已向民盟中央常委会建议召开常委会和执行委员会联席紧急会议，具体部署声援活动。重庆是天子脚下，特务军警控制得更加严密，组织工作更加艰巨。"

李公朴说："我是民主教育委员会副主任委员，跟学校接触较多，在青年和学生中有许多朋友，我请他们帮忙。我们要把追悼活动搞得有声有色，给昆明强有力的声援、让当局明白反内战、争民主是全国人民一致的心愿，是镇压不了的。"

沈钧儒完全同意李公朴的做法。

李公朴离开沈钧儒家，直接去了民盟青年支部负责人罗涵先家，罗涵先是新当选的民盟中央委员，同时兼任重庆民盟的主委。他一见到李公朴，就向李公朴建议以民盟的名义向当局发表抗议书。李公朴说:“这些人老奸巨猾,仅仅发发书面抗议已不起作用了,只有广大群众站出来斗争,才有可能争取到一些民主斗争的成果。我们要把重庆的广大群众充分发动起来,为死难者召开追悼大会。”

罗涵先完全赞成召开追悼大会的主张,他说:“对,召开全市的追悼大会,给四位烈士公祭。用公祭进一步擦亮群众的眼睛,用我们山城的吼声声援昆明的群众。”

李公朴建议罗涵先在青年中做发动工作,争取更多的人站起来声援昆明。罗涵先一口答应,他说:“没有问题,大多数重庆群众是分得清是非的,都是一致反对内战、争取民主的。他们知道‘一二·一’惨案真相都十分气愤。”李公朴叮嘱罗涵先一定要注意安全,重庆的军警特务非常猖狂,我们的追悼活动没有公开之前一律保密。李公朴离开罗涵先家又去了中国劳动协会,和《中国工人周刊》编辑部的潘天青等人商量如何以实际行动支援昆明的斗争,让他们发动重庆的工人站起来斗争。李公朴回到住处已经很晚了,因为张曼筠他们仍在昆明,没有搬过来,晚饭要自己动手,他简单地下了一碗面条,吃了之后躺在床上。眼前老是晃着躺在血泊中的四位青年人,他便起来,执笔写了一副挽联:

耍独裁残杀学生之政府从来没有好结果;
反内战代表人民的公意不久一定会成功。

这副挽联一针见血地揭示了昆明“一二·一”惨案的本质,

也表达了李公朴对未来的坚定信念。写完后,李公朴反复琢磨,觉得这副挽联并不能把他内心深处要表达的意思完全表达清楚,于是又展开白纸另外写了一副挽联:

四位民主战士你们死去你们永远不会死去;
一群专政魔鬼他们将来他们已经没有将来。

李公朴放下笔,觉得两副挽联合起来才能完全表达自己的心意。时候已经不早了,他想该睡了,可是依然没有睡意。他不知不觉想起留在昆明的爱妻张曼筠。昆明白色恐怖严重,不知道张曼筠和一对儿女怎么样了?开完民盟第一次代表大会,李公朴应邀暂时留在重庆,和沈钧儒、宋云彬一起创办《民生生活》周刊,当时沈钧儒就建议他把昆明的家搬到重庆来,李公朴没有同意,一则是昆明有他创办的事业,无论是北门书屋还是北门出版社经营得都很好;二则是一对可爱的儿女都在校读书,不宜中途转学。女儿张国男在昆明郊区的西南联大附中读书,离家较远,住宿在校,当时选择这所中学,就是因为学校民主空气浓厚,也为了锻炼女儿独立生活的能力。儿子李国友在北门小学读书,离家较近,也是一所好学校;三则在昆明,李公朴有一批肝胆相照的朋友,李公朴舍不得离开他们,这是最主要的原因。李公朴打算等《民生生活》编辑部建立健全,销路打开后再回昆明去,和昆明的朋友闻一多、吴晗、费孝通、张光年等人共同战斗。也不知道闻一多他们现在怎么样了。李公朴清楚,白色恐怖越严重,环境越艰苦,闻一多他们的斗志会越坚定,此时此刻李公朴很为他们担心。想到这里,李公朴便执笔写了两封信,一封信给张曼筠,另一封信给张光年和闻一多。写好信,李公朴才上床睡觉,没有几分钟便鼾声大作。

第二天下午,李公朴参加民盟中央常委会和执行委员会紧急联席会议,着重讨论如何声援昆明的"一二·一"惨案。大多数与会者义愤填膺,主张立即召开群众大会声讨当局的罪行,呼吁全市群众起来反内战、反独裁、争取和平民主。但也有几个人反对搞游行集会,主张派代表和当局交涉,提出抗议。李公朴一针见血指出这种交涉抗议的做法是书生气十足的表现,没有看清当局搞独裁反民主的实质。他说:"交涉、抗议,是没有用的。不光是现在没有用,早在抗战开始阶段就已经没有用了。当时我们也派代表和当局交涉,当局不是不理睬,就是敷衍了事。只有把群众发动起来,举行集会大游行,才能给当局造成影响,同时借集会游行,可以教育广大群众,让他们认清当局打内战反民主的本质。"

由于李公朴、沈钧儒、史良、罗涵先等人的坚持,联席会议做了两天后召开大规模的"追悼昆明'一二·一'死难师生大会"并举行"公祭"的决定,成立筹备小组,由李公朴任组长,具体负责大会的筹备。时间很紧,散会后,李公朴立即召开筹备组会议,分工分片联系群众。为防止军警特务的破坏,会场的地点暂不公布,在开会前口头通知。

经过两天的紧张筹备,12 月 9 日,"陪都各界公祭'一二·一'昆明死难师生大会"在长安寺举行。主席台上挂着四位死难烈士的戴着白花的遗像,遗像下面是一排各单位送的花圈。主席台两旁是挽联。到会的群众三千多人。会场四周是佩戴红袖套的纠察队员，是由李公朴特意挑选的青年工人组成的。李公朴担任主祭人。公祭开始，李公朴站在主席台上敞开嗓子，悲愤地说："今天，我们陪都人民在这里沉痛祭奠昆明'一二·一'中惨遭杀害的四位师生！他们在昆明仅仅表达了全国人民共同的心愿——反对内战、争取和平民主，这有什么错？却遭此毒手。他们是为我们国家的和平民主献身的，是我们的先驱。我们要牢牢记住他们，先从陪都各界公祭开始！"

全体与会者随着李公朴的口令向四位遇难师生三鞠躬。会场庄严肃穆，大家低着头，默默地站着，没有人说话，也没有人咳嗽，静寂得如无人之境。接着是各民主党派和人民团体的代表上台主祭并发表演讲。沈钧儒首先代表救国会上台主祭，他说："要为民主在中国实现而奋斗，我们就要继续反内战，要踏着已死的先烈的血迹前进！"他还口占一首诗，题为《献给生者和死者》：

血洒昆明市，心伤反战年。
座谈谁有罪，飞祸竟从天。
魑魅食人日，鸱枭毁室篇。
防川终必溃，决胜在民权。

接着，郭沫若、邓民初、柳亚子、罗隆基、刘清扬、章乃器等相继上台主祭，讲话。他们强烈地谴责国民党当局屠杀师生的滔天罪行。

公祭活动期间,有十多位全副武装的警察来会场转了一下,见会场秩序井然,与会者情绪激昂,便悄悄地溜走了。

应重庆各界的强烈要求,公祭活动又延续两天,人山人海,群情激奋,约有一万多人前来祭奠。在国民党统治的核心地区,掀起这么大的反内战、反暴力、争和平、争民主的浪潮,还是第一次。这次公祭活动有力地声援了昆明的斗争,同时也让重庆广大市民进一步认清了国民党当局的本质。

连续三天公祭,李公朴都到场。公祭结束,李公朴回到住处,十分疲劳,但他没有躺下休息,他饮了一杯水,抽了一支烟,静静地思索一会,便摊开稿纸,执笔写了一篇题为《从世界看"一二·一"惨案》的文章。这几天来,李公朴一直在思考一个问题:造成"一二·一"惨案的真正原因是什么?这篇文章便是他思考的结果。李公朴没有就事论事,而是从全世界反侵略、反独裁的角度来探索惨案发生的真正原因。他说:第二次世界大战取得了胜利,但"在西方,希特勒虽然死了,戈林等辈虽然正受着审判,而德国英美军占领区,或则有不少纳粹武装力量,或则纳粹余孽还明目张胆地在活跃。在东方,近卫虽然死了,东条之流虽然正坐在大森战犯囚牢里,等候审判,而麦克阿瑟元帅'宽大',实际就保存着一个原封不动的日本法西斯体系"。所以"不论在西方或在东方,法西斯的残余力量还不少。法西斯的思想,还潜伏在这个角落,那个角落,还若隐若现地在这儿在那儿闪光"。在国内,"明明白白摆在我门面前的是:除掉已有人民政权的地方,到处都是一块黑压压的世界,到处都没有得到真正的自由。表面上图书审查制度废除了,代之而起的却是书摊被没收,书商被虐打,被恐吓,被盯梢。新闻检查取消了,而独占的新闻通讯,却可以一手遮天,硬派出一个不知何许人也的姜凯来给别人栽瓜。人民有集会、结社自由了,而11月24日昆明军政当局就下命令不准开会了;当其开,便用机枪迫击炮恐吓,镇压。有人还大肆咆哮说:'学生有开会的自由,我就有开枪的自由。'人民应该有身体自由了,而这些'自由'的人身,却在马路上被抓,被打,被杀;在学校里被手榴弹炸死;炸不死,受了重伤的,还在送医院的中途,加上几刺刀,请你毙命"。

多么残忍,多么黑暗!完全是法西斯社会!李公朴说"这些就是今天中国的真相,也就是'一二·一'惨案所以发生的原因"。李公朴进一步指出:"在昆明发生的'一二·一'惨案,在本质上与印度尼西亚人民反抗英军的英勇战斗,同一性质。而它的出现,毫无疑问,也正是在全世界民主与反民主的斗争中的一个必然的结果。这种结果的前途,近百年来人类的历史,已经为我们写照得很清楚了。"李公朴坚信说:"反人民的人,一定会在人民的面前倒下去;用武力压迫人民的人,一定为人民自己的力量所推倒。人民的事业是有绝对的前途的,是一定会胜利的。"

在文章的最后,李公朴充满信心地说:"从国际到国内问题的相互关系是很明显的,我们要把握住它总的方向与发展,从而来看个别的事件,有了这种正确的认识,才可以加强我们主观上的坚定性。所以我们中国青年不仅要争取人民的自由,不仅要争取民主,求得民主的胜利,我们还得与全世界被压迫的人,手携着手肩并着肩地去争取全世界人民的自由,争取全世界人民的民主,求得全世界的民主胜利。"

这篇文章李公朴写得很顺手，一气呵成。写完后又仔细润色了两遍，改了几处笔误和标点。李公朴顿时觉得腰酸背疼，很劳累，呵欠连连，这才想起已经连续几天没好好休息了。李公朴赶紧漱洗一下，上床睡觉。第二天，李公朴把这篇文章交给《知识青年》，发表在一卷五期上。这篇文章把"一二·一"惨案上升到全世界民主与反民主的高度来认识，在全国产生了广泛深远的影响。

1945 年 12 月底的一天，李公朴在《新华日报》上读到一则讣告，说"人民音乐家冼星海于 1945 年 10 月 30 日病逝于莫斯科，年仅四十岁"。李公朴惊呆了，几乎不敢相信他的眼睛，反复看了几遍。冼星海，他是熟悉的，一个热情、好客、活泼、开朗、聪明的年轻人，他精力充沛，是李公朴十分敬重的老弟。李公朴在延安时，冼星海就住在他的隔壁。当时冼星海任鲁迅艺术学院音乐系主任。冼星海是全世界著名的音乐家，1935 年，从法国巴黎音乐学院毕业后便回国投身抗日战争。短短几年，他创作了大量的抗日歌曲，如《救国军歌》《黄河大合唱》《在太行山上》《生产大合唱》《到敌人后方去》等。这些歌曲犹如一颗颗炸弹投向敌人，在抗日战争中发挥了极大的鼓动作用，许许多多青年就是高唱着"风在吼，马在叫，黄河在咆哮，黄河在咆哮……"奔赴抗日前线的。李公朴记得，每天晚饭后，冼星海便来窑洞门口叫他一同去散步。他们踏着柔和的月光，拂着温润的微风，边散步边畅谈着艺术、人生、未来。有一次，李公朴问他，抗战结束之后他最想做的一件事是什么。冼星海说，他最想做的是创办一所音乐学院，为国家多培养一些大师级的音乐人才。有时两人还一同高歌抗日歌曲，一些抗日歌曲，还是冼星海亲自教给李公朴唱的。冼星海还为李公朴写了《抗战教育之歌》的曲谱。这些情景历历在目，冼星海爽朗的笑声、亲切的话语还在耳边……这怎么叫李公朴不痛心呢？

当天下午，李公朴来到曾家岩五十号，找周恩来先生表达他对冼星海的悼念之情。刚巧周先生与“八办”几位领导正在商量悼念冼星海的活动，周恩来热情地邀请李公朴一同商量。他们原来打算1946年1月5日在“八办”内部搞一个小型的悼念活动，时间一个小时。后来采纳李公朴的意见，周恩来同意把追悼活动和冼星海遗作音乐会结合起来搞，人数控制在六百左右，以“八办”的人为主，欢迎冼星海的亲朋好友一起参加。地点定在江苏旅渝同乡会礼堂。李公朴主动承担了门票和节目单的印刷工作。最后，周恩来邀请李公朴担任主持人。

开会的当天，李公朴一早就赶到会场。冯团带着“八办”的同志早已把会场布置好了。在主席台正面墙上挂着冼星海的巨幅遗像，两旁遍布着挽联和花圈，其中有中共代表团、八路军驻渝办事处、新华日报社等单位送的。

追悼冼星海是公开的活动，周恩来知会了国民党政府，而且在《新华日报》上刊登了《通告》，欢迎冼星海生前好友、亲属前来参加。来的人很多，虽然事前发票控制，许多没有票的人也赶来了，八点多，大批人拥进来，一下子六百人的会场全部占满，走廊上、楼梯上、楼下小客厅、过道、院子里也挤满了人。后面的人还陆陆续续地赶来。面对这种情况，李公朴和冯团商量，请冯团用电话和周恩来先生请示，准备明后天加演两场，得到周恩来首肯后，李公朴和冯团分头劝说会场外的群众明后天来，会场外的群众才渐渐离开了，但会场里仍然很拥挤。混在群众中的国民党特务，不敢明白张胆地破坏。他们以人多楼房承受不住为理由威胁同乡会的经理："这是共产党搞的活动，楼房坍塌压坏了人，你敢负责吗？赶快毁约不租借会场，让共产党另想别法。不然，吃不了兜着走！"

经理害怕了，找到李公朴想毁租退约，李公朴一面安抚经理，一面理直气壮地对国民党特务说："我是江苏同乡会的常务理事，一旦出事，我负全责！我们早已注意到这个问题，会场外面的群众正在疏散，我们也派专人维持会场秩序，只要大家不乱挤乱动，房子出不了问题。"在李公朴面前，特务们只好灰溜溜地溜走了。

九点整，冼星海同志的追悼大会正式开始，随着李公朴洪亮的声音，与会者全体肃立，脱帽，向冼星海同志遗像三鞠躬。然后请主祭人中国共产党中央代表团副团长周恩来先生讲话。周恩来先介绍冼星海的生平和对抗战的贡献，号召大家学习冼星海为中华民族的解放忘我工作的献身精神；接着又介绍国共两党谈判情况，表明中共中央的态度，一贯以国家民族利益为重，尽量委曲求全，做最大的让步，避免内战，希望全国人民都起来阻止内战，争取和平。冯玉祥和郭沫若也先后讲话，沉痛悼念冼星海，愤怒揭露国民党搞独裁，打内战的阴谋。

音乐会开得很成功，冼星海的代表作《黄河大合唱》《生产大合唱》《在太行山上》《救国军歌》等一一被重庆青木关国立音乐院、分院和育才学校音乐组师生演唱。那充满战斗激情的歌声，仿佛把人们拉回到波澜壮阔的抗日战争的战场,呈现着血与火的拼杀。台上台下沉浸在战斗的激情中。

一些观众知道冼星海曾为李公朴的《抗战教育之歌》谱曲,在演出的间隙有人提议请李公朴上台演唱《抗战教育之歌》。李公朴当仁不让,上台一展歌喉,唱得热情奔放,无拘无束,受到观众的热烈欢迎。

演出结束,全体演员站在台上亮相,谢幕。李公朴及时来到台上,对观众说:“请大家安静,听我说几句。开会前,有人提出这座老楼房,承受不起这么多人开会,有坍塌的危险,不许我们开会。是我向他们做了担保,才准许开会演出的。说实话,这座楼房就像我们中华民国,金玉其外败絮其中,从外表看好像很牢固,是水泥结构,其实里面一塌糊涂(全场大笑)。为了确保安全,以防不测,退场时大家一个一个走,不要左右摇晃,走完一排后面紧紧跟上来。离开时我们要高唱冼星海的《救国军歌》,好不好?”

大家齐声回答:“好!”

李公朴站在舞台中央,挥舞着双手指挥:“现在听我口令,最后一排起立,向右转,目标会场后门,齐步——走!”

大家在李公朴的指挥下,一排一排高唱着“枪口对外,齐步前进,不伤老百姓,不打自己人……”很有秩序地离开。

第二天、第三天连续两次召开追悼冼星海暨遗作音乐会,李公朴都是一早就去,帮冯团维持秩序。冯团十分感激,他对李公朴说:“我不知道怎么感谢你,李先生,如果你不帮忙,一些事情我真不知道该如何办。”

李公朴笑着说:“要说谢,应当是我谢你,你先是我的救命恩人,后来又成了我们抗战建国教学团的保卫干部,吃了不少苦,我们之间就不用说谢不谢了。我们都得向冼星海学习,努力革命工作。”

参加追悼冼星海暨遗作音乐会,李公朴感触很深。1月6日,李公朴回到住处,写了这样一篇日记:

> 《救国军歌》响遍了全场,这是冼星海先生反映出人民坚决不要内战的呼声。在今天,人民要组成一支铁的民主队伍,要有一个铁的心,来无情地打击一切法西斯恶魔。
>
> 我们要动员工厂、农庄一切大众的力量,瞄准敌人。
>
> 我们要动员一切文学、艺术、戏剧、音乐、出版、著作家们,准备好他们各人的武器,瞄准敌人。
>
> 我们要动员全国大中小学的教师们、学生们起来,装好子弹,瞄准敌人。
>
> 我们要动员城乡一切男女老幼,用民主武装起身心来,瞄准敌人。
>
> 我们要配合全世界一切反法西斯力量,一起来瞄准敌人。
>
> 我们要用行动来纪念冼星海先生,坚决反对内战。于是听罢,《救国军歌》响遍了全场,一直带到街上,带到重庆的每一个角落去。我们要把它带到华北、山海关、古北口,把内战声停下来。把它带到全世界去,肃清一切法西斯思想——把全世界反法西斯的人民大众团结起来,成为一个

民主的铁的队伍,成为一个铁的心,来无情地打击法西斯残余势力。

记完日记,李公朴又把《救国军歌》改为《民主军歌》,歌词也改成:“和平团结,齐步前进,尊重老百姓,决不打人民。我们是人民的队伍,我们是人的心,创造民主中国,永做自由人。”

这样一改,完全符合当前的形势。李公朴感觉很好,他高兴地笑了。

追悼冼星海暨遗作音乐会成功举办,在重庆引起轰动,重庆的大街小巷响起了一片《救国军歌》的歌声,冼星海一生的爱国精神和他作品中的革命激情,像浪涛一样激起了重庆人民一浪高似一浪的反内战、争民主的浪潮。

# 第三十章 为和平民主而斗争

1946 年 1 月 10 日，根据国共重庆谈判“会议纪要”中关于召开全国政治协商会议的决定，由国民党、共产党、民主同盟、青年党和社会贤达五方面的代表三十八人组成的政治协商会议，在重庆隆重开幕。

政治协商会议如期召开，李公朴是既兴奋又担忧。经过多年的艰苦抗战，各个党派终于坐下来共商国是了，盼望已久的和平民主有望实现，自然是令人高兴的事。但一旦协商失败，内战重开，又不得不使李公朴揪心。这次会议只能成功，不能失败。在开会的前一天，李公朴和沈钧儒商量，他想在会议期间，成立协进会，开展会场内外交流互动，用群众的呼声来促进政治协商会议取得圆满成功。

李公朴离开沈钧儒家直奔陶行知住处，后来，他们又把章乃器找来，三个人商量后，决定三人分头做工作，力争一两天内把协进会成立起来。停止内战，实现和平民主建国，是国人共同的心愿，经过两天的联络，协进会于政协会议开幕的第二天，即 1 月 11 日，在迁川工厂联合会宣告成立，由救国会、民主建国会、陪都文化界政协促进会筹备会、中国劳动协会、中国经济事业协进会等二十个团体代表及无党派人士共三百人组成,成立协进会的目的只有一个——推动政协会议“只许成功,不许失败”。大会民主选举李公朴、陶行知、章乃器、李德全、茅盾、胡厥文、孙起孟、施复亮等三十五人为理事,下设秘书、联络、新闻三处。李公朴和罗叔章、曹孟君负责联络处工作。

李公朴全身心投入协进会工作,天天从天亮忙到深夜,连一天三餐也不能保证,只是随便吃点,筷一放就忙去了。说也奇怪,李公朴一点也不觉得累,只觉得浑身有使不完的劲,踏着一辆破旧的自行车,全山城跑。协进会从成立的那一天起,一直到政协会议结束,一共组织了八次各界民众大会。分别邀请政协代表王若飞、沈钧儒、章伯钧、郭沫若、邵力子等到会讲话,报告会议情况,然后倾听民众的建议和意见。会议由协进会的理事轮流主持。这样的大会受到爱国民众的欢迎,与会人数从开始的三百人,逐天增加,最后达三千多人。为了满足群众的要求,从第四次各界民众大会起,会议地址搬到会议室较大的沧白堂举行。这样的大会有力地配合中共和民盟代表在政协会议上的斗争,推动政协会议向着正确的方向发展。正如沈钧儒预料的那样,这样的大会必然会遭到国民党特务的忌恨,特务们穿着便衣,混进会场伺机破坏,有时对政协代表的发言喝倒彩;有时制造事端,在会场里大吵大闹;有时在会场里突然点燃鞭炮,扰乱会场。李公朴对这些伎俩司空见惯,早就作了防备。李公朴请工厂工会组织了三百人的工人纠察队,一律佩带红袖套,一部分在会场四周巡回,维持秩序,一部分分散在会场中间,一旦发现有人故意破坏会场纪律,周围三五个纠察队员齐上阵把特务驱逐出会场。

1月18日召开的第六次陪都各界民众协进大会,由李公朴主持。特邀政协代表邵力子和王若飞演讲。会议开始时,李公朴总结前几次会议情况说:“前几天,会议秩序不大好,有些人乱喊乱叫,而且不听劝阻,这很不好。这些人太不懂得尊重人了,你不爱听,可以离开,有人爱听,你得学会尊重别人!国民政府与中共等代表天天在协商,气氛和谐,我们会上气氛也该和谐一点,与政协气氛相一致才好。”

坐在主席台上的国民党将军冯玉祥插话说:“今天我坐在这里,给我点面子,安静一点,不要给国民党丢脸,不要给我丢脸!”

会议开始由国民党代表邵力子先生报告政协会议情况,会议气氛较好。一般来说,国民党代表讲话,特务们是不会捣乱的。接下来是共产党代表王若飞先生讲话,讲话前,李公朴再次向大会强调:“在场的诸位都是主人,邵先生和王先生是我们请来的客人,对客人要尊重,在客人讲话时,只许拍手,不许唏嘘,更不能高喊反对的口号,这样就太没有风度了。如果有意见,可以在客人讲完后提出质询。大家说,能否做到?”

大家一致回答:“能做到!”

王若飞登台,侃侃而谈,介绍共产党对一些问题的观点。开始十多分钟,会场秩序很好,大家专心地听,共产党从大局出发,光明磊落的胸怀,赢得了不少与会者的赞同。突然一个纠察队员发现不远处一个穿西装的家伙,偷偷从口袋里摸出一挂爆竹,准备点燃,纠察队员冲过去,一把揪住那家伙,压低声音责问:

“你想干什么?”旁边两个纠察队员赶过来帮忙,很快控制了那家伙。会场上出现了一点波动。李公朴在主席台上大声问什么事?纠察队员高举缴获到的爆竹回答说:“这家伙想破坏会场,准备点燃爆竹。”

李公朴大声说:“把他押上台来,让大家看看,是谁这么没有教养,不懂礼貌?”

那家伙被押上主席台,狼狈地低下头。李公朴指着他面向大家说:“你不想听就早一点滚出去!点爆竹扰乱会场,不让大家听,太卑鄙了,党国的面子都让你丢尽了!今后我们立一个规矩,凡是破坏会场的人,我们都让他站到主席台上来,在大家面前亮亮相,让大家记住他的尊容!”

那个家伙被押出会场,会议继续。王若飞一口气讲了五十分钟。接着开展讨论,自由发言,五个人上台发言,向邵先生和王先生两位代表提了不少建议。一直到结束,会议都很顺利,没有人再扰乱会场。

1月27日,协进会举行最后一次会议,到会群众有三千多人,这次会议由李公朴、阎宝航和章乃器三人主持。请政协中共代表王若飞、中共代表团顾问山东大学校长李澄之和无党派人士郭沫若做报告。会场上,工人纠察队控制严格,国民党特务没有机会搞破坏,会议开得比较顺利。政协代表黄炎培家遭到国民党宪警、特务非法搜查,大会还通过提案以大会名义致函黄炎培,表示慰问。

特务把李公朴视作眼中钉,他们在会场上不敢明目张胆地撒野,散会后,他们候在门口,见李公朴和郭沫若走出来,便进行围攻和谩骂，还有人向李公朴掷石块。幸亏与会群众没有走远，听到声音，迅速赶过来，把特务们驱赶开，分别护送李公朴和郭沫若回到住处。

由于会内会外的共同努力，政协会议通过了关于改组政府、施政纲领、军事问题、国民大会和宪章草案五项决议，政治协商会议于1月31日胜利闭幕。这五项成果为中国未来描绘了一幅和平民主的新蓝图，正如周恩来在政协闭幕会上致辞所说："这些问题的原则解决，是为中国政治开辟了一条民主建设的康庄大道，而这种解决方式，也是为民主政治树立了楷模。"和平民主在望，全中国人自然满心喜欢。年关将近，重庆街头处处红灯高挂，新年祥和的气氛中更添欢乐的氛围，人人脸上挂着发自内心的欢笑。中国人为和平民主的到来，付出了太多的艰辛，付出了太多的鲜血和生命！现在终于看到胜利的曙光了。这几天，李公朴也沉浸在欢乐之中，他来不及给张曼筠写信报告喜讯，便冲进邮局发了一份电报，一句话，十二个字："政协胜利闭幕，和平民主有望。"李公朴离开邮局回到处住，住在不远处的章乃器闯进来，一把把他拉到自己的房间里，指着摊在桌上的一副墨迹未干的对联，说："我新写的对联，您老评评，切不切时宜，好不好？"

对联这样写："枪杆用途从镇压异己变为镇压反动；官僚出路由伺候上司转到伺候人民。"

不等李公朴表态，章乃器无不得意地说："怎么样？我把老蒋的过去与未来做一个恰如其分的概括，构思巧妙不巧妙？真正是神来之笔嘛！"

李公朴捋着长长的胡须，故意低着头，读了一遍，说："表面上看颇多揶揄之言,骨子里倒是为善的忠告。不错,真是神来之笔。委员长真该好好谢谢你。不过,"李公朴突然不语,摸着长髯,沉吟良久,说,"我们的委员长是否听你的忠告,从此就立地成佛,还难预料。江山易改本性难移,这位蒋先生和毛泽东先生谈了月余,签订了'双十协定',墨迹未干,调转屁股就向解放区大肆放枪放炮。这回政协决议他会规规矩矩执行?也难说!"

章乃器的心也凉了,政协签订了决议,仅仅是第一步,更重要的是落实决议,真正实现和平民主。章乃器说:"及早把政协决议公布于众,从而大造舆论,让全国人民都站出来,迫使当局落实政协决议。我们也用用逼上梁山的计策。"

李公朴说:"对,就要这么干!有些人不肯前进,就得用鞭子猛抽,打着他上前。"

2月2日,协进会理事在民盟机关报《民主报》报社礼堂开会,不少人觉得政协会议取得了胜利,协进会完成了历史使命,也该解散了。李公朴不同意这种观点,他认为协进会第一阶段的任务完成了,我们大家齐心合力地工作,推动政协取得了胜利。第二阶段的任务更艰巨,更光荣,我们要促进政协五项决议款款落实。李公朴说:"我们不能让和平民主仅仅停留在纸面上,我们要用我们的一腔热血,用我们顽强的拼搏精神,不折不扣地实现五项决议,让和平民主在我们国家真正实现。"

章乃器接着发言,他完全同意李公朴的意见,协进会不仅不能解散,还要进一步开展活动,促进当局落实五项决议,根据以往历史的经验,落实五项决议肯定会遇到不少阻力。最后会议形成两点决议:一是协进会不解散,一直到政协会议的决议全部落实才算完成历史使命。二是决定2月10日在较场口召开陪都各界庆祝政治协商会议成功大会。公推李公朴和章乃器为筹备组的负责人。

李公朴和章乃器分别联系了民主建国会、中国劳动协会等二十三个团体,就召开庆祝政协成功大会开了两次筹备会议,打算召开声势浩大的万人庆祝会,通过庆祝会造舆论,推动政协决议的落实。筹备会一致推选李公朴、章乃器、郭沫若、沈钧儒、施复亮、李德全、马寅初等二十多人组成大会主席团,推选李德全为大会主席,李公朴为大会总指挥。为了确保会议的顺利召开,在开会的前一天,李公朴特地找到重庆市警察局局长,希望警察局派警察维持会场秩序,因为庆祝政协胜利没有任何党派意识,也是当局应该搞的大事。警察局局长满腔热忱地说:“政协成功召开的确要好好庆祝,我们警察局一定全力支持,维持社会秩序和交通安全本来就是我们的职责,李先生你放心,我亲自带队去,鄙人也要为和平民主做点贡献嘛。”

这天,李公朴忙碌了一天,回到住处已经不早了,这次庆祝会人多规模大,仅政协代表就邀请了十多位,千万不能出事,尤其是这些代表。虽然警察局局长答应派警察保护,这些警察会不会阳奉阴违?李公朴心中没数。李公朴想到这些,便连夜赶到社会大学,社会大学是李公朴和陶行知刚刚创办的一所新型大学,学生大都是穷苦人家的子女,李公朴找到学生会主席,要他组织一百人的纠察队,坐在主席台周围,随时救护主席台上的政协代表。一切安排妥帖后,李公朴才回到住处,躺下睡觉。两个月后,社会大学被国民党重庆教育局勒令解散了。

2月10日七点多一点,李公朴就来到较场口会场。会场是露天的,主席台是四十张方桌拼起来的。主席台正面的横幅已经挂起来了,“陪都各界热烈庆祝政协会议成功大会”几个大字在朝阳的照耀下,更加艳丽夺目。两旁挂着一副对联,是:

反内战反独裁反对一党专政

要和平要民主实行联合政府

这副对联是沈钧儒先生的手笔,这副对联形象地突现了今天庆祝大会的主题,沈老写得多好,字字力透纸背!

李公朴来到主席台,帮着布置主席台的中国劳动协会的工人整理主席团的座位。与会群众一批批地来到会场,警察局局长带着一个连的警察也来到了会场,局长特地来到主席台,大声地向李公朴报到:“李先生,鄙人带来一个连的警力向你报到。”

李公朴很高兴他握着警察局局长的手说:“谢谢,今天会场秩序就拜托局长了。”

“李先生放心,鄙人职责所在嘛。”

社会大学的学生也列队进入会场,学生会主席带着一百名纠察队员迅速占领了主席台周围的位置。

八点多钟,主席台突然来了十多位陌生人,一律戴着礼帽,穿着灰色长衫,大摇大摆地坐在主席台上。还来了一个军乐队,刚坐下便吹打起来。李公朴觉得很奇怪。问乐队:“我们开会不用乐队,谁让你们来的?”

一个戴礼帽的家伙说:“乐队嘛,是鄙人带来的,今天的庆祝会要热闹热闹,太冷清了不好。鄙人叫刘野樵,是农代会的。你就是李公朴?我正要找你。这样重要的庆祝会,为啥事先不通知我们,你是瞧不起我们农代会吗?我们不能让你们看不起,对不起,今天的庆祝会我要当主席,让你们看看我们的水平和能力!”

李公朴沉下了脸,他无论如何没有想到天底下竟有这样厚脸皮的人,居然要争当大会的主席。为了会议的气氛,李公朴耐着性子说:“大会主席不是谁要当就能当的,是筹备工作会议上民主推选的。我一个人做不了主。”

“嘿嘿!”刘野樵冷笑着说,“今天这个大会主席老子当定了,否则,今天的会别想开成!”

李公朴隐隐觉得情况不妙,那个刘野樵是故意来捣乱的。李公朴毫不含糊地说:“我无权决定大会事项,等大会主席团到齐后,共同商量。”

章乃器、沈钧儒、郭沫若、罗隆基、邵力子等陆续来到主席台。会场上一支支队伍也陆续进场。刘野樵大概和章乃器打过交道,见着章乃器就上前责问:“你们凭啥不安排我进主席团,不让我当主席?你们不是欺负我们农代会吗?我明白告诉你们,办不到!”

章乃器刚要回答,旁边一个戴礼帽的大汉用力把章乃器一推,章乃器身子一仰,几乎跌倒,大汉说:“你是什么东西,也配跟我们刘主席说话,一边去!”说着他抓住话筒,面向台下的与会群众说:“我宣布今天庆祝大会现在开始,大会主席我们公推农代会的刘野樵先生担任,下面请刘野樵主席讲话。”

事情来得突然，主席台上的主席团还没有反应过来，刘野樵接过话筒就要讲话。主席团纷纷提出抗议。施复亮一个箭步冲过去，从刘野樵手里夺过话筒，大声说："我代表主席团宣布：今天大会的总指挥是尊敬的李公朴先生，大会的主席是李德全先生。下面请李公朴总指挥行使职权。"

施复良的意见很明白，庆祝大会不能让几个跳梁小丑搅黄了，必须按正常的顺序进行下去。

李公朴胸前佩戴着"大会总指挥"的红布条，一身正气威风凛凛地走向前台。他知道台下有多少双眼睛看着自己，有多少人在期盼大会向他们传递政协会议上鼓舞人心的消息。刘野樵急了，一挥手十多个戴礼帽的家伙一拥而上，他们明白，一旦李公朴讲话，他们的阴谋必将败露，决不让李公朴开口，抢话筒的那个大汉冲过来左手一把揪住李公朴的胡须，伸出右手，一拳打在李公朴的前额，李公朴感到一阵钻心的疼痛，立刻血流满脸，李公朴一手护住伤口，严厉地责问："万众瞩目，竟敢行凶，谁给你们的权力……"

李公朴一句话没有讲完，不知谁一脚踢在李公朴的下腹，李公朴站立不稳向下倒去，郭沫若见情况不妙，冲过来抱住李公朴，用身体护住李公朴，只听有人喊"打死他""打死他"，拳头纷纷落在郭沫若的身上，眼镜也打落了。马寅初向行凶者提出抗议，也被打成重伤，连马褂也被扯掉了。社会大学的纠察队员见状纷纷跳上主席台进行救护，一部分学生把暴徒围起来，不让他们行凶，一部分人掩护主席台上的主席团成员和政协委员迅速离开会场，李公朴和郭沫若等几个受伤的人，被学生抬着离开，李公朴一边走一边说:“让他们打好了,打死我,中国还是要实行和平民主!”

这时隐藏在群众队伍中的特务纷纷亮出木棍、铁棒,大打出手,不分青红皂白,见人就打,尤其是见到工人和学生模样的人,一时间台上台下乱成一片。会场上百余名警察全部退到会场外面,对会场上行凶,个个视若不见。据事后统计,当场受伤的群众有六十多人,其中重伤十多人。

这就是震惊中外的“较场口血案”。这场血案是国民党当局蓄意制造的撕毁政治协商会议决议的严重事件。国民党当局玩弄两面派手法,一面签订政协决议,一面随时准备撕毁政协决议。当他们知道二十三个群众团体联合召开庆祝会的消息后,国民党重庆卫戍司令王瓒绪、市党部主任方治在陈立夫的授意下,指使市农会常务理事刘野樵、市教育会理事吴人初和国民党市党部科长庞仪山等纠集了地痞流氓七八百人,带着木棍、铁棒等凶器,混进会场,以二十人为一组,分散在会场的各处,伺机捣乱。

较场口血案发生后,群情激愤,一致要求国民党当局严惩凶手,保障人民的民主和自由。当天下午,周恩来、邓颖超和廖承志等带着中共代表团的慰问信和鲜花去慰问李公朴等受伤人员。

李公朴忍着伤痛激动地说:“我流点血不要紧,只要能实现和平民主,阻止内战,我受这点伤算不了什么。我要更加坚强起来,力争人权、民主和自由!”

第二天,重庆的《新华日报》和《解放日报》对血案作了翔实的报道,并发表了社论,对国民党反动派炮制血案严厉抨击,这一事件“出自陪都所在地，出在政治协商会议圆满成功之后，令人悲愤不已”！强烈要求当局“认真查办主凶”。

全国人民对反动派公然违背政协决议，制造血腥事件，无比愤慨。霎时间，一场以声援较场口事件为中心的民主运动席卷了全国。10日当天下午三点，大会筹备会在黄家垭口中苏文化协会举行中外记者招待会，到会的中外记者四十多人。由李德全主持，章乃器详细报告了较场口事件的真相，阎宝航转达了李公朴的控诉，郭沫若带伤到会讲话，中国劳动协会代表也到会发言，一致谴责国民党反动派的暴行，强烈要求国民党当局严惩主凶！同日下午六点，中华论坛之友社、中国学生导报社、中国职业青年报社、社会大学自治会、星海合唱团、陪都青年联谊会、民主自由公社、中国民主实践、民主教育社等重庆各界青年团体举行紧急座谈会，成立“陪都各界青年‘二·一〇’血案后援会”，声援受伤群众。北碚两万多工人随即成立了后援分会。陪都文化界人士茅盾、巴金、洪深、史良、胡绳、徐迟、冯雪峰、何其芳、侯外庐、冯乃超、郑君里等一百五十二人签名发表《告国人书》，一致要求惩办罪魁祸首，取消特务机关，释放无辜被捕人员。成都、昆明、上海、武汉、广州、西安、北平、南京等各大城市纷纷举行万人大游行，抗议国民党反动派的暴行。

国民党中央社千方百计地掩盖事实真相，11日发布消息，把这场血案说成是“民众互殴”，甚至反诬是“李公朴争夺主席而引起互相殴打”，以致双方受伤。真正是厚颜无耻。谎言一出，立即遭到痛斥。11日下午两点，《新华日报》《新民报》《民主报》《南京晚报》等九家报社的记者集会，石西民、李亚群等四十二人签名发表《致中央社的公开信》，指责其“对此事件之报道，颇有失实之处”。接着，重庆新闻从业人员熊钟珍、陈翰伯等二十二人发表了《保障人权，忠实报道》的意见书。成都市十二位记者也致电中央社，指责报道诸多失实。12日《新华日报》专门发表社论《恳切的忠告》予以驳斥：“前天较场口丑剧演出时，民众到者万余人，政治协商会议代表亲临其境者十余人，谁打人，谁被打，谁是主席，谁抢主席位，谁受伤，谁没受伤，大家看得清清楚楚。然而，中央社的报道，《中央日报》的编者，居然写出‘公推刘野樵为主席’‘刘野樵受伤’，看到中央社的报道，请问还能说是真实吗？”

李公朴躺在病床上，看到《中央日报》的报道，气愤到极点，愤慨地对来看望他的人说：“无耻啊，无耻啊！堂堂的《中央日报》不顾颜面，公然罔顾事实，颠倒黑白，真不知人间有‘羞耻’两字。”

第二天，李公朴不顾医生的劝阻，头上缠着浸着血迹的纱布，半躺在病床上，接受《新华日报》《民主报》《新民报》《大公报》等十一家报刊记者的联合采访。李公朴忍着剧痛，回答记者的提问，他说：“以前，我听说国民党一部分人不愿意政治协商会议取得成功，我并没有十分注意。等到重庆市农会等六个团体临时要参加，而且要参加主席团时，我们的感觉是政协既已成功结束，他们要参加庆祝会，不过是想来领导之意，当时我们也很高兴，以为从此可以和他们携手合作了。但是当天在会场上，他们那种无赖、荒唐、蛮不讲理的态度，使我们连协商都不可能。我要在扩音机前宣布大家争执的原因，他们心怀鬼胎，以为我们要暴露他们的丑恶,所以就打起我来了。有一点是非常明显的:他们布置了人,带了凶器,举手就打了起来,丝毫不可理喻,我是非常愤怒的。但等到他们动手打我时,我却平静了。我发现许多打我的人,脸孔非常熟悉,大多是曾经在协进会扰乱会场被揪上主席台亮相的那些人。……当他们打我时,我也考虑到:打他们?还是自卫?打他们,就成为'互殴',所以我决定不回手。我在主席台被打倒了,郭先生不顾一切来保护我。他们一面打郭先生,一面追打着我,我在台下又被追着打了四五拳。他们打我时,一位警官就在旁边看着,这并没有使他们打得少一点。看来警察局局长早就跟他们交底了。"

有位记者问:"你受重伤,流了许多血,现在想来有没有后悔?"

李公朴说:"后悔?我李公朴做事从来就不后悔。我坚信中国革命是一个长期的艰苦的血肉斗争的过程。其实,谈到革命是没有不流血的,要说有一个什么和平革命,我想不是在革命之前流了许多血,就是以后还要明明暗暗的依然要流不少血。我流的血不过几百 CC,只是血海中的几滴而已,这算得了什么呢?为了民主的胜利,为了中国的前途,只要能够团结起更多的人来为民主中国而奋斗,死又何足惜!"

采访进行了一个多小时,由于医生的一再干涉才结束。医生埋怨李公朴说:"李先生,你太不顾自己的身体了,你也太不把医生的话当回事了。我要向你提出抗议,下不为例。"

李公朴笑着拱拱手说:"对不起,对不起,请谅解。我一定听话,一定下不为例,下不为例。"

一天中午，黄齐生老先生和田汉捧着鲜花，来到病房看望李公朴，他们是从延安专程赶来的。黄齐生是著名的教育家，他受延安各界的委托来慰问李公朴等较场口的受伤人员。他握着李公朴的手，说："毛先生很关心你的身体，我临来前，特地叮嘱我，一定要请李先生保重身体，注意自身安全。李先生为中国和平民主事业，吃了不少苦，不能让他再流血了。"李公朴很感动，一再请黄老向毛先生转告谢意。他说："为了国人的和平民主，我吃点苦，流点血算什么？我要更加坚强起来，争取和平民主。"

田汉是李公朴的老朋友，1928 年，田汉还参加过他的婚礼。他是代表延安的老朋友来看望李公朴的。田汉在病房没有看到张曼筠，就问李公朴。李公朴告诉田汉，张曼筠在昆明，家里有老人，还有两个小孩上学，没有来重庆。田汉叹了一口气说："可惜，我特地为你和曼筠写了一首绝句，本想当着你们两人的面朗诵一遍，送给你们。只能念给你一个人听了。"说着田汉朗诵道：

正是艰难创业时，
风尘应有将星驰。
一娘慧眼真如炬，
嫁得虬髯亦约师。

田汉问李公朴："怎么样？还可以吧？"

李公朴听后大笑，摸着长长的胡须，说："再别提这虬髯了，这次就吃了它的亏。第一是目标显著，第二是'授人以柄'。人家一把胡须，揪住不放，这不，扯掉不少胡须。"说完，一副不胜惋惜的样子。

一屋子人都笑了。

李公朴在病床上前后躺了半个月。但他的脑子却一刻也没有休息。他从自己为和平民主流血，想到近百年来有许许多多志士仁人为中华民族的新生流血牺牲，他自然而然想起了同乡瞿秋白、张太雷、恽代英。自己和他们比起来还差得很远。李公朴又回想起他去延安和晋察冀抗日根据地考察的情形，他深感中国的未来就应该按照延安的模式来建设，通过这次较场口血案，他更坚信这一点，他对蒋介石领导的国民党政府已经看透了，他们是不可能为广大人民群众着想的，蒋介石也不会轻易放弃独裁，不会轻易放过共产党。看来内战是避免不了了。别看国民党气势汹汹，有数百万军队，李公朴坚信内战必定以蒋介石失败而告终，人心向背是决定成败的关键因素。中国全面实现和平民主的路是很长的，李公朴已做好准备，为中国和平民主奋斗终生。2 月 20 日，李公朴身体大有好转，可以下床慢慢行走。李公朴便伏在桌子上写了一篇题为《起床以后》的文章，表示自己为民主建国，“益为奋勉”。此文刊于《民主生活》第八期上。

# 第三十一章　完全为了民主

李公朴于1946年5月17日回到昆明。

“一二·一”惨案后的昆明白色恐怖更加严重,国民党特务已经磨刀霍霍。民盟支部办公室周围经常有几个头戴礼帽,嘴里叼着香烟的人在溜达。李公朴北门书屋的门口不知从什么时候起也多了一个修鞋的摊头,几个修鞋师傅头戴着破礼帽,有事没事蹲在那里抽烟聊天,一双双贼溜溜的眼睛盯着书屋进进出出的人。李公朴心里明白,特务不仅盯上了民盟,也已经盯上了他,把他监视起来了。进入七月,一天早晨,有人把一封给李公朴先生的信丢在北门书屋的门口,李公朴拆开来,掉下两颗手枪子弹。李公朴捏着子弹,笑着对身旁的张曼筠说:“笑话,我李公朴岂能让两颗子弹吓倒?那帮特务太小看我了。”

张曼筠说:“还是注意点好,尽量少出门。”

李公朴安慰张曼筠说:“没事,越怕鬼,鬼越缠身;越不怕,鬼越不敢上身!”

李公朴照常出入公众场合,给民众做报告,宣传和平民主,为反内战、反独裁奔走呼号。就在接到手枪子弹的这天下午,上海的沈钧儒和陶行知联名发来电报，催促李公朴赴沪，并告之已为李公朴租好房屋。张曼筠把电报交给李公朴时说："我们还是早点去上海吧，书屋和出版社可以交给王吟青代为处理，我们明天就走。可以吗？"

李公朴没有回答张曼筠，过了一会，李公朴握着张曼筠的手诚挚地说："曼筠，我不是不想去上海，我做梦都想去，上海救国会、民盟都需要我，我和陶行知先生早就约定在上海重新创办社会大学，我还想把因抗战停办的量才补习学校恢复起来，把读书生活出版社重新办起来。我要做的事情太多了。我也想早一点赶过去。但是现在我不能走，我回昆明的第二天就答应闻一多他们，和昆明的民盟支委肩并肩战斗。现在正是他们最艰难的时候，他们也都受到特务的盯梢、威胁，我能在这个时候抽身离开吗？我突然离开了，我李公朴不就成了逃兵吗？再说，蒋介石一心想杀我，去上海还不是照样被杀，我能躲得掉吗？曼筠，你想想是不是这个道理？"

张曼筠完全理解李公朴，知道劝说没有用，便笑着说："好，好。听你的，暂时不走。那什么时候走？"

李公朴说："过几天，等昆明白色恐怖稍微缓和一点再说。"

大概是7月7日上午，李公朴正在书房里撰写《欧洲教育史》的提纲。早在"七君子"在苏州坐牢时，李公朴就想撰写一部《欧洲教育史》，陆陆续续积累了不少资料，也思考了多年，一直没有整块的时间坐下来动笔。他想先把提纲写出来，将来去了上海，挤时间把书稿写出来。书店里突然闯进来两个彪形大汉，神色慌张，满头是汗。进门就打听李公朴，说："李先生呢？我们有急事找他。”

王吟青见他们不像正经人，便一口回绝：“李先生一早出门了，不知道去哪里了。”

“让我们见见他吧，我们是从老远的乡下赶过来的，真有非常要紧的事情找他。”

王吟青双手一摊说：“我也不知道李先生在什么地方？我也找不到他。请你们离开，别影响我们做生意。”

两个大汉在书屋里转了几圈，自觉无趣，便离开书屋走了。大概过了个把小时，两个大汉又来了，神色更为慌张、急切，再次遭到王吟青的严厉拒绝，只好悻悻地离开。过了一会儿，他们再次来到书屋，大有非等到李公朴不可的意思。王吟青见他们赖在店里也无可奈何，只得到楼上去报告李公朴。李公朴立刻警觉起来，他想到当前昆明紧张的局势，想到有关自己的种种流言蜚语，知道来者一定不善。李公朴决定下楼去会会这两个人，看他们会玩出什么样的鬼花样。店里的人都为李公朴捏了一把汗。

两个大汉一见到李公朴，立刻喜形于色，脱下头上的礼帽热情地点头哈腰，笑着说：“我们总算等到你了。你果真在家，门口修鞋师傅说没看到你出门，一定在家。李先生有这样高的警惕性，应该，应该！我们完完全全理解。”

李公朴冷冷地打量面前这两个人，知道他们跟门前修鞋摊的人是一伙的。便问：“你们找我有什么事吗？”

“有，自然有事。”一位大汉说着从怀里摸出一封信，交给李公朴说，“我们的急事，全在信中，请李先生钧阅。”

李公朴打开信，只见信上写道：“看见近日墙报上说，李先生正在召集干部，征集战士，准备在云南起事。我们都是退伍军人，不满现状，特来报效，请求收留，让我们也为和平民主贡献一分力量。十分感激。”

李公朴明白，这完全是特务们玩的新把戏，目的是试探自己，好以此找到自己“谋反”的证据，进而拘捕自己。李公朴不动声色地把信还给他们，明确地告诉他们：“近来墙报上的话，纯粹是造谣诬蔑，你们绝对不能相信。你们亲眼看见了，我是一个文化人，开一个小书店，仅仅是用嘴和笔表达一下和平民主而已，绝不会搞什么起事。请你们离开吧！”

两个大汉实在是太热情了，一再要求要为和平民主做点贡献，缠着李公朴非留下来不可。李公朴被缠得十分恼火，便严厉斥责两个家伙：“请你们自重，请你们迅速离开。这里是我的家，不允许你们再胡搅蛮缠。再不走，我立即报告警察局。”

两个家伙只得灰溜溜地走了。

李公朴立即跟闻一多、冯素陶、潘光旦等联系，告诉他们刚才发生的事情，要他们几位处处小心，遇事冷静，千万不能让特务抓住把柄。

就在这一天黄昏，中共地下云南省工委特派李公朴的好友方仲伯来看望李公朴。他告诉李公朴，从内线传出的情报说：“国民党特务搞了暗杀名单，一共五十多人。你李先生列为第一，闻一多先生列为第二。南方局指示，希望李先生立即动身去上海，有什么困难由我们帮助解决。李先生最好明天就动身，最迟后天走，不能再拖了。书店、出版社用不到处理，我负责经营，还能迷惑敌人。怎么样？李先生走吧！”

李公朴沉思一会儿说:“方先生,你看我还能走得掉吗?门前,有几个特务日日夜夜守着;出门,有几批人盯梢。他们还会让我脱身?再说,蒋介石下决心杀我,哪里不能杀,我到了上海,特务照样杀。特务在上海暗杀的革命者还少吗?我早就说过,我准备好了,每天我的脚跨出门,就不准备再跨进门了。记得谭嗣同先生说过,若变法需要流血,就从我谭嗣同开始。套用谭嗣同的话说,若我国实行和平民主,还需要有人流血,就从我李公朴开始吧!”

方仲伯紧紧握着李公朴的手激动地说:“李先生。你说得太感人了。你为和平民主勇于献身的精神,我很敬佩。不过,能避开牺牲还是要尽力避开。因为民盟需要你,救国会需要你,中国的和平民主需要你!新中国的建设更需要你!”

李公朴提起桌上的热水瓶给方仲伯续了点开水,诚挚地看着方仲伯说:“我问你一个问题,希望你如实相告,可以吗?”

方仲伯说:“当然可以,我们之间的谈话,无论什么时候都是真诚的,都是如实相告的。”

李公朴看着方仲伯的眼睛问:“方先生,我早就知道你是中国共产党人,我要你亲口告诉我,你确实是中共党员吗?”

方仲伯点点头,微笑着说:“我是中共党员。我每次来和你交换的意见大多数是组织上的意见。也包括今天,是中共云南省工委的意见。”

李公朴眼睛湿润了。他说:“我心里有数,谢谢贵党的帮助。近来,我常怀念延安,怀念延安的朋友,怀念晋察冀根据地的朋友。”李公朴说着,突然把话题一转,把积淀在心中多年的话,向方仲伯尽情地倾吐出来。他说:“知道我的人不少,真正了解我的人不多。我只希望中国共产党能了解我,我就心安理得了。《新华日报》创刊八周年时,我写了一首贺诗,在诗中我最后高呼‘《新华日报》万岁’,我为什么只喊‘《新华日报》万岁’,因为我还没有条件喊‘共产党万岁’。但必须是‘共产党万岁’,才可能‘《新华日报》万岁’。我这个意愿,你是了解的。”李公朴说到这里,不禁热泪盈眶。

方仲伯激动地说:“李先生,你的意愿我是知道的。组织上也了解,南方局领导周恩来同志不止一次地说,李先生是我们共产党肝胆相照、荣辱与共的老朋友。今天你掏心窝的话,我一定向组织一字不漏地转达。李先生,你多年来对共产党执着的追求和支持,是十分感人的。我代表中共昆明地下组织谢谢你!”

李公朴和方仲伯两双手紧紧地握在一起。

方仲伯离开后,张曼筠发现李公朴神色有点异样,眼睛还潮湿着,便问:“方先生和你谈了很长时间,说了什么?”

李公朴没有回答张曼筠,今天方仲伯带来的消息,结合他近几天来的观察,李公朴预感到不幸的临近,有些事情也要和张曼筠交代交代了。他说:“曼筠,我一旦遇难了,你怎么办?我说的是万一。”

张曼筠觉得很突然,她假装生气地说:“好好的,说什么遇难不遇难的,今后不许说。”

李公朴握着张曼筠的手,拉她坐在自己的身旁,说:“我们结婚二十年了,你跟我颠沛流离,没有过一天安稳的生活。我一生最对不起两个人:一是镇江的三哥,我十三岁到镇江,他一直抚养我，省吃俭用供我读书，可是我1925年离家从军后，一直没有回镇江看望过三哥，我在苏州坐牢时，三哥还带着王全英和常州两个女儿来看望我，三哥在镇江逝世，我在重庆忙着召开协进会，脱不开身，也没有赶回去见他最后一面，现在回想起来，还很难过；另一个人便是你，我知道自己不是一个好丈夫，也不是一个好父亲，我忙我的工作，常常顾不了家，把家全丢给你，把两孩子也全丢给你，尤其到了昆明，经济困难，我朋友又多，常常需要你开夜车画画来接济家用，够你忙的，我一点忙也帮不上。我也无可奈何啊！真的对不住你。”说着流下了眼泪。

张曼筠深情地说：“你怎么了，今天？看你胡说些啥！有你在身边，我很开心，也很知足。这些话不许说，留到我们两人七老八十的时候再说不迟。”张曼筠用手轻轻地给李公朴擦掉眼泪。

李公朴哽咽着交代张曼筠：“昆明的风声越来越紧，我早就有思想准备了，你也要有点心理准备，哪天我走出门万一回不来了，我希望你坚强些，不用悲伤，不用乞求，挺直身体跟他们斗；生活力求自立，不要麻烦朋友，也不要麻烦组织。照顾好老人，教育好一双儿女，让他们替他们的父亲建设新中国，还有常州的两个女儿到了该谈婚论嫁的时候了，代我常回常州去看看，给她们物色一个好婆家，我亏欠她们太多了，希望你给我补上。我看王吟青是一个实在人，也是一个靠得住的人。家里的事可以依仗他，说心里话，我早就把他看成是家里人了。小王是一个好同志。”

张曼筠流着眼泪一一答应了李公朴。她说：“公朴，放心，我知道应该怎么做。”

那一夜夫妻俩几乎说了一夜的话，一直到天快亮的时候，两人才睡了一会。第二天是7月10日，民盟支部在《民主生活》周刊社有一个会议，李公朴和闻一多他们三天前就约好的。主要是商量一下，在目前的形势下，云南民盟如何有理有节地开展活动。下午，李公朴还应邀去云南大学给青年朋友作一场报告。临出门时，张曼筠提出来陪李公朴一道去。李公朴说：“你放心，没有事。我一定安全地回来。特务竟敢在光天化日之下动手？我料他们没有这个胆量。再说你去做什么呢？”

张曼筠一再坚持要同去，她说：“我在家提心吊胆，什么事也做不成。跟你在一起，万一有什么情况一同面对，相互也有个照应。”

李公朴笑着说：“好吧！真拿你没办法。”

那天李公朴忙了一天，临晚夫妻俩一同到家。李公朴说：“我们不是好好地回来了，我说没有事，就没有事。”

就在李公朴返回昆明不久，云南警备司令部总司令霍揆彰密令稽查处少将处长王了明拟订了一个包括李公朴、闻一多、楚图南、潘光旦在内的五十余名的暗杀黑名单。一周后，霍揆彰和王子明带着名单飞往南京，向陈诚和蒋介石汇报。当时蒋介石忙于东北内战，没有时间召见他们，他们便把名单留在国防部回昆明等候批示。七月初，南京国防部密电霍揆彰：“中共蓄意叛乱，民盟甘心从敌。际此紧急时期，对于此等奸党分子，于必要时得便宜处置。”霍揆彰接电后欣喜若狂，立即布置，成立以王子明为首的行动组，配备吉普车和摩托车。还许下海口：暗杀一人奖励五十万元法币,并加官晋职。这便是李公朴被监视跟踪的由来。

那天回到家,李公朴把王吟青叫到书房,拉着王吟青的手,郑重地对王吟青说:“昆明的形势你也清楚,蒋介石要对我动手了,万一哪一天我回不了家,家里上有老,下有小,我不想麻烦民盟组织,也不想麻烦方先生,他们都很忙,我想把这个家托付给你。可以吗?”

王吟青说:“谢谢李先生的信任,我一定不辜负先生,请先生放心。”

那次他们敞开心扉,讲了很多。王吟青告诉李公朴,他刚来书店时,有人提醒他,说李公朴社会关系复杂,要当心。王吟青说:“从这几年的交往中,我明白,先生是值得尊敬的人,也是值得信赖的人。我是以您为榜样,努力向您学习。今天您就是不说把家托付给我,我也会帮助他们,对他们负责到底的。”

第二天,也就是7月11日,天阴沉沉的,蒙蒙细雨时断时续,满眼望去一片潮湿,阴森森的,连空气也似乎饱含着阴冷,四季如春的昆明好像突然进入了严冬。好在李公朴今天一天没有会议,也没有朋友约谈。这是李公朴进入7月份以来,难得清静的一天。李公朴一整天都在书房里,赶写《欧洲教育史》,他知道特务留给他的时间不多了,他要抢时间把这部准备多年的书稿赶写出来,把他长期探索的教育思想留在世上。中小学放暑假,国男、国友都回来了。他们都很懂事,不去书房打搅父亲,只在吃饭时和父亲玩一会儿。李公朴问国男:“你长大了,想做什么?”

国男说:“我想当工程师,造汽车、飞机。”

李公朴竖起大拇指,说:“好,新中国需要大批建设人才。”

李公朴问国友:“你呢?长大了想当什么?”

国友琅琅地说:“我不当工程师,我要像父亲一样,写文章,出书,当英雄。”

李公朴高兴地说:“好!姐弟俩的志向都好。不过,目前阶段要好好读书,把书读好了,有了知识,将来干什么都行。将来建设新中国就靠你们了。”

国男初中已经毕业,因为要考高中,下午,告别了父亲,又回学校复习备考,没有想到这次相聚竟是最后一面。

这一天,李公朴过得最轻松,也最舒适。吃晚饭时,他忽然想起今天有一件事没有办,一个朋友请他出面借用南屏电影院开音乐会,进行募捐,约好今天去南屏电影院商谈,竟然忘记了。放下晚饭碗,李公朴便和张曼筠赶过去。南屏电影院的刘女士,也是一位反内战、争民主的朋友,她一口答应租借电影院,热情地邀请李公朴夫妇留下来看电影。李公朴和张曼筠好久没有在一起看电影了,便欣然同意。他们看完电影出来,已经是晚上九点四十五分了。他们在电影院对面的南屏街公共汽车站乘公共汽车返家。他们刚刚在车上坐定,就发现他们两边坐着两位武装齐全的军人,对面也坐着一位。李公朴明白他们被特务盯上了。

其实李公朴和张曼筠从北门书屋出来时,就被守候在那里的警备司令部行动科第 11 行动组组长赵凤翔、特务汤世良跟踪上了。还有一拨特务开着吉普车跟在后面。特务们的如意算盘是等电影散场后,把李公朴绑架到郊外秘密杀害。但电影散场时人多,没敢动手。见李公朴夫妇上了公共汽车,汤世良、赵凤翔、郑传云三个特务便尾随着上了车。

李公朴没有理睬三个特务时时飘向他们的贼溜溜的眼光,和张曼筠一路谈笑风生,谈刚刚看过的电影,谈时局,也回忆夫妻共同经历过的欢乐时光。张曼筠也发觉了特务们不怀好意的目光,几次暗示李公朴。李公朴对张曼筠说:“不用理睬他们,我们说我们的。”

李公朴夫妇照样笑着,说着。到了清云街车站,夫妇俩下车。从这里回家最近,经过几百米的学院坡小巷子就可以到家了。三个特务也尾随着下了车。阴冷的雨仍在飘飘洒洒地下着,随着一阵冷风刮来,雨点打在伞上发出沙沙的响声。李公朴觉得有些冷,便把手臂弯提着的一件外衣给张曼筠披上。夫妇共撑一把伞相偎着向学院坡小巷走去。

这时,已经是晚上十点半了,小巷里行人稀少,加上路灯昏暗,颇有点阴森恐怖。李公朴想避开特务的跟踪,快步通过学院坡,刚走了几步,尾随的特务汤世良对准李公朴的后背连开两枪。因为特务用的是无声手枪,连张曼筠都没有听到枪声。李公朴突然扑在张曼筠身上,呻吟着说:

“曼筠,我中枪了。”说着瘫在地上。

张曼筠借着昏黄的灯光,见鲜血从李公朴后腰涌出。张曼筠急忙高喊:“杀人了,杀人了! 救命呀!”

特务见李公朴倒在地,便乘着兰鹏驾驶的吉普车迅速逃离现场,回警备司令部报功领赏去了。云南大学学生会的负责人舒守训等几个同学刚巧从清云街经过,听见巷子里的呼救,急忙跑过来，见李先生中枪倒地，大吃一惊，赶紧去搀扶，大声呼喊："公朴先生，公朴先生！"

李公朴睁开眼睛，应声道："赶快送医院。"

舒守训同学帮着张曼筠轻轻地扶起李公朴，靠着张曼筠坐着，另外两个同学赶往北门书屋抬帆布床。仅仅几分钟，王吟青扛着帆布床赶来了，同学们把李公朴轻轻地抬到帆布床上，四个人抬着跑步送往云南大学医院手术室。王吟青搀扶着张曼筠跟着来到医院，医生检查伤口，大吃一惊，枪弹是从左背部射入，洞穿右上腹，血流不断。医生在心里骂道："这帮畜生，这么狠毒，残忍！"伤情十分严重，医生决定立即手术，一边接氧气，输血，一边动手术。听说李公朴先生要输血，舒守训回宿舍一动员，留校的两百多学生都赶来了，抢着为李公朴献血。一下子为李公朴准备了900CC的血浆。医生打开腹腔，情况比预料的还要严重：肠子射穿好几个大洞，鲜血如泉水般的突射着。手术整整做了三个小时，手术结束已经是7月12日凌晨一点钟了。李公朴正拼着全身的精力和死亡搏斗，时而昏迷，时而清醒。三点多钟，李公朴睁开眼睛看看围在他身边的张曼筠、国友和王吟青，笑了笑。张曼筠低下头附着他的耳朵问："哪里难过？医生就在旁边，我去叫来？"李公朴摇摇头，低低地说："我早就有准备了。"

张曼筠用棉棒蘸点温开水，在李公朴干裂的嘴唇上擦擦。四点钟，疼痛使李公朴再次醒来，他咬紧牙关，摈除疼痛，静静地躺着，额头上冒出了汗珠，没有一声呻吟。张曼筠掏出手帕，一面给他轻轻地擦汗水，一面说："公朴，疼痛就喊几声，一定不要硬撑着。"李公朴闭着眼睛慢慢地睡着了。过了一会，李公朴突然睁开眼拼力地喊道:“完全为了民主,完全是为了民主!”

李公朴喘息一会,大约过了十分钟,李公朴睁开眼睛,狠狠地痛骂道:“卑鄙! 无耻!”

五点钟,窗外漆黑一片,正是黎明前最黑暗的时候。李公朴的情况很不好,呼吸渐渐短促,医生注射了强心针,也不见效果。医院里内外科的著名医生都赶来了,大家想尽各种办法,用了医院里最好的药,都不见效。大家围着病床看着在痛苦中煎熬的李公朴,一筹莫展。病房里静静的,没有一点声音,只有李公朴一声声粗重短促的呼吸声。

五点十分,李公朴突然再一次睁开眼,看了一眼病床周围的人,似乎有话要说。张曼筠伏下身问:“公朴,想说什么?”

李公朴问:“曼筠,什么时候了?”

张曼筠说:“五点多,天快亮了。”

李公朴疲倦地闭上眼睛,突然猛咳两声,一缕紫黑色的血从嘴角流了出来。从此,李公朴没有再说话,也没有再睁开眼睛。1946 年 7 月 12 日五点二十分,李公朴的心脏停止跳动。一个伟大的民主战士就这样倒在了特务罪恶的枪下。李公朴那年才四十四岁。

一直守候在李公朴身边的张曼筠、国友、王吟青以及一直在医院等候消息的许多学生都失声痛哭……

国男还在云大附中复习迎考,天亮后,王吟青请云大学生雇一辆马车把她接回来。接她的学生只告诉她父亲重伤住院,正在抢救。当她走进病房,见父亲盖着白被单,一动不动地躺在那里,一家人都在哭泣。国男明白了,一声长嚎,冲过去,伏在父亲身上放声痛哭,她边哭边喊:“父亲,父亲,为什么不等我回来?昨天我去学校时,你还好好的。父亲,父亲,你怎么了……”也不知道哭喊了多久,喉咙都嘶哑了。王吟青扶着她和张曼筠、国友回到家。国男眼前一直晃动着父亲的形象。她想起了在公园父亲鼓励她站在怪兽上锻炼她胆量的情形;想起了父亲在滇池教她游泳的情形,她游了一会,游不动了,想停下来,父亲在一旁不断鼓励她坚持,再坚持,做一个坚强的人,她终于坚持到底;也想起了父亲送她到云大附中读书的情形,附中离家十多里,要住校,她开始很不习惯,赖在家里不肯去,又是父亲反复给她讲一个人不可能一直躲在父母的羽翼下生活,要学会自立,做一个自强自立的人;她一度成绩不理想,想打退堂鼓,又是父亲教她读书方法,鼓励她遇难而进,千万不能被困难吓倒,做一个有志气的人。国男十分敬爱父亲,随着年龄的增长,她渐渐明白了父亲的为人,父亲不仅属于她,也不单属于她们的家庭,父亲是属于整个国家的,是属于全国人民的。父亲谋求的是和平民主的新中国,父亲是一个为大众谋求幸福而无私的人,他处处帮助人,他宁愿苦自己,也要全力以赴帮助别人……想着想着,国男又失声痛哭起来。

# 第三十二章　永远活在中国人民的心中

李公朴遇刺身亡的消息迅速传遍昆明，传遍全国，传遍全世界。

春城震惊，全国震惊，世界震惊。

反内战、反独裁的吼声，席卷了中国大地。

第一个赶到云南大学医院的是闻一多先生，那时天还没有大亮。接着是楚图南、费孝通、冯素陶、尚钺、潘光旦等相继赶到云大医院，个个痛哭得泪人似的。闻一多看着双目紧闭躺在白被单里的李公朴流着泪，说："公朴，我看你来了。公朴，你没有死！公朴，你不会死！你永远活在我们心里。我们这些活着的人，一定替你讨回血债，一定替你完成未竟之事业。"

闻一多安慰张曼筠，要节哀，挺起胸膛，坚强点，还有许多事情要做，我们不能让特务们看笑话。张曼筠哽咽着表示感谢，她说："你也要当心，少出门，特务们也盯上你了。"

闻一多说："公朴为民主牺牲，是我们的榜样。我们这些活着的人，不出来讲话，何以面对死者？"

楚图南沉痛地说："我们的悼念，不光是哭泣，而是怀着一腔悲情，背负着时代和民族的灾难，勇敢地前行。这便是我们的祭奠！”

来凭吊的人，络绎不绝。

7 月 12 日上午，云南民盟支部执委会在《民主周刊》社召开紧急会议。在会上决定由民盟云南支部会同昆明学联、各民众团体以及各界人士成立“李公朴治丧委员会”。治丧委员会于当日沉痛地向全国人民发布讣告。讣告严正指出：“李先生之死，是中国人民无可补偿的损失；是反动派开始大规模屠杀民主力量的明证；呼吁全国人民立即行动起来，打击反动派的进攻，力争和平民主，实现李先生的未竟事业！”

同一天，民盟滇支部向全国人民发布了《李公朴先生被刺经过》，严正指出：“救国何罪？李先生竟因救国而下狱；庆祝政协何罪？李先生竟因庆祝政协而被殴，头破血流；要求和平民主又何罪？李先生竟因要求和平民主而最后遭此毒手！谁是国家民族的罪人？看李先生的遭遇即知！谁是背叛者？看李先生的最后结果即知！这是反动派向人民进攻的证据！这是反动派不要民主和平的证据！李公朴先生被反动派特务暗算了，但全中国要求和平民主的人民是杀不完杀不绝的。人民应该牢记着这笔血债，应该为我们自己的战士讨还这笔血债！”

闻一多和楚图南代表民盟支部去云南警备司令部，就李公朴先生被暴徒暗杀的事件提出严正抗议。指出：“以特务恐怖政策摧残人权，破坏和平民主运动，并不惜以最阴险狠毒之手段杀害民主人士，乃是政府一贯的政策”；要求“彻查造成本案之直接负责人及凶手，并予以严厉惩处”；还有“对死者家属优予抚恤”；

以及“取消特务组织,维护人权,并保证以后不得发生同类事件”等,并表示将“本着李先生的精神,为中国和平民主,继续奋斗,直到目的达到为止”。

民盟云南支部借云南大学的一个大厅,布置灵堂,李公朴穿着深色中山装躺在青松翠柏和鲜花丛中,头边墙上挂满各界人士的挽联和诔词。四周靠墙摆放着一个一个鲜花缀成的花圈。从13日起李公朴的遗体在云大医院停放三天,供各界瞻仰悼念。前往吊唁并瞻仰遗容的昆明各界人士、各民主团体以及大中学师生络绎不断。

昆明“哈哈合唱团”成员和西南联大的学生不止一次地聆听过李公朴先生的讲演,他们对李公朴的死,十分哀痛,他们含着泪,你一句我一句连夜谱写了两首挽歌,呈献给李公朴的英灵——《安眠吧,勇士,民主的号手!》《李公朴先生的挽歌》,更是惊天地,泣鬼神。

《安眠吧,勇士,民主的号手!》的歌词是:

安眠吧,勇士,民主的号手!
你的死啊,像一声巨雷,
震撼了弥漫在祖国上空的浓厚的战云;
你的死啊,像一个信号,
揭穿了法西斯余孽企图屠杀更多人民的阴谋。
安眠吧,勇士,民主的号手!
千万人将被那雷声震醒,去冲破那层层浓云,
千万人将用行动阻止那屠杀人民的阴谋。

安眠吧，民主的号手！

未死者将顺着你的号声，为民主为和平为团结而奋斗。

安眠吧，勇士，民主的号手！

《李公朴先生的挽歌》的歌词是：

安眠吧，公朴先生，

你的名字是民主的旗帜。

你的一生是斗争的历史，

你是人民大众的导师，民主运动的舵手。

你的死啊，

更暴露了法西斯的狰狞面孔，要杀一切善良的人民。

千万人愤恨又伤心，

千万人在心里盟下了誓，

千万人要继续你的遗志，

踏着你的脚步，为民主和平团结而斗争。

安眠吧，公朴先生！

安眠吧，公朴先生！

这两首挽歌，一直在灵堂里回荡，缓慢，低沉，悲愤，哀伤！7月16日上午，李公朴治丧委员会在云大操场上举行李公朴火葬告别仪式，民盟同志和数千昆明群众冲破特务、宪兵、警察的阻拦，纷纷赶到云大操场，含着悲愤的眼泪，默默地送别李公朴。李公朴的骨灰，一部分由张曼筠带着国男、国友秘密撒在滇池里，让李公朴的英灵永远和昆明人民在一起，李公朴的衣冠冢安葬在昆明湖畔，聂耳墓地附近；一部分骨灰张曼筠带往上海，交给好友沈钧儒、史良，以化名暂为埋葬。

中共中央获悉李公朴遇刺身亡的消息，殊为震惊，愤慨。13日，毛泽东和朱德联名致电张曼筠，表示悼唁：

昆明探转李公朴夫人张曼筠女士：

惊悉李公朴先生为反动派狙击逝世，无任愤慨。先生尽瘁救国事业与进步文化事业，威武不屈，富贵不淫，今为和平民主而遭反动派毒手，是为全国人民之损失，抑亦为先生不朽之光荣。全国人心将以先生之死为警钟，奋起救国即以自救。肃电致唁。

周恩来和董必武、李维汉、廖承志、邓颖超以中共和谈代表团的名义发来电唁：

北门街李公朴先生寓张曼筠女士礼鉴：

惊闻公朴先生被特务暴徒暗杀，不胜悲愤。公朴先生之牺牲，必将激起全国人民反法西斯暴行及争取和平民主运动的高潮，敝代表团誓为后援。

兹先电唁，并顺节哀。

13日、14日，中共延安《解放日报》和重庆《新华日报》分别发表社论《人民的运动是阻止不住的——论李公朴先生殉难》和

《悼李公朴先生》,愤怒指出李公朴惨遭杀害,是反动派“对全国和平民主运动更疯狂的进攻的信号”,但“反动派想以独裁恐怖与内战来堵住中国人民争取独立和平民主的洪流,其必然遭到惨败,是可以断言的”。社论还指出李公朴被枪杀“是独立和平民主斗争中的重大损失”！号召全国人民起来,共同“抗议反动派的阴谋,一定要追究凶手,一定要追究凶手的指使者,一定要国民党当局真正实行‘四项诺言’,保证人民的自由权利和生命安全,解散一切特务机关,清洗法西斯分子,把这抗议变成全民族的怒吼,彻底把反动派卖国、内战、独裁的阴谋粉碎”。

15 日上午,治丧委员会在云南大学至公堂召开李公朴殉难过程报告会。大会主席台的中央挂着李公朴的巨幅遗像,遗像两边是沈钧儒先生从上海电传来的一副挽联:

不再跨回来,认定前途有民主;随时准备死,造成历史最光荣。

低沉的哀乐在会场里回荡,整个会场气氛悲伤,肃穆,愤怒。

其时,西南联大大部分师生已离开昆明,其他学校也都放暑假了,昆明白色恐怖如此严重,但仍有中小学教师学生、医务工作者、工商业者、工人等各界民众两千多人拥进会场,他们怀着无限悲愤的心情,冒着生命危险来了。上午十时,大会在悲愤的气氛中开始。在默哀时,是一片压抑的抽泣声。第一个讲话的是李公朴的夫人张曼筠女士,她报告李公朴的遇害经过。由于连日来的悲伤和饮食不正常,张曼筠面容憔悴,浑身乏力,但她仍坚持来到会场，她必须站起来揭露反动派的阴谋，继承李公朴的未竟事业。张曼筠压抑着满腔悲愤，声泪俱下地讲述李公朴中枪后，失血过多，昏迷中醒来，仍念念不忘民主，他连说了两遍“完全为了民主”。讲到这里，张曼筠再也控制不住了，哭出声音，大厅里回荡着她悲伤的恸哭。与会群众和她一起悲哭，一起愤怒。过了一会，张曼筠擦掉脸上的泪水，坚定地说：“公朴为民主被暗杀了，我坚信民主事业是暗杀不了的，我将追随公朴，完成他未竟的遗志，我也坚信一个李公朴倒下去了，会有一百个、一千个、一万个李公朴站起来，为和平民主事业共同奋斗到底！”

全场爆发了经久不息的掌声。但就在这时，会场中竟有人吹起口哨，发出了狂笑。在人群中的闻一多再也忍耐不住了。治丧委员会知道闻一多是黑名单中的第二号人物，一再劝阻他不要出席报告会。他说，别的什么会议都可以不参加，李公朴的报告会怎么能不参加呢？最后闻一多答应不上主席台，不上台讲话，不在公众面前露脸，大家才同意他参加。谁想他一忍再忍，实在忍耐不住了。他拨开人群，跑上主席台，扶着张曼筠走下主席台，让张曼筠坐下，他便走上主席台，拍案而起，义愤填膺也发表了义薄云天、气吞山河的著名的讲话——《最后一次演讲》。他劈头一句便是：

> 这几天，大家晓得，在昆明出现了历史上最卑劣、最无耻的事情！李先生究竟犯了什么罪？竟遭这样的毒手，他只不过用笔写写文章，用嘴说说话。他所说的，所写的，都无非是一个没有失掉良心的中国人的话！大家都有笔，有

嘴，有理由拿出来讲啊！为什么要打，要杀，而且偷偷摸摸地杀！

闻一多继续痛快淋漓地斥责那般凶残的特务，他提高声音说：

今天，这里有没有特务？你站出来，是好汉的站出来！你出来讲，凭什么要杀死李先生？（厉声）杀死了人，又不敢承认是自己干的，还要造谣，还要诬蔑人，说什么‘桃色案件’，说什么‘共产党杀共产党’，无耻啊！无耻啊！这是国民党的无耻，是李先生的光荣！李先生曾在昆明长期从事民主运动，现在又回到昆明献出了自己的生命。这是李先生的光荣，也是昆明人民的光荣！

闻一多拍着桌子说：

特务们，你们想想，你们还能有几天？你们以为打伤几个，打死几个，就可以把人民吓倒吗？其实广大的人民是打不尽，杀不完的！你们杀死一个李公朴，会有千万个李公朴站起来！你们将失去千百万的人民！人民的力量是要胜利的，真理是永远存在的！历史上没有一个反人民的势力不被人民毁灭的！希特勒、墨索里尼，不是都在人民面前倒下去了吗？蒋介石，你这么猖狂，这么反动，翻开历史看看，你还站得往几天？你们完了，快完了！

闻一多最后坚定地说：

> 反动派，你看见一个人倒下去了，可看见几千万个继起的。正义是杀不完的，因为真理永远存在！争取和平民主是要付出代价的，我们绝不怕牺牲！我们每个人都要像李先生一样的，跨出了门，就不准备再跨回来！

闻一多先生一席激昂慷慨的即席发言，像利剑一样直插反动派的胸膛，把他们阴暗的心理揭露无遗，把他们可悲的下场暴露在光天化日之下；又像一股强烈的旋风，刮走了人们心头由白色恐怖造成的阴云，他们看到了希望，看到了力量！一阵长时间的热烈掌声席卷整个会场，大家的情绪激动了，充满了斗志。

当天下午五时，闻一多在《民主周刊》社和楚图南一起召开完新闻发布会后，由大儿子陪同回西仑坡西南联大宿舍，刚到联大宿舍门口，就遭到了埋伏在那里的特务的袭击，闻一多当场殉难，大儿子身受重伤。丧心病狂的特务再次制造了惨绝人寰的血案，卑鄙无耻到极点。

在不到一周的时间里，国民党反动派竟然连杀两名著名的和平民主战士，在中外历史上绝无仅有！全国乃至全世界一切爱好和平民主的人们，一切有正义感的人们愤怒了！李、闻惨案后援会在各地相继成立，群众性追悼会在各地纷纷举行，一场声势浩大的声讨、控诉国民党反动派的群众运动如怒潮般的席卷了中华大地。

美国哈佛大学、哥伦比亚大学及纽约市等大学的五十三位世界著名教授、美国哥伦比亚大学师范学院全体教授联名上书杜鲁门总统和美国国会，一致对国民党的残酷暴行提出严正抗议，他们的电文说：

> 消息传来，美国学术界莫不为之震骇。我们认为此种严重情形，急需加以彻底制止，为中国之民主团结计，美国政府必须立刻撤退其驻华军队，在中国尚未成立民主之联合政府之前，美国必须停止其对华之一切军事及财政援助。

这一下子戳到了蒋介石的软肋。

7 月 17 日，中共和谈代表团周恩来、董必武、吴玉章、邓颖超、李维汉向国民党政府出席的代表孙科、吴铁城、陈布雷、邵力子、陈立夫、张群、王世杰、张厉生并转蒋介石提出严重抗议。指出："政府既一面大举进攻鄂豫边区，山东、山西及苏皖、苏北各解放区，准备造成全面内战；另一方面纵容、指使特务机关，在大后方暗杀和平民主领袖。"周恩来气愤地责问道："中国号称反法西斯胜利国家，四项诺言，犹在耳，而特务暴行接踵而至，遍及全国；殴打未已，暗杀继之，一城之内，五日之间，竟连续上演杀人惨案两起，不知政府当局何以自解耳！"

7 月 18 日，周恩来在上海召开中外记者招待会，就昆明暗杀事件发表谈话。他严厉谴责国民党反动派。他义愤地说："在内战的前方，还可以说两方都有武器，而在国民党政府管辖的后方，有的是宪兵、警察、军队、法庭、监狱等的镇压，还要用暗杀的手段来镇压对政府不满意的人士。这真是无耻卑鄙之至！"最后，周恩来指出："对于这类暴行，如再不停止，再不惩办，再不追究，找出根源，则可以扩大到全国。希望与会记者以笔、口来控诉，制止国民党这种卑鄙无耻的暴行。"

7 月 26 日，延安各界召开万人大会，隆重举行反内战、反独裁，追悼李公朴、闻一多先生大会，朱德总司令做了重要报告。7 月 28 日，重庆举行六千人的大会，国民党、民盟等各民主党派和各界人士隆重公祭李公朴和闻一多。时任四川省省主席的国民党元老张群担任公祭主席。他说："李、闻两位先生以追求和平团结为目的，他们为国家民族的心思，重于为他们自己。现在我们追悼两先生，应该一致努力，共求中国和平团结的早日实现，他们的精神是永远不死的。"8 月 18 日，成都各界两千余人隆重举行李、闻追悼大会，时任国民党四川省政府秘书长的李仲伯担任大会主席。10 月 4 日，上海各界人士五千多人聚集在天蟾大舞台隆重举行李、闻追悼大会。大会以宋庆龄、孙科领衔，包括共产党、国民党、民盟和各界人士一百六十七人为发起人。以吴国桢、潘公展、周恩来、李济深、郭沫若、田汉等四十五人为主席团。时任上海市市长吴国桢为主席，沈钧儒为主祭。在会上邓颖超代表中共中央代表团沉痛地宣读周恩来亲笔写就的悼词："今大在此追悼李公朴、闻一多两先生，时局极端险恶，人心异常悲愤。但此时此地，有何话可说？我谨以最虔诚的信念，向殉道者默誓：心不死，志不绝，和平可期，民主有望，杀人者终必覆灭！"

这短短几句悼词是代表全国人民，向国民党反动派发出的讨伐的檄文！也是彻底消灭反动派建立新中国的预言。

蒋介石面对国内国际汹涌澎湃的正义呼声，不得不忍痛割爱，下令枪毙了两个凶手并撤销霍揆彰的一切职务，“交陆军总部看管”。

仅仅三年，中国人民解放军以摧枯拉朽之势彻底打垮了国民党反动派，证实了周恩来的预言，实现了李公朴、闻一多为之奋斗终生的遗愿——建立了独立、自由、和平、民主的新中国，老百姓翻身当家做了国家的主人。

刚一解放，埋葬在上海的部分李公朴的骨灰就迁葬到龙华烈士公墓。1980 年 3 月 26 日，安葬在昆明湖畔的李公朴的衣冠冢，迁入昆明师院（西南联大所在地）“一二·一”烈士陵园，与闻一多的衣冠冢及四烈士墓合为一体，墓前青石墓碑上书“李公朴之墓”五个大字，供后人凭吊。

1955 年冬天，三位军人带着一个小孩特地从北京赶来昆明，他们手捧着鲜花，来到李公朴墓前祭拜。一位穿着中将服的，便是当年的冯团长，一位穿着少将服的便是当年护送李公朴他们抗战建国教学团冲过同蒲路封锁线的连指导员钟吉龙，一位穿大校服的女同志便是当年和钟吉龙一同护送抗战建国教学团的游击队杨队长。她和钟吉龙就是在护送过程中相互认识建立了恋爱关系的，抗战胜利后，他们建立了家庭。他们的小孩已经六岁了。他们把手中的鲜花恭恭敬敬地放在李公朴的墓碑前，然后恭恭敬敬地站成一排向李公朴三鞠躬，小孩朗声道：“李爷爷，我们一家和冯伯伯来看您了。我们都过着和平幸福的生活，您的理想实现了。李爷爷，您安息吧！今后我们会经常来看您的。”

2009年,在新中国诞生六十周年之际,中共中央创导、组织了双百人物的全民评选活动。由全国人民直接投票选出"一百位为新中国成立作出突出贡献的英雄模范人物"和"一百位新中国成立以来感动中国的人物",有一亿多人参与投票,李公朴和闻一多双双获选百名英模人物。在李公朴和闻一多的家乡,分别成立了李公朴研究会与闻一多研究会,专门从事研究、弘扬他们崇高的精神,让他们的精神发扬光大,代代相传。

李公朴、闻一多永远活在中国人民的心中!

李公朴、闻一多永远激励着中国人民奋勇向前!

# 参考书目

1. 李公朴研究会. 李公朴文集(上、下)[M]. 北京:群言出版社,2012.

2. 周天度,孙彩霞. 李公朴传[M]. 北京:群言出版社,2002.

3. 张则孙. 民主斗士李公朴[M]. 北京:中央文献出版社,2002.

4. 方仲伯. 李公朴纪念文集[M]. 云南:云南人民出版社,1983.

# 后记

武进李公朴研究会是一家宣传、研究李公朴烈士的学术团体,近二十年来在宣传、研究李公朴方面做出了卓越的贡献。我们受命于李公朴研究会,写一本适合青少年阅读的再现李公朴光辉形象的纪实小说,让李公朴永远活在广大人民群众,特别是青少年的心中,让李公朴的精神代代相传。我们的任务有否完成,还有待于专家、学者和青少年来鉴定。请批评指正。

在写作过程中,我们广泛参阅了李公朴亲人、同时代人的回忆录和专家学者的论著,尤其是周天度、孙彩霞的《李公朴传》和张则孙的《民主斗士李公朴》。我们在厘清李公朴生平事迹的基础上,进行再创造,花了近三年时间,完成了这部书稿。在此书付印之际,我们要感谢周天度、孙彩霞和张则孙三位先生;武进统战部和武进李公朴研究会的会长许国大、秘书长赵玉泉,对本书的写作给予大力支持,并组织李公朴研究的特约研究员钱永彪、许植基、吴洪生、冯士彦、冯汝汉等对书稿进行研讨，提出了许多宝贵的修改意见；李公朴烈士的女儿张国男也给予热情地支持，对书稿的修改，提出了不少宝贵的建议，并撰写了《序言》；原常州市政协副主席、常州市原民盟主委赵忠和先生阅读了全部书稿并撰写了《序言一》；常州市原少先队总辅导员柴前生先生等对本书的写作也给予极大的关切和支持；常州敏杰电器有限公司的宣敏总经理慷慨解囊，提供了部分出版经费；常州市运控有限公司、民盟常州企业家有限公司、常州大学李公朴研究院、常州成洋物业管理有限公司、武进小博士培训中心、常州丽华快餐等单位也给予大力支持，在此一并表示深深的感谢。

杨金达　陈　荣

2019 年 9 月 10 日于紫廷名苑寓所

# 跋

在《民盟历史文献》丛书付梓之际，掩卷回首，民盟先贤们的音容笑貌挥之不去，不绝如缕，久久难忘。在编辑此丛书的过程中，我们每每被他们为信仰、为理想奋斗的坚定精神所感召和感动。

人不能没有理想和信仰，一个民族也不能没有自己的理想和信仰。我们的先辈们，正是怀揣民族富强、人民福祉的赤诚之心，身先士卒、鞠躬尽瘁；凭借自身高尚的人文品格和社会良知，与中国共产党团结合作，为中国社会的前途和命运探索了一条新的宪政之路；和平、民主是人类社会的两大主题，也是中国共产党人和各民主党派所共同追求的理想。

如今，面对着他们的拳拳之心和丰功伟绩，我们感叹，赞叹，怀念，更要继承！

《民盟历史文献》在整个创作和出版过程中，得到了来自社会各界人士的关注和厚爱。我们要特别感谢为此丛书孜孜不倦地考证、核实、梳理、完善的各位专家、学者,是他们的认真严谨,才使此丛书能够客观地展现历史的真貌;更要特别感谢中共中央统战部与民盟中央给予我们的鼎力支持和重视,没有他们的指导和帮助,我们不可能完成如此厚重的出版工作任务;还要感谢各省、市、地区的民盟组织,为搜集、挖掘、抢救民盟的历史文献资料做出的不懈努力和贡献;感谢每一本书的作者,是他们的辛勤笔耕和一点一滴的忠实记录,才集成了民盟历史的全貌;感谢为此丛书付出辛劳的编辑以及所有工作人员,感谢你们辛勤的劳动和无私的奉献。

谨以此丛书献给所有伟大的民主革命先驱者;献给为共和国诞生抛洒了智慧和热血的先贤们;献给那一段筚路蓝缕、以启山林的峥嵘岁月。

《民盟历史文献》编委会